삼국지 2

군성(群星)

삼국지 2
군성(群星)

1판 1쇄 펴냄   2020년 2월 26일

원 작   나관중
편 저   요시카와 에이지
번 역   바른번역
출 간   하진석
출판사   코너스톤
주 소   서울시 마포구 독막로3길 51
전 화   02 – 518 – 3919
ISBN   979-11-87011-81-1 04830

삼국지

천 하 패 권 을 다 투 는 영 웅 들

군성

차례

♦♦♦

거짓 충성과 이리의 마음

1

'조조를 잡아라!'

포고문은 주군(州郡)의 각 지역으로 날아가 분초를 다투며 빠르게 퍼져 나갔다.

한편.

낙양을 뒤로한 채 밤낮없이 누런 말에 채찍을 가하여 바람처럼 남쪽으로 달아난 조조는 어느새 중모현(中牟縣, 하남성河南省 중모 개봉과 정주鄭州 중간) 부근에 이르렀다.

"멈춰라!"

"말에서 내려라!"

관문에 다다르자마자 수비병이 조조를 끌어 내렸다.

"조금 전 중앙에서 조조란 인물을 발견하는 즉시 붙잡으라는 지령이 내려왔다. 네 풍채며 용모가 수배된 자의 인상착의와 흡사하구나."

관문 관리는 그렇게 말하면서 조조가 아무리 변명하고 발뺌

해도 들은 체하지 않았다.

"일단 관아로 끌고 가거라!"

병사들은 조조를 철통처럼 포위하여 문초실까지 끌고 갔다.

관문병 대장 도위(道尉) 진궁(陳宮)은 부하들이 끌고 온 사람을 보자 한 치의 망설임도 없이 단언했다.

"조조다! 문초할 필요도 없다."

그러면서 부하들의 공을 치하했다.

"나는 수년 전까지 낙양에서 관리로 있어 봐서 조조의 얼굴을 똑똑히 기억한다. 운이 좋게도 저자를 생포하여 도읍으로 보내게 되었으니 이 몸은 만호후라는 높은 자리로 출세할 것이다. 너희에게도 은상을 나눠 주마. 오늘 밤은 그 전야제니 진탕 마셔라!"

미리 마련해둔 철창 함거에 조조를 집어넣고 당장 내일이라도 낙양으로 호송할 준비를 끝내놓은 후 수비병과 관리들은 술을 들이마시며 즐거워했다.

날이 저물어 주연도 끝나가자 관리와 병사들은 관문을 닫고 어디론가 뿔뿔이 흩어졌다. 체념에 빠진 조조는 눈을 감고 함거 안에서 몸을 기댄 채 새카만 산골짜기와 밤하늘의 바람 소리를 조용히 들었다.

"조조, 조조."

한밤에 가까운 무렵,

누군가 함거로 다가와 나지막한 목소리로 부르는 자가 있었다.

눈을 떠 보니 낮에 자신을 한눈에 알아본 관문병 대장이다.

"무슨 용건이냐!"

조조는 덤빌 듯이 물었다.

"그대는 도읍에서 동 상국의 총애를 받아 요직에 등용되었다고 들었는데, 어째서 이런 처지가 되었는가?"

"쓸데없는 걸 묻는군. 제비나 참새 따위가 어찌 기러기와 고니의 뜻을 알겠느냐. 네놈은 이미 날 생포하지 않았느냐? 군말 말고 도읍으로 호송해서 은상이나 청하여라."

"조조, 그대는 안타깝게도 사람 보는 눈이 없군그래."

"뭐라고?"

"노여워 마시게. 그대가 공연히 사람을 깔보니 한마디 대갚음한 거라네. 이렇게 말하는 나도 충천의 큰 뜻을 품은 사람인데, 이 나라의 근심을 진심으로 터놓을 동지가 없어 헛되이 세월만 보내는 신세를 한탄하던 참이지. 때마침 그대를 만나 그 뜻을 털어놓으려고 왔건만…."

관문병 대장이 내뱉는 말이 어딘가 의미심장하게 들리자 조조도 태도를 바꿔 함거 안에서 고쳐 앉았다.

"그럼, 말해주지."

2

조조는 입을 열었다.

"과연 귀공이 말한 대로 동탁이 이 조조를 총애한 건 사실이네. 내 집안은 아득히 먼 상국 조참의 후손으로 400년 동안 한실(漢室)의 녹을 먹어왔지. 그런데 어찌 벼락출세한 동탁 같은 흉악한 도적에게 몸을 굽힐 수 있단 말인가?"

말투는 점점 열기를 띠어갔다.

"그래서 이 나라를 위해 도적놈을 척살하여 선조의 은혜를 갚고자 동탁의 목을 노렸으나, 천운이 아직 내게 오지 않아 이렇게 붙잡힌 신세가 되었네. 이제 와서 후회한들 무슨 소용 있겠는가?"

흰 얼굴과 가늘게 찢어진 눈, 담담하게 말하는 태도에는 과연 명문가 혈통답게 감히 범접하기 어려운 냉철함이 보였다.

"……."

말없이 한동안 함거 밖에서 그 모습을 바라보던 관문병 대장은 이윽고 말문을 열었다.

"잠시 기다리십시오."

함거에 채워진 빗장을 풀면서 깜짝 놀란 조조를 안에서 꺼내 주었다.

"조조 공, 귀공은 어디로 가고자 이 관문에 오셨습니까?"

"고향에 가려 했네."

조조는 어리둥절한 표정으로 관문병 대장이 하는 행동을 경계하며 대답했다.

"고향 초군(譙郡)으로 돌아가 제국의 영웅들에게 호소하여 의병을 일으킨 후 다시 낙양을 공격해서 천하의 도적 떼를 당당히 무찌를 생각이었네."

"역시."

관문병 대장은 조조의 손을 이끌더니 몰래 자기 방으로 데려가 음식을 융숭히 대접하고 조조에게 거듭 절을 올렸다.

"생각했던 대로 그대는 제가 찾던 충의의 무사이십니다. 귀공을 만나게 되어 실로 기쁩니다."

"그대도 동탁에게 원한이 있는 사람인가?"

"아닙니다. 사적인 원한이 아닙니다. 크나큰 공분(公憤)이자 의분(義憤)입니다. 만백성의 저주와 함께 우국(憂國)의 분노를 품고 동탁을 증오하는 사람 중 하나입니다."

"그거 뜻밖이로군."

"오늘 밤을 기해 저도 관직을 버리고 이곳에서 떠나겠습니다. 귀공이 가시는 곳까지 함께 달아날 테니 힘을 합쳐 천하의 의병을 소집합시다."

"진심인가?"

"어째서 거짓을 고하겠습니까. 이렇게 말하기 전에 이미 귀공의 오라를 풀어드리지 않았습니까?"

"아아!"

조조는 그제야 회생의 큰 감격과 깊은 한숨을 얼굴에 만연히 드러냈다.

"대체 귀공은 어떤 분이신가?"

"소개가 늦었습니다. 제 이름은 진궁, 자는 공대(公臺)라 합니다."

"가족은?"

"이 근처 동군(東郡)에 삽니다. 지금 동군에 가서 옷을 갈아입는 대로 떠납시다."

진궁은 말을 끌고 오더니 앞장섰다.

날이 밝기도 전에 두 사람은 다시 동군을 뒤로한 채 서둘러 말을 달렸다.

그로부터 사흘 후.

밤낮을 불문하고 달린 두 사람은 성고(成皐, 하남성 형양滎陽 부근) 근처를 헤매었다.

"오늘도 날이 저물었군요."

"이제 여기까지 왔으니 괜찮네…. 오늘따라 석양이 묘하게 노랗지 않은가?"

"몽고바람(몽골 고비 사막에서 중국 만주와 북쪽으로 부는 바람으로, 바람이 세고 건조함 – 옮긴이)입니다."

"아, 호북(湖北)에서 부는 모래바람인가."

"어디서 머물까요?"

"저기 마을이 보이는데 이 근처는 대체 어딘가?"

"조금 전 산길에 성고로(成皐路)라는 푯말이 보였습니다만…."

"그렇다면 오늘 밤에는 찾아갈 만한 집이 있네."

조조의 얼굴에 화색이 돌더니 말 위에서 전방에 보이는 숲을 가리켰다.

3

"허, 이런 변방에 지인이 계십니까?"

"아버지의 벗이 계시네. 여백사(呂伯奢)라고 아버지와는 형제와도 같은 분이지."

"마침 잘됐습니다."

"오늘은 그곳에 가서 하룻밤 신세 지세."

조조와 진궁은 숲속으로 말을 달리다가 얼마 후 그 말을 나무에 묶어두고 여백사 집을 찾아 대문을 두드렸다.

주인은 놀라면서 뜻밖에 찾아온 손님을 맞아들였다.

"누군가 했더니 조가(曹家)의 아들이 아닌가?"

"조조입니다. 오랜만에 뵙습니다."

"들어오시게. 대체 무슨 일이 있었는가."

"무슨 일이라니요?"

"조정에서 각지로 자네에 대한 수배령을 내렸네."

"아아, 그 일 말씀이십니까? 사실은 승상 동탁을 치려다 들키는 바람에 도망쳤습니다. 절 도적이라 부르며 수배령을 뿌리는 듯한데 그놈이야말로 흉악한 대역 도적입니다. 조만간 천하는 크게 어지러워질 것입니다. 이 조조도 가만히 보고 있을 수만은 없습니다."

"함께 오신 분은?"

"소개하는 걸 깜빡했습니다. 이 사람은 도위 진궁이라는 자로 중모현 관문을 수비하던 중 제가 조조라는 사실을 한눈에 간파하여 붙잡을 정도의 호걸입니다. 가슴속에 품은 큰 뜻을 허심탄회하게 이야기해보니 세상의 근심을 나눌 무사라는 사실을 알게 되었습니다. 하여 진궁은 관직을 버리고, 저는 함거를 빠져나와 이곳까지 함께 도망쳐 왔습니다."

"아아, 그랬는가?"

여백사는 무릎을 꿇고 공손히 진궁에게 절을 올렸다.

"의인. 부디 이 조조를 잘 도와주시오. 혹여나 그대가 내버린다면 조조 가문은 송두리째 무너지고 말 것이오."

조조 부친과 벗인 만큼 윗사람답게 정중히 조조의 장래를 부탁했다.

"잠시 편히 계시게. 이웃 마을에 가서 술을 사 올 테니."

그러고 나서 여백사는 서둘러 나귀를 타고 밖으로 나갔다.

조조와 진궁은 여장을 풀고 방에서 편하게 쉬는데 이상하게도 주인은 오래도록 돌아오지 않았다.

머지않아 밤도 깊어져 초경(初更) 무렵이 되었을 때 어디선가 기이한 소리가 들려왔다. 귀를 기울여보니 칼이라도 가는 듯한 둔탁한 소리가 벽 너머에서 들려왔다.

"뭐지?"

조조는 의심스러운 눈빛을 번뜩이며 문을 밀어젖히고 다시 귀를 기울였다.

"그래…. 역시 칼 가는 소리야. 그러고 보니 주인 여백사는 이웃 마을에 술을 사러 간다고 둘러대며 나갔는데, 현리에게 밀고해서 우리를 붙잡고 조정이 내리는 은상을 받을 속셈인지도 모른다."

조조가 중얼거리는 사이 어두운 부엌 쪽에서 남녀 네다섯이 제각각 잡아 묶으라는 둥 죽이라는 둥 말을 주고받는 소리가 조조 귀에 똑똑히 들려왔다.

"결국, 우리를 한 방에 집어넣고 위협을 가하려는 수작이다. 그리 나온다면 이쪽에서 먼저 손을 쓸 수밖에."

진궁에게도 사태의 심각성을 알리고 재빨리 방에서 뛰쳐나와 놀란 식구들과 하인까지 8명을 눈 깜짝할 사이에 베었다.

"서둘러 이곳을 떠야겠네."

조조가 재촉하자 어디선가 기이한 울음소리를 내며 아등바등 소란을 피우는 것이 있었다. 부엌 밖으로 나가보니 다리 묶인 멧돼지가 나무에 매달린 채 우는 게 아닌가.

"앗, 이럴 수가!"

진궁은 깊은 후회가 밀려들었다.

여백사 식구들이 멧돼지를 잡아서 손님에게 대접하려고 했다니….

4

조조는 이미 어둠 속으로 빠져나가려 준비했다.

"진궁, 어서 오게!"

"예?"

"왜 이렇게 꾸물대는가?"

"하지만…. 기분이 착잡해서 발이 떨어지지 않습니다. 너무나 부끄러워 견딜 수가 없습니다."

"어째서?"

"무의미한 살생을 저지르지 않았습니까? 가엾게도 여덟 식구는 우리의 여정을 달래려고 부러 멧돼지를 구해서 대접하려 했습니다."

"그 행동이 후회스러워 집 안에 대고 합장하였나?"

"하다못해 염불이라도 올려서 죄 없는 사람들을 죽인 죄를 빌고자…"

"하하하. 무인에게 어울리지 않는 행동이로군. 이미 저지른 일은 어쩔 수 없네. 전쟁터에 서면 몇천, 몇만의 생명을 하루 만에 매장하는 일도 허다하지 않은가? 마찬가지로 내 몸 역시 언제 그리될지 모르는 일이네."

조조에게는 조조의 인생관이 있고, 진궁에게는 진궁의 도덕관이 있었다.

그 둘은 사뭇 달랐다.

허나 지금은 일련탁생(一蓮托生, 죽은 뒤에도 같은 연꽃 위에서 다시 태어나듯 행동이나 운명을 함께함 – 옮긴이)의 동반자였다. 논쟁을 하고 있을 수만은 없었다.

두 사람은 어둠 속으로 내달렸다.

숲속에 묶어둔 말을 풀어 올라타기가 무섭게 족히 2리를 달아났다.

그때 맞은편에서 나귀에 술 단지 2통을 매달고 이쪽으로 다가오는 사람이 있었다. 가까이 올수록 잘 익은 과실 향기가 물씬 풍겼다. 하물며 그 사람 팔에는 과일 바구니도 걸려 있는 게 아닌가.

"어, 손님들이 아니신가?"

그 사람은 이웃 마을에서 막 돌아오는 여백사였다.

조조는 난처한 곳에서 마주쳤다고 생각했지만 이내 둘러댔다.

"아, 주인이셨군요. 실은 오늘 낮에 이곳으로 오면서 들린 찻집에다 귀중한 물건을 두고 온 게 생각나 급히 가지러 가는 중입니다."

"그런 일이라면 하인을 시켜도 될 터인데…."

"아닙니다. 말 한번 채찍질하면 금방입니다."

"빨리 다녀오시게. 집안사람들에게 멧돼지를 잡아놓으라 시켜둔데다가 술도 아주 훌륭한 미주를 구해 왔네."

"아, 네. 곧 돌아오겠습니다."

조조는 둘러 대답하고 말에 채찍을 가해 여백사와 헤어졌다. 4~5정(町, 거리 단위로 1정은 1간町의 60배로 약 109미터 – 옮긴이)쯤 왔을 때 갑자기 말을 세우고 진궁을 불렀다.

"이보게! 자네는 여기서 잠깐 기다려줄 수 있겠나?"

무슨 생각이 떠올랐는지 이런 말을 남긴 채 말 머리를 돌려서 되돌아갔다.

'대체 어디에 간 것일까?'

진궁은 조조의 속마음을 헤아릴 수 없어 영문도 모른 채 기다렸다. 이윽고 조조가 돌아오더니 못내 마음에 걸렸던 문제를 해결했다는 듯이 후련해했다.

"이걸로 됐다! 자, 가세. 지금 저자도 해치우고 왔네. 단칼에 찔러 죽였지."

"예? 여백사를?"

"그러네."

"어째서 무익한 살생을 저지른 것도 모자라 저렇게 선량한 사람까지 죽이신 겁니까?"

"그거야 여백사가 돌아가 처자와 하인이 몰살된 사실을 알면, 아무리 선량한 사람일지라도 우리를 증오하지 않겠는가?"

"그렇다면 어쩔 수 없는 일입니다."

"현리에게 고하면 내게 큰 위협이 될걸세. 큰일을 생각하면서 작은 일까지 마음 쓸 수는 없지."

"하지만 죄 없는 사람들을 죽이는 건 인간의 도리를 저버리는 행위가 아닙니까?"

조조는 시라도 읊듯이 큰 소리로 말했다.

"아닐세. 내가 천하의 사람들을 저버릴지언정, 천하의 사람들이 날 저버리게 내버려 두진 않을 것이네. 자, 가세."

5

무서운 사람이다.

조조가 하는 한마디를 듣고 진궁은 조조의 인품에 대해 다시 생각하게 되었다. 마음속으로 두려워졌다.

이 사람 역시 천하를 고통에서 구하려는 자가 아니다. 세상을 진심으로 걱정하는 자도 아니다. 천하를 빼앗으려는 한낱 야망가일 뿐이다.

'실수했다….'

진궁도 여기까지 생각이 이르자 깊은 후회가 밀려들어 왔다.

사내 일생을 걸고 동반자가 되기로 한 자신이 경솔했던 것이다.

어찌하겠는가?

이미 그 길 위에 발을 내디뎠다. 관직을 내던지고 처자식도 저버린 후 함께 고난의 길을 가리라 각오하여 온 것이다.

'후회하지 않아도 된다….'

진궁은 마음을 다잡았다.

밤이 깊어지자 달이 두둥실 떠올랐다. 한밤중에 뜬 밝은 달빛에 의지하여 10리를 달렸다.

어딘지 알 수 없는 낡은 사당에 달린 황폐한 문 앞에 이르자 말에서 내려 잠시 쉴 수 있었다.

"진궁."

"예."

"자네도 잠시 눈을 붙이지 않겠는가. 날이 밝을 때까지는 짬이 있네. 잠을 자두지 않으면 내일 가는 길에 고단해질 터."

"잠시 쉬지요. 귀중한 말을 도둑맞으면 안 되니 사람 눈에 띄지 않는 나무 그늘에라도 묶고 오겠습니다."

"그렇군. 아…, 안타까운 일을 저질렀구나."

"무엇이 말입니까?"

"기껏 여백사를 처치하고 오면서, 그자의 품에 있던 미주와 과실을 뺏어 오는 걸 깜빡 잊었지 뭔가? 역시 나도 조금은 당황했던 모양이로군."

"…."

진궁은 그 말에 대꾸할 용기도 없었다.

말을 묶고 잠시 후 다시 그 자리로 돌아와 보니, 조조는 낡은 사당 처마 밑에서 달빛을 받으며 기분 좋게 곯아떨어져 있었다.

'얼마나 대담무쌍한 사람인가.'

진궁은 조조의 자는 얼굴을 가만히 응시하며 증오를 품기도 하도 감탄하기도 했다.

증오하는 마음은 이렇게 속삭였다.

'난 이 인물을 과대평가했다. 이 사람이야말로 진정한 우국의 충신이라고 생각했다. 어찌 알았겠는가? 이러나 호랑이와 진배없는 야심가에 지나지 않는다.'

다른 한편으로는 탄복하는 마음이 들었다.

'야심가든 간웅(奸雄)이든, 어쨌거나 그 대범함과 열정, 과대평가하게 만든 그 언변은 비범하다. 역시 영웅호걸이다….'

진궁은 두 갈래로 나뉘는 마음에 자문한 뒤 이렇게 결심했다.

'지금이라면 잠든 사이에 조조를 찔러 죽일 수 있다. 살려두면 이 간웅은 훗날 천하에 화를 입힐 것이다. 그래…, 하늘을 대신하여 내가 지금 찔러야 한다.'

진궁은 칼을 빼들었다.

자는 얼굴을 노리는 줄도 모르고 조조는 코까지 골았다. 그 얼굴은 실로 단정하고 아름다웠다. 진궁은 잠시 망설였다.

'아니다, 안 된다.'

잘 때 죽이는 건 무인의 본분이 아니다. 불의(不義)다.

더군다나 지금 같은 난세에 이러한 간웅이 지상에서 사는 건 하늘이 내린 뜻인지도 모른다. 이 사람의 천명을 자는 사이에 빼앗는 건 도리어 하늘의 뜻을 거역하는 일일 수도 있다.

"아아…. 이제 와 무엇을 망설이는가. 난 지나치게 번뇌하는구나. 달은 휘영청 밝게 떠 있다. 그래, 달이라도 보며 잠을 청하자."

진궁은 마음을 접고 칼을 살며시 칼집에 넣은 후 조조와 같은 처마 밑에서 몸을 구부린 채 잠들었다.

앞다투어 남풍이 불다

1

그리하여 몇 날 며칠이 지나서,

조조는 드디어 아버지가 있는 고향에 다다랐다.

그곳은 하남의 진류(陳留, 개봉 동남쪽)라 불리는 지역이다. 비옥한 땅이 드넓고 풍요로운 곳이다. 남방의 문화는 북방의 중후함과는 달리 진취적이었으며 사람들은 민첩하고, 지혜로운 눈빛을 날카롭게 빛냈다.

"어떻게든 해주십시오."

조조는 집에 돌아오자 일의 경위를 자세히 설명하고는 마치 어린아이가 어머니에게 과자라도 사달라는 식으로 졸라댔다.

"의병의 깃발을 올리겠다고 결심했습니다. 누가 뭐라 해도 이 결심은 흔들리지 않습니다. 그러니 아버님도 팔 걷고 나서 주셨으면 합니다."

"으음…. 엄청난 일을 저지르고 왔구나."

아버지 조숭(曹嵩)도 기막힌다는 표정으로 신음만 뱉었으나,

본디 어렸을 적부터 자식들 가운데 가장 아끼던 조조였기에 지청구하지는 않았다.

"어떻게든 해달라니, 대체 어떻게 하면 좋겠느냐?"

"군비가 필요합니다."

"군비? 우리 집안 재산으로는 얼마간의 군사도 양병할 수 없을 텐데….'

"그러니 아버님께서 아시는 부호를 소개해주십시오. 조 씨 가문은 비록 재산은 없을지 몰라도 멀리 하후(夏侯)의 핏줄을 이어받았으며 한의 승상인 조참의 후손이기도 합니다. 이 명문가의 명성을 이용해서 부호에게 군자금을 대도록 해주십시오."

"위홍(衛弘)에게 이야기해보마."

"위홍이 누굽니까?"

"하남에서도 버금가라면 서러워할 재산가다."

"아버님께서 그분을 불러 하루만 주연을 베풀어주시겠습니까?"

"넌 무엇이든 참 간단하게 말하는구나."

"큰일을 간단히 해내는 게 대사를 이루는 비결입니다."

부자는 날을 정하고 위홍을 집으로 초대했다.

위홍은 조조를 바라보며 말문을 열었다.

"도읍에 갔다는 말을 들었는데 어느새 훌륭한 청년이 되어 돌아왔구려."

조조는 위홍에게 갖은 정성을 다해 예우했다.

이야기가 무르익어갈 무렵, 가슴속에 품은 대사를 털어놓으며 원조해달라고 요청했다.

만약 거절한다면 산목숨으로 돌려보내지 않으리라는 각오를 마음속에 단단히 품은 채 무릎을 맞대고 진지한 담판을 벌였기에, 조용히 청을 올리는 동안에도 조조의 눈은 칼날처럼 번쩍였으리라.

뜻밖에도 위홍은 제안을 듣자마자 승낙했다.

"좋소. 그대의 충의에 탄복하여 원조하겠소. 나도 근래에 천하의 어지러움을 한탄하였으나 내 기량으로는 불가능한 일이기에 시국이 흘러가는 형편을 지켜보고만 있었소. 내 얼마든지 군자금을 대리다."

조조는 몹시 기뻐했다.

"예? 받아주시는 겁니까? 곧 군사를 모집하겠습니다."

"그리하시오. 실패할 싸움은 하지 말아야 하오. 충분한 승산이 섰을 때 일을 도모하는 게 좋소."

"군비만 해결되면 무엇이든 할 수 있습니다. 하남 땅을 저희 의병으로 뒤덮을 터이니 두고 보십시오."

아버지 조숭 눈에는 자식이 몇 살이든 아직 어린아이로밖에 보이지 않았다. 조조의 지나친 호언장담에 위홍이 넘어간 건 아닌지 도리어 곁에서 걱정할 정도였는데, 그 후 조조가 하는 일을 지켜보자니 대담함이 점점 극에 달했다.

맨 먼저 조조는 가까운 마을에 있는 장정들을 그러모아 두 폭짜리 흰 깃발을 만든 후 한쪽에는 '의(義)', 다른 한쪽에는 '충(忠)'이라고 크게 적고 소리 높여 제창했다.

"우리는 조정에서 밀조(密詔)를 받아 이 땅에 내려왔도다!

2

지금은 지방 향사로 영락했지만 누가 뭐라 해도 조 씨 집안은 명문가다. 적자인 조조 역시 출중한 귀재라는 소문이 이곳저곳에서 들려왔다.

"밀조를 받아 내려왔다…."

조조의 이러한 주장에 인근에 사는 장정들과 불우한 시골 무사들이 가장 먼저 동요했다.

"진궁, 이런 잡병들로는 소용이 없네. 과연 유력한 각 주의 자사와 태수들이 모이겠는가?"

조조는 진궁에게 이따금 의견을 물었다.

그러자 진궁은 방책을 올렸다.

"충의를 깃발에 쓰고 기다리기만 해서는 안 됩니다. 좀 더 진정한 우국의 정을 토로하십시오. 전장의 무기와 피, 사람을 움직일 만한 방책으로 부딪치십시오."

"어찌하면 되겠는가?"

"격문을 띄우십시오."

"그렇다면 자네가 써주게."

"그리하겠습니다."

진궁은 그 자리에서 바로 격문을 시원스레 써 내려갔다.

진궁은 마음 깊숙한 곳에서부터 나라를 근심하는 진정한 지사(志士)였다. 진궁이 쓴 글은 읽는 사람으로 하여금 분기하지 않고서는 견딜 수 없도록 하였다.

"명문이로다, 명문이야. 이 격문을 읽으면 나부터 군사를 이끌고 달려오겠구나."

조조는 감탄하여 곧바로 격문을 각 주와 군으로 띄웠다.

영웅도 단지 영웅이기만 해서는 아무것도 할 수 없다. 패업을 이루는 자는 언제나 세 가지를 타고난다는 말이 있다.

하늘의 때,

땅의 이로움,

그리고 사람이다.

그야말로 조조가 띄운 격문은 시류를 탔다.

며칠 지나지 않아 조조의 '충'과 '의' 깃발 아래로 뛰어나고 용맹한 장수들이 끊임없이 모여들었다.

"전 위국(衛國) 태생으로 이름은 악진(樂進), 자는 문겸(文謙)이라는 사람입니다. 원컨대 역적 동탁을 함께 치고자 휘하로 달려왔습니다."

"저희는 패국(沛國) 초군(譙郡)에서 온 하후돈(夏侯惇), 하후연(夏侯淵) 형제입니다. 수하의 병사 3000명을 이끌고 왔습니다."

이렇게 이름을 밝히는 씩씩한 용사들이 하나둘 나타났다.

원래 하 씨 형제는 조조 집안이 초군에 있던 무렵, 조가의 보살핌 아래 양자로 키워졌으니 가장 먼저 달려오는 건 당연한 일이었으나 이외에도 매일 군 장부에 도착했음을 기록하는 자가 넘쳐나서 일일이 셀 수조차 없었다.

산양(山陽) 거록(鉅鹿) 사람으로 이전(李典) 자는 만성(曼成)이라는 자, 서주(徐州) 자사 도겸(陶謙), 서량(西涼) 태수 마등(馬騰), 북평(北平) 태수 공손찬(公孫瓚), 북해(北海) 태수 공융(孔融) 같은 거물이 각자 수천, 수만 기에 달하는 군사를 이끌고 부름에 응하여 달려왔다.

조조가 기거하는 유막에는 조인(曹仁), 조홍(曹洪) 형제도 참가한 상태였다.

한편, 조조는 이 병사들에게 위홍으로부터 받은 충분한 군비로 무기와 식량을 넉넉히 제공했다.

"저렇게 군자금이 풍부한 걸 보니 조조의 격문은 거짓이 아닌 듯하다. 정말로 조정의 밀조를 받았는지도 모른다."

형세를 지켜보던 사람들도 그 어마어마한 군비가 신속히 보급되는 걸 보자, 마치 '하루가 늦으면 하루만큼 손해다'라는 듯이 동서쪽에서 앞다투어 달려왔다.

"하남 땅을 병사로 뒤덮어 보이겠다."

언젠가 조조가 위홍에게 한 말은 이제 공수표가 아니다.

따라서 부호인 위홍도 투자를 아끼지 않았다. 그뿐 아니라 위홍 외 다른 부호들까지도 부디 써달라는 부탁과 함께 돈과 곡식을 속속 보내왔다.

이미 조조는 많은 장성(將星)을 좌우에 거느리고 삼군(三軍)의 장막 안에 태연한 자세로 앉아 있었다.

"아, 그래? 가지고 왔으니 물건은 받아두어라."

부호들이 보내온 헌물이 잇따라 들어와도 이렇게 말할 뿐 조조는 만나주지 않았다.

3

앞서 반(反)동탁의 입장을 밝히고 도읍에서 달아나 중앙에서 복병처럼 여기던 발해(渤海) 태수 원소(袁紹)에게도 조조가 보낸 격문이 당도했다.

"조조가 깃발을 올렸다. 이 격문에 뭐라 회답하면 좋겠는가?"

원소는 심복들을 불러놓고 곧바로 회의를 열었다.

원소 막하에는 늠름한 기개로 넘치는 건장한 대장과 청년 장교들이 많았다.

전풍(田豊), 저수(沮授), 허수(許收), 안량(顔良),

그리고,

심배(審配), 곽도(郭圖), 문추(文醜).

이러한 쟁쟁한 인재가 있었던 것이다.

"우선 누가 그 격문을 낭독해보지 않겠는가?"

"제가 읽겠습니다."

원소의 말이 떨어지기가 무섭게 안량이 큰 소리로 읽었다.

격문

조(操) 등이 삼가

대의를 들고 천하에 고한다.

동탁이 하늘을 속이고 땅을 기만하여

군주를 시해하고 나라를 무너뜨렸다.

이에 궁궐은 어지러워졌으며

사납고 불인(不仁)한 죄악이 가득 쌓였도다.

지금

천자의 밀조를 받들고

의병을 집결하여

흉악한 무리를 초멸하려 한다.

원컨대 의로운 군사를 이끌고

충렬과 맹세의 진에 모여

위로는 왕실을 돕고

아래로는 백성을 구하라.

격문이 당도하는 날

그 즉시 명을 받들지어다.

"이것이야말로 우리가 기다리던 하늘의 목소리요, 지상의 여론입니다. 태수, 무엇을 주저하십니까? 마땅히 조조와 힘을 합칠 때입니다."

장수들은 입을 모았다.

원소는 아직 망설이는 듯했다.

"하지만, 조조가 밀조를 받을 리 없지 않은가…."

"아무렴 어떻습니까? 설령 밀조를 받았든 받지 않았든 그 목적만 옳다면…."

"그 말도 일리가 있군."

원소도 마음을 정했다.

의론이 하나로 정해지자 과연 명문가 출신으로서 다년간 쌓아둔 인망이 있는지라 병사 3만여 기를 쉽게 마련하여 밤낮을 불문하고 하남 진류로 달렸다.

당도해보니 그 기세 좋은 원소조차 창황하였다. 군 장부에 도착했다고 적으며 주요한 아군만을 뽑아보니 그 진용은 대단했다.

제1진 후장군(後將軍) 남양(南陽) 태수 원술(袁術), 자는 공로(公路)

제2진

기주(冀州) 자사 한복(韓馥)

제3진

예주(豫州) 자사 공주(孔伷)

제4진

연주(兗州) 자사 유대(劉岱)

제5진

하내(河內) 태수 왕광(王匡)

제6진

진류(陳留) 태수 장막(張邈)

제7진

동군(東郡) 태수 교모(喬瑁)

그 밖에 자를 윤성(允誠)으로 쓰는 제북상(濟北相) 포신(鮑信), 서량의 마등, 북평의 공손찬 등 천하의 이름 있는 맹장들이 구름 떼처럼 모여 있었고, 원소의 병사들은 도착순에 따라 제17진에 배정되었다.

"나도 참가하길 잘했군."

이곳에 와서 실상을 보자 원소도 내심 다행이라는 생각이 들었다. 급변한 정세에 새삼 놀란 것이다.

4

제1진부터 제17진까지 장군은 모두 1만 이상의 수병을 이끌고 각자 본국에서 모여든 영웅이다.

그 속에는 또 어떤 호걸과 영웅이 숨어 있을지 몰랐다.

특히 제16진 부대에는 때를 기다리던 깊은 연못 속 교룡이 있었다.

북평 태수 분무장군(奮武將軍) 공손찬이 제16진에 있었는데, 격문에 응하여 북평에서 1만 5000여 기를 이끌고 남하하는 도중 기주의 평원현(平原縣, 산동성 진호선津滬線 평원) 부근에 이르자 큰 목소리로 공손찬의 말을 세운 자가 있었다.

"잠시만, 멈추십시오!"

"누구냐!"

무사들이 돌아보니 옆쪽 뽕밭에서 두세 폭짜리 누런 깃발을 펄럭펄럭 나부끼며 이쪽으로 오는 모습이 보였다.

"어라? 어디 무사들인가?"

수상히 여기는 동안 그곳에 말을 타고 나타난 무사 셋은 수하의 졸병 약 10여 명과 함께 공손찬 말 앞에서 무릎을 꿇었다.

"장군, 원컨대 저희 셋도 대의의 군에 넣어 데려가 주십시오. 부족하나마 견마지로(犬馬之勞)를 아끼지 않고 도적을 치는 선봉에 서서 충성을 다해 활약하는 모습을 보여드리기 위해, 이곳에서 지나가시기만을 기다렸습니다."

처음에 공손찬은 이 근처의 향사겠거니 생각했으나, 셋 중 하나는 어디선가 본 것처럼 낯이 익어 마음에 짚이는 대로 물어보았다.

"혹시 귀공은 유현덕이 아닌가?"

"그렇습니다. 기억하셨습니까? 저는 유현덕입니다."

그 대답에 공손찬은 화들짝 놀랐다.

"오오, 그럼 역시⋯."

"황건의 난 이래 낙양 외문에서 잠깐 만난 적이 있는데, 그 후 그대는 어떤 관직에 종사하였는가?"

"부끄럽습니다만, 변변한 공도 출세도 없이 이런 벽촌의 현령으로 지냈습니다."

"미미한 관직이 아닌가? 귀공 같은 인물을 이런 벽촌에 묻어두는 건 실로 아까운 일일세. 함께 온 두 사람은 어떤 인물인가?"

"이 둘은 제 의제(義弟)입니다."

"오호, 아우님들이신가?"

"한 사람은 관우, 그 밑에는 장비라고 합니다."

"관직은 무엇인가?"

"관우는 마궁수(馬弓手), 장비는 보궁수(步弓手)입니다. 이 둘도 그 직책으로 따진다면 겨우 졸오(卒伍, 병졸들의 대오. 예전에, 10명이 한 조로 '졸'을 이루고 5명이 한 조로 '오'를 이룬 것에서 유래 – 옮긴이)에 불과합니다."

"마찬가지로 용감한 대장부를 애석하게도 시골의 병졸로 썩혔구나. 좋다. 그대들도 같은 뜻을 품었다면 우리 군에 가세하여 함께 활약해주게."

"허락해주시는 겁니까?"

"바라던 바네."

"반드시 역적 동탁을 죽이고 더러워진 조정을 깨끗이 씻어내 겠습니다."

현덕과 관우는 은혜에 감사하며 맹세를 다졌다. 두 사람이 절을 올리고 일어나자 장비는 볼멘소리로 중얼거렸다.

"그러니 내가 말하지 않았소? 동탁이 황건적을 토벌하러 내 려왔을 때 영천 진영에서 내가 그놈을 죽이자고 했는데, 형님 들이 말리는 바람에 오늘 이 모양 이 꼴이 난 것 아니오? 그때 내가 동탁을 죽이도록 내버려 뒀으면 지금 같은 생난리는 벌어 지지 않았을 거요."

현덕은 그 말을 듣자 꾸짖었다.

"장비, 무슨 쓸데없는 소리를 지껄이는 게냐! 빨리 군의 후방 에 서지 못할까!"

그러면서 현덕도 중군의 뒷줄에 들어감으로써 조조가 그리 는 큰 계획에 합류했다.

5

그리하여 조조가 세운 계획은 이제 완벽해졌다.

포진과 작전도 세워졌다.

회합한 제후 18개국, 병력 수십만, 제1진부터 제17진까지 늘어선 진지는 200여 리에 달했다.

"우리가 이곳에서 일어섰도다!"

길일을 점친 후 조조는 제단을 세우고 소와 말을 잡아서 제사를 지내며 거병 의식을 치렀다.

그때 식장에 있던 여러 장수가 발의했다.

"바야흐로 의병을 일으켜 역적을 처벌할 때가 왔소. 마땅히 삼군의 맹주를 세워 총군의 수장으로 모시고 우리는 명을 받들어야 하는 법이오."

"그 말이 맞소."

"마땅히 그리해야 하오."

모두가 이구동성으로 말했다.

"누가 수장을 맡는 게 좋겠소?"

막상 이야기가 나오자 사람들은 서로 양보할 뿐 뻔뻔하게 나서는 자가 없었다.

결국, 조조가 지명했다.

"원소는 어떻겠소? 원소는 본디 한(漢)나라 명장의 후예일 뿐 아니라 선조가 4대에 걸쳐 삼공(三公)의 중직에 올랐으며, 문하에는 훌륭한 인재가 수두룩하오. 그 명망과 지위로 볼 때 원소야말로 맹주로서 손색이 없는 인물 아니오?"

"아니오. 난 도저히 그럴 만한 그릇이 못 되오."

조조가 하는 말에 원소는 겸손하게 두세 번 사양했으나, 다른 여러 장수에 대한 일종의 예의였다.

"정 그러시다면 맡지요."

마침내 분위기에 떠밀려 형식적인 말로 승낙했다.

이튿날.

식장에 제단을 3단으로 쌓고 5방위에 깃발을 세운 후 백모(白旄), 황월(黃鉞), 병부(兵符), 인수(印綬) 등을 받든 여러 장수의 행렬 사이에서 원소는 의관을 가다듬고 칼을 찬 채 제단 위로 올라갔다.

"적성(赤誠)의 대동맹이 이곳에서 이루어졌다. 맹세하건대 한실의 불행을 내몰고 억민(億民)의 도탄을 구하리라. 불초한 원소가 맹주로 추대되어 지휘라는 큰 임무를 맡았도다. 황천후토(皇天后土)시여, 조종의 밝은 혼령이시여, 우러러 바라옵건대 이 뜻을 살펴주소서."

향을 피우고 제단에서 하늘을 향해 절을 올리자 여러 장수와 대장들은 하나같이 눈물을 흘렸다.

"때가 왔다."

"천하의 여명이 밝았다."

"머지않아 낙양의 역군을 이 땅에서 기필코 쓸어버리겠다."

모두 이를 악물고, 각오를 다졌다. 강개를 다잡았으며 의식이 끝나자 한동안 멈출 줄 모르는 만세 소리에 하늘에 뜬 구름도 갈라지는 듯했다.

원소는 장수들의 예를 받은 후 첫 명령을 내렸다.

"내 지금 변변찮은 재능으로 수장 자리에 올랐소. 이렇게 된 이상 공이 있는 자에게는 상을 주고 죄가 있는 자에게는 반드시 벌을 내릴 것이오. 제공들이여, 부하를 대함에 위엄을 지녀야 하오. 부디 태만해지지 않기를 바라겠소."

"만세! 만세!"

우레 같은 만세 소리로 삼군은 그 말에 부응했다.

원소는 두 번째 명령을 내렸다.

"내 아우 원술은 경리에 다소 재주가 있소이다. 오늘부로 원

술에게 군량을 지휘하는 자로서 각 장군의 진영으로 병참을 조
달하는 일과 운용을 맡기겠소."

그 명령에도 사람들은 뜨거운 성원을 보냈다.

"다음으로 우리 군은 곧 북진의 길에 오를 것이오. 누가 선봉
을 맡아 사수관(氾水關, 하북성 사수) 관문을 공격하겠소?"

"제가 가겠습니다!"

원소가 내리는 명에 부응하여 깃대를 들고 이름을 밝힌 자가
있었다. 장사(長沙) 태수 손견이다.

강동의 호랑이

1

이날 새벽.

낙양 승상부는 웬일인지 긴장이 감돌았다.

잇따라 찾아온 파발마는 무위문(武衛門) 버드나무에 줄줄이 묶인 채 사연이 있는 듯 울어댔다.

"승상, 일어나십시오!"

이유(李儒)는 굳은 얼굴로 동탁이 머무는 침전을 두드렸다.

"일어나셨습니다. 들어가시지요."

야직(夜直)을 서던 위병이 이유가 들어오도록 장막을 열었다.

요염한 미인과 귀여운 계집종이 동탁의 시중을 들며 옥반에 더운 세숫물을 담아 바치는 길이었는데, 비서인 이유가 들어서자 가볍게 인사를 올리더니 멀리 떨어진 별실로 물러났다.

"아침 일찍부터 무슨 일인가?"

동탁은 비대하고 육중한 몸을 여전히 무겁게 움직이면서 의자에 가까스로 기댔다.

"큰일 났습니다!"

"또 궁중에 변고가 생겼는가?"

"아닙니다. 이번에는 멀리 떨어진 지역입니다."

"초적(草賊)이 난이라도 일으켰는가?"

"아닙니다. 일전에 없었던 대대적인 반란군의 거병입니다."

"어디서?"

"진류가 중심입니다."

"주모자는 조조나 원소 놈이겠지."

"그런 모양입니다. 밀조를 받았다고 사칭해서 순식간에 18개 제국을 어루꾀어 진영이 자그마치 200여 리에 이르는 대군을 편성했습니다."

"그렇다면 가만히 두고 볼 수 없는 노릇이로군."

"물론입니다."

"아직 자세한 보고는 안 들어왔는가?"

"어젯밤부터 오늘 새벽까지 파발마가 줄지어오는 중입니다. 이미 적들은 원소를 총대장으로 받들고 조조를 참모로 삼았으며, 첫 공격 선봉은 오군(吳郡)의 손견이 맡아 사수관 근처까지 공격해왔다고 합니다."

"손견이라…. 아, 장사 태수 말이로군. 그잔 전투에 능한가?"

"능할 것입니다. 다른 건 몰라도 병법으로 유명한 손자 후손이니까요."

"손자 후예라고?"

"그렇습니다. 오군 부춘(富春, 절강성浙江省 부양시富陽市) 태생으로 이름은 손견, 자는 문대(文臺)라 하며, 남방에서는 퍽 이름

난 사내입니다."

이유는 일찍이 소문으로 들은 손견의 인물됨에 관해 이야기하기 시작했다.

손견이 열일곱 살 때 벌어진 사건이다.

손견은 아버지를 따라 전당(錢塘) 지방을 여행하는 길이었다. 당시에 전당 지방 항구는 해적이 저지르는 횡행이 심각하여 그 피해를 당한 여객선과 나그네 수를 이루 헤아릴 수 없었다.

어느 날 저녁 무렵, 손견이 아버지와 함께 항구를 거니는데 해안에서 해적 수십 명이 바다에서 포획한 재물을 제 몫으로 나누며 소란을 피웠다.

겨우 열일곱 살 난 소년 손견은 그 광경을 보자 별안간 칼을 뽑아 들고 해적 무리로 달려들어 우두머리를 정확히 두 동강으로 베었다.

"나는 연해(沿海)의 수호자다!"

손견은 이렇게 소리치며 마치 아수라처럼 날뛰었다.

해적들은 기겁하여 대부분 줄행랑쳤다. 덕분에 노략질하여 산처럼 쌓아둔 재물은 주인들에게 돌려줄 수 있었다. 그중에는 전당의 부호가 가보로 여기는 보석함도 있었다. 그렇지만 손견은 그 어떤 사례도 받지 않았다.

그 후로 손견이라는 이름은 약관의 나이 때부터 남방에 널리 퍼져 나갔고, 손견의 인망은 깊이 뿌리내렸다는 이야기였다.

"흐음…. 그 녀석은 제법 대단한 사내인 모양이로군. 그렇다면 이쪽에서도 손견에 필적할 만한 거물을 대장으로 세워 토벌에 나서야겠는데…."

과연 동탁도 진지해져서 '누가 좋을 것인가' 하고 골똘히 고민했다.

"승상, 제가 있다는 사실을 어찌 잊으신 겝니까?"

그때 장막 뒤에서 불만스럽게 말하는 자가 있었다.

2

"거기서 말하는 자는 누구냐?"

"여포입니다."

동탁이 꾸짖자 여포가 모습을 드러냈다.

"뭘 망설이십니까? 고작 조조와 원소가 이끄는 패거리 따위를 해치우는 데 무슨 어려움이 있단 말입니까. 이럴 때 절 쓰시지 않는다면 대체 무얼 위해 적토마를 하사하셨는지요?"

오히려 동탁을 책망하는 듯한 어투로 말하는 것이다.

"이 여포를 보내주십시오. 먼지 같은 대군을 휩쓸어 손견이란 놈은 물론 조조, 원소 등 역도에 가담한 제후들의 목을 하나하나 땅에 늘어놓아 보이겠습니다."

"아주 믿음직스럽구나."

동탁은 매우 기뻐하며 여포를 달랬다.

"자네가 있어 나도 두 발 뻗고 편히 잘 수 있느니라. 결코 침상을 지키는 개나 장막처럼 여겨 잊은 게 아니다."

그때 이미 승상실 장막 밖에는 이변을 듣고 달려온 장수들이 여럿 모여 있었는데 그 가운데 한 장수가 나섰다.

"여포 장군, 기다리십시오. 닭 잡는 데 어찌 소 잡는 칼을 쓰겠습니까? 제가 아군 선봉에 서서 적의 선봉과 한번 부딪쳐보겠습니다."

모두가 보내는 시선이 일제히 그자에게 쏠렸다. 호랑이 몸과 이리의 허리, 표범의 머리와 원숭이 팔을 가진 그야말로 희대의 골격을 지닌 용장이다.

바로 관서(關西) 사람인 화웅(華雄) 장군이다.

"오오, 화웅인가! 마침 잘 말해주었다. 자네가 먼저 사수관으로 내려가 요해를 지키고 우리 낙양을 평안토록 해라."

동탁은 기뻐하며 인수를 건네고 병사 5만을 내주었다.

화웅은 거듭 절하고 물러나 이숙(李肅), 호진(胡軫), 조잠(趙岑) 세 사람을 부장으로 선발하여 그날 즉시 위풍당당하게 사수관으로 출격했다.

북군이 닥쳐온다!

북군이 남하한다!

이미 원소와 조조가 이끄는 혁신군에게 비보가 날아들었다.

"올 테면 와라!"

선봉에 선 손견 진영에서는 각오로 가득한 긴장감이 팽배했다.

그 후진에 주둔하던 제북 포신은 북군이 남하한다는 소식을 듣자 아우 포충(鮑忠)을 슬며시 불러냈다.

"어떠냐, 아우야. 네가 병사들을 일부 이끌고 지름길로 들어가서 사수관에 주둔하는 적을 기습해보지 않겠느냐?"

"해보겠습니다."

"장사의 손견이 잽싸게 선수 치는 바람에 이대로라면 우리 둘은 그자의 명예를 넋 놓고 바라보게 생겼다. 아쉽지 않으냐?"

"저도 그리 생각했던 참입니다."

"즉시 출격해라! 무사히 관내를 공격하거든 불을 피워라. 연기로 신호를 보내오면 내가 밖에서 대대적으로 공격할 터."

"예! 알겠습니다."

그날 밤 포충은 형 포신과 미리 모의한 대로 500기만을 이끌고 길이 없는 산속을 넘어갔다.

허나 금세 적장인 화웅에게 들키고 말았다. 망을 보던 척후병들에게 걸려들어 깊숙이 들어간 포충은 순식간에 포위당해 병사들과 함께 적지에서 전멸의 화를 입었다.

그때였다.

"징조가 좋군."

화웅은 직접 말을 몰아 포충을 단칼에 베어버린 뒤 파발마를 띄워 그 목을 낙양으로 보냈다.

동탁은 보답으로 즉시 표창과 칼을 보내왔다.

3

"자, 단번에 밀어붙여라!"

아군인 포충이 앞질러 목을 바친 탓에 적을 기쁘게 했다는 사실도 모른 채 선봉 대장 손견은 전술의 정법대로 충분히 준비를 마친 후 사수관 정면을 공격했다.

"역적을 돕는 미천한 놈이여! 어째서 빨리 항복을 구걸하지 않느냐? 우리는 혁신의 선봉대다. 시국이 시시각각 악화되고 있거늘 네놈들의 어리석은 눈에는 보이지도 않느냐!"

손견은 관성(關城) 밑에서 소리쳤다.

"별 우스운 잠꼬대를 다 지껄이는구나."

화웅은 주위를 둘러보며 물었다.

"누가 손견의 목을 따서 이 관성의 첫 공을 가져가겠느냐?"

"제게 명을 내리십시오."

"호진인가, 좋다."

곧바로 화웅에게 병사 5000기를 받아 부장 호진은 관(關)을 내려왔다.

화웅은 불안했는지 자신도 1만 병사를 이끌고 사수관 측면에서 출격했다.

관 밑에서 벌어지는 격전은 이미 시작된 터!

"저기 나타난 놈은 호진이구나. 자, 덤벼라!"

손견은 창을 꼬나들고 바짝 달려갔다.

"건방진 놈!"

호진도 모를 휘두르고 사나운 말의 배를 힘껏 들어 올리며 달려들었다.

그러자 손견의 무사 정보(程普)가 옆쪽에서 창을 던졌다.

"이놈! 주군의 손을 번거롭게 하지 마라. 죽어랏!"

바람을 가르고 날아간 창은 호진의 목을 관통하였고, 창자루는 호진의 몸을 꿴 채 그대로 땅에 꽂혔다.

"감히 내 부하를 죽이다니!"

북군의 화웅은 발을 동동 구르며 분통을 터뜨렸으나 이미 호진이 이끄는 5000기는 무너진 뒤였기에 수습할 여력도 없었다.

"퇴각하라, 퇴각!"

일단 사수관으로 병사를 밀어 넣고 관문을 굳게 닫은 후, 기세충천하여 바로 앞까지 쫓아온 손견 군을 향해 돌, 거목, 철궁, 화궁 등을 소나기처럼 퍼부었다. 모처럼 적의 부장은 물리쳤지만 그만큼 손견의 부하도 희생자가 많았다.

"이래서는 아무런 이득도 없다."

재빨리 빈틈을 노려서 손견도 적절히 퇴진하여 양동(梁東)이라는 마을 근처까지 병사들을 이끌고 갔다.

그러고 나서 원소의 본진으로 그날의 수확이라 할 수 있는 호진의 목을 보냄과 동시에 군량을 보내달라고 요청했다.

허나 본진에는 손견에게 원한을 품은 자가 있었다.

"군량을 보내는 일은 고려해보셔야 합니다."

군의 총수 원소에게 속삭이며 참언을 했다.

"그 손견이란 인물은 강동의 호랑이입니다. 만약 그자를 선봉에 세워 낙양을 함락하고 동탁을 죽인다 하더라도, 이리를 내치고 호랑이를 불러들이는 꼴이나 마찬가지입니다. 저렇게 공에 안달하는 모습을 보면 아무래도 사심이 있는 듯합니다. 마침 군량이 떨어지는 절호의 기회가 찾아왔으니, 군량을 보내지 말고 손견의 병사들이 의기소침해져 저절로 나가떨어질 때까지 기다리는 편이 좋겠습니다. 그게 상책입니다."

"옳은 말일세."

원소는 그 말을 받아들여 결국 군량을 보내주지 않았다. 각주 18개국에서 모여든 장군들이 비록 지금은 같은 편일지라도

호시탐탐 기회를 노리며 가슴속에 딴마음을 품은 건 거스를 수
없는 일이었다.

관우와 나눈 한 잔의 술

1

사수관 쪽에서는 끊임없이 밀정을 풀어 공격군의 동정을 살피는데, 어느 날 세작(細作, 간첩 – 옮긴이) 중 한 사람이 부장 이숙에게 이런 보고를 올렸다.

"아무래도 요즘 손견 진영에는 활기가 없는 듯합니다. 이상한 점은 병참부에서 밥 짓는 연기가 올라오지 않는다는 겁니다. 굶으면서 싸울 리도 없는데 말입니다."

이숙은 그 말을 듣자 이튿날 다른 방면에 보낸 세작 둘을 불러다가 물었다.

"근래 적들이 주둔하는 후방에 변화는 안 보이는가? 적의 군량은 어떤가?"

"최근 달포 동안 군량을 실은 수레가 한번도 지나간 적이 없습니다."

이숙은 고개를 주억거리며, 또 다른 세작에게 물었다.

"적의 말은 살이 쪘느냐?"

"요즘에 이상하게 홀쭉해진 듯합니다."

"적의 병사들은 어떤 노래를 부르더냐?"

"고향을 그리워하는 노래를 자주 부릅니다."

"좋다."

세작들을 물리고 이숙은 곧바로 대장 화웅을 만나 계책을 올렸다.

"공격군의 손견을 사로잡을 때가 왔습니다. 오늘 밤 전 군사일부를 이끌고 지름길로 빠져나가 적의 뒤에서 기습 공격을 할테니, 장군은 불빛을 신호로 관문을 열어 정면에서 일제히 쓸어버리십시오."

"성공할 가망이 있느냐?"

"물론입니다. 손견은 무슨 의심을 샀는지 후방의 아군으로부터 군량을 조달받지 못하였습니다. 그로 인해 군기는 흐트러지고 전의는 꺾였으며 이제 내분의 조짐까지 보입니다. 지금이야말로 손견의 목을 쳐야 할 때입니다."

"그래? 오늘 밤은 달이 밝구나."

"절호의 기회가 아닙니까?"

"좋다, 그리하자."

저녁 무렵까지 비책에 의견이 하나로 모였다.

그날 밤. 이숙은 한 무리의 기병을 이끌고 밝은 달빛에 의지하여 지름길로 빠져나간 후, 양동 마을을 본거지로 삼아 포진중이던 공격군의 뒤로 돌아가 갑자기 함성을 내질렀다.

"와아! 와아!"

어둠을 틈타 손견의 장막으로 뛰어들어 사방에 불을 지르고 활시위를 당겼다.

양동 하늘에서 빨간 불빛이 보이자 화웅은 계획대로 사수관 대문을 여덟 팔(八) 자로 열었고,

군사들 가운데로 말을 몰아 마치 협곡에서 솟아난 산 구름처럼 관 아래로 거침없이 밀어닥쳤다.

"자, 손견을 생포하여 이 문으로 끌고 와라!"

어떻게 당해낼 수 있겠는가! 양동의 공격군은 삽시간에 무너졌다.

"물러나지 마라!"

"당황하지 마라!"

손견의 무사들은 있는 힘을 다해 싸우며 부하들을 독려했으나 병사들은 무력했다.

달포쯤 전부터 무슨 연유에서인지 후방에 있는 아군으로부터 군량 조달이 끊긴 바람에 불만은 하늘을 찌를 듯했고 군기는 해이해졌으며 병사와 말도 야위어갔기 때문이다.

"원통하도다."

손견도 이 상황을 타개할 방법이 없었다.

무사 정보와 황개(黃蓋) 등과도 흩어져 조무(祖茂)라는 부하하나만을 데리고 결국 비참한 패전의 진지에서 도망치기 위해 말에 채찍을 휘둘렀다.

그 모습을 본 적장 화웅은 날아오르는 듯이 말을 달리며 소리쳤다.

"손견, 이 비겁한 놈! 돌아와라!"

"뭣이라?"

말 위에 탄 손견은 뒤돌아서 활을 쏘며 맞섰다. 두 발을 날렸으나 화살은 모두 빗나갔다. 초조한 마음에 세 번째 활시위를 메기다 지나치게 힘이 들어갔는지 활은 우지끈 두 동강이 나고 말았다.

2

"앗, 이런!"

부러진 활을 던져버리고 손견은 다시 말 머리를 돌려 숲속으로 도망쳐 들어갔다.

"주군, 주군!"

조무는 따라서 달려 들어오며 손견에게 소리쳤다.

"투구를 벗으십시오. 그 주금(朱金) 투구가 찬란하고 붉어서 눈길을 끕니다. 적의 표적이 됩니다!"

"아, 그랬군!"

어쩐지 날아오는 화살이 유난히 집중된다고 생각했던 손견은 머리 위의 싸개라는 주금란(朱金襴) 투구를 재빨리 벗어서 타다 남은 민가 기둥에 걸고는 인근 빽빽한 숲속으로 황급히 숨어들었다.

지켜보니 예상했던 대로 그 투구를 향해 적의 화살이 빗발치듯 쏟아졌다.

그러나 아무리 쏘아도 투구는 찬란히 빛나기만 할 뿐 미동도 하지 않자 사수병들은 수상히 여기고 가까이 다가가서 소란을 피웠다.

"에이 이런, 손견은 없잖아?"

"투구뿐이다."

숲 위로 밝은 달이 휘영청 떠 있었다. 마치 물고기 떼가 헤엄치듯 하얀 그림자와 검은 그림자가 손견의 행방을 찾아다녔다.

그 속에 화웅의 모습도 있었다.

"이놈! 역적 동탁의 수족아!"

손견의 부하 조무는 나무 그늘에 숨어 있다가 화웅을 보자 그만 격분하여 창을 바싹 당겨 든 채 뛰쳐나갔다. 그러자 화웅은 재빨리 알아채고 이쪽으로 눈을 돌렸다.

"패잔병의 필부가 거기 숨어 있었느냐!"

그 우레 같은 목소리는 마치 큰 나무를 찢는 듯했고 번쩍이는 검광과 함께 조무의 목은 맥없이 떨어지고 말았다.

"누가 저 목을 주워 오너라."

병사들에게 명령한 화웅은 푸른 피가 자욱한 곳을 뒤로한 채 유유히 말을 타고 떠났다.

"아아…, 위험할 뻔했다."

그 후 손견은 안도의 한숨을 내쉬며 주위를 둘러보았다. 사실 목이 떨어진 조무의 몸통이 내팽개쳐진 곳에서 얼마 떨어지지 않은 관목 숲속에 손견도 조용히 숨어 있었다.

"조무여…, 참담하구나."

손견은 눈물을 흘렸다. 조무의 한결같던 충성을 떠올리자 가슴 한구석이 아렸다.

그렇지만 아직 적의 엄중한 포위 속이다. 손견은 정신을 바싹 차리고 빠져나갈 길을 모색했다. 화살에 맞은 상처로 인한 고통도 잊은 채 2리 남짓을 걸었다.

얼마 가지 않아 도망쳤던 아군을 소집했으나 전군의 10분의 1에도 못 미치는 숫자였다. 거의 전멸하다시피 참패를 당한 것이다.

비통한 밤은 밝아왔다.

패배한 자의 상처 입은 영혼처럼 그날 밤은 새벽달만이 하얗게 덩그러니 빛났다.

"선봉에 섰던 아군이 전멸했다!"

"적의 대군이 승세를 타고 시시각각 달려온다!"

후방에 있던 본진은 크게 술렁였다.

총수 원소와 유막에 있던 조조도 얼굴이 창백하게 굳었다.

지난번에는.

포신 장군의 아우인 포충이 함부로 적을 치는 바람에 아군을 상당수 잃었다는 불길한 기별을 보고받았다. 지금 또 선봉에 선 손견이 처절한 참패를 당했다는 소식이 전해지자 진영의 여러 장수와 전군의 병사들도 '이제 어떻게 하면 좋은가?' 하며 의기소침해졌다.

그 때문인지 원소와 조조를 비롯한 17진의 제후들은 그날 본영 회당에 모여 쇠퇴하는 형세를 만회하기 위한 작전 회의에 몰두했다. 그러나 적군의 우세와 적장 화웅의 만부부당(萬夫不當, 수많은 장부丈夫로도 능히 당할 수 없음 – 옮긴이)한 용맹에 압도당하여 회의 자리마저 위축되었다.

몹시 씁쓸한 얼굴을 하던 총수 원소는 문득 좌중의 공손찬

뒤에 서서 빙긋이 미소 짓는 사람을 보았다.

원소는 마치 불쾌한 것처럼 물었다.

"공손찬, 귀공 뒤에 서 있는 자는 누구요? 어떤 인물이오?"

3

원소가 묻자 공손찬은 뒤를 슬쩍 돌아보았다.

"아, 이 사람 말씀이십니까?"

그 기회에 회당에 모인 장군들에게도 정식으로 소개했다.

"이 사람은 탁현(涿縣) 누상촌(樓桑村) 출생으로 저와는 어릴 적부터 벗입니다. 이름은 유비, 자는 현덕으로 바로 얼마 전까지는 평원현 영(令)으로 지내고 있었습니다. 부디 잘 살펴주십시오."

조조는 눈을 크게 뜨고 물었다.

"오오, 지난 황건의 난 당시 광종의 들판과 영천 지방에서 무용을 떨친 그 무명의 의군을 지휘하던 사람이오?"

"그렇습니다."

"어쩐지 어디선가 본 듯한 느낌이 들었소. 그러고 보니 영천의 도적을 광야에서 에워싸고 화공으로 물리쳤을 때, 진두에서 잠시 인사를 나눈 적이 있소. 워낙 오래전 일이라서 까맣게 잊었지만."

원소도 비로소 의심을 풀며 무례를 사과했다.

"누상촌에 명문가의 후손이 있다는 소문은 일찍이 들었소.

저 현덕 공은 한실의 종친이오. 누가 좀 자리를 내주시겠소?"

"앉으시지요."

한 장군이 자리를 양보하며 권하자 현덕은 그때 처음으로 입을 열었다.

"아닙니다. 전 장군들과 감히 비교조차 할 수 없는 작은 현의 영에 불과합니다. 신분이 다릅니다. 어떻게 여러분과 나란히 자리에 앉을 수 있겠습니까? 이대로도 좋습니다."

현덕은 한사코 사양하며 그대로 공손찬 뒤에 서 있길 자처했다. 그러자 원소가 고개를 내저었다.

"그러지 마시오. 애당초 그대의 관직 때문에 자리를 내준 게 아니라, 그대의 선조가 전한(前漢)의 제실이고 이 나라에 세운 공적이 있으니 그에 상응한 경의를 표했을 뿐이오. 사양하지 말고 자리에 앉으시오."

공손찬도 거들었다.

"모처럼 호의를 베풀어주셨으니 받들게."

"그럼…."

여러 장군도 권하자 현덕은 회당에 모인 일동에게 절을 공손히 올린 후 자리에 앉았다.

그러자 관우와 장비는 발을 옮겨 현덕 등 뒤에서 시립했다.

그때.

새벽녘부터 시작해서 한나절이 넘도록 계속된 대전(大戰)은 절정으로 치달았다.

"18개국 17진의 대병이라고 떠들더니 반역군은 오합지졸로밖에 보이지 않는구나. 별 볼 일 없는 놈들이다."

이전부터 이끈 승리에 취해 기세등등해진 화웅 군은 낙양의 정예병을 거느리고 손견의 1진을 짓밟은 후 그 여세를 몰아 사수관의 수비에서 나온 것이다. 이참에 바람이 나뭇잎을 휘감듯 수십 리를 한달음에 달려서, 북소리로 구름을 울리고 함성으로 산천을 뒤흔들며 혁신군의 수뇌부에 해당하는 본진 근처까지 밀어닥쳤다.

"아군의 2진이 격파되었습니다!"

"3진도 뚫렸습니다!"

"큰일입니다! 중군마저 교란되어 위험합니다!"

패보가 속속 들어왔다.

화웅 군은 긴 장대 끝에 손견이 쓰던 붉은 투구를 꽂아 들고 악을 쓰며 큰 강줄기처럼 밀려온다는 전령이 들어왔다.

4

"이를 어찌하면 좋은가!"

연달아 몰려오는 전령이 계속해서 아군이 처한 위기를 알리자 총대장 원소를 비롯한 만당의 여러 장군은 창백한 얼굴로 어찌할 바를 몰랐다.

"우왕좌왕한들 별수 있겠습니까? 이럴 때야말로 배짱을 내밀어야 하는 법."

과연 조조는 곁에 서 있는 부하를 돌아보며 명령했다.

"술을 가져오너라."

"예!"

어느새 술잔은 각 장군의 탁자에도 하나씩 놓였다. 조조는 잔을 들어 꿀꺽꿀꺽 들이켰다.

우와아아!

우아아!

우레 같은 요란한 함성이 귓가에 들려왔다. 땅이 우르릉거리며 울렸다.

"이, 이제 틀렸습니다…."

온통 피투성이가 된 척후병이 회당 계단 아래까지 와서 절규하더니 숨을 거두었다.

"아군의 중군은 적의 철병에 유린당해 사방으로 흩어졌으며 이미 이곳 경계도 허술해졌습니다!"

"시급히 본진을 다른 곳으로 옮기지 않으면 위험합니다. 포위되고 말 것입니다!"

"앗, 저쪽에 이미 적의 선진이!"

곧이어 두세 병사가 소식을 알리러 달려오고 또 알린 뒤에 급히 떠났다. 이제 이곳 본진은 마치 회오리바람이 부는 한복판에 서 있는 한 그루 나무처럼 모든 가지가 흔들리고 나뭇잎이 요동쳤다.

"술을 따라라."

조조는 부하에게 술을 따르게 하며 한층 배짱을 부렸지만, 술기운이 올라올수록 얼굴은 창백해졌다.

"포위당하면 큰일이다."

어느새 본진의 후퇴를 슬며시 언급하는 사람마저 나타났다.

술을 마시기는커녕 장군들의 절반 이상은 얼굴이 흙빛으로 변했다.

높이 치솟은 누런 먼지는 하늘을 뒤덮었고 산천초목은 피에 절규했다.

그때 갑자기 자리에서 일어나 쩌렁쩌렁 소리치며 칼을 빼든 자가 있었다.

"변변치 못한 아군이로다! 이렇게 된 이상 제가 가서 적군의 세력을 쫓아내고 아군의 퇴세를 단번에 만회해 보이겠습니다!"

원소가 아끼는 장수이자 무용으로 이름난 대장 유섭(兪涉)이었다.

"가거라!"

원소는 유섭이 보인 용감함을 칭찬하며 술잔을 건넸다.

"자, 그럼."

유섭은 단숨에 들이켠 후 병사들을 이끌고 적군 한가운데로 달려갔으나 눈 깜짝할 사이에 유섭의 수병이 도망쳐 와서는 보고를 올렸다.

"유섭 장군은 난군 속에서 적장 화웅과 마주쳤는데, 겨룬 지 6~7합 만에 칼에 베여 떨어졌습니다."

그 말에 만당의 제후들은 놀라서 소름이 돋았다.

"진정하십시오. 제게 용장이 하나 있습니다. 일찍이 백전(百戰)에서 패배한 적이 없는 반봉(潘鳳)이라는 자입니다. 반봉이라면 화웅을 해치우는 데 어려움이 없을 줄로 압니다."

태수 한복의 말에 원소는 뛸 듯이 기뻐했다.

"그자는 어딨소?"

"아마 후군 우익에 있을 것입니다."

"즉시 부르시오."

"그리하겠습니다."

반봉은 부름에 응하여 거대한 화염부(火焰斧)를 손에 꼬나들고 검은 말을 탄 채로 본진 계단 아래까지 달려왔다.

"과연 늠름한 호걸이로다. 즉시 출격하여 화웅의 목을 따 오너라!"

원소가 내린 명령에 반봉은 황송해하며 곧바로 난군 속으로 뛰어들었지만, 얼마 지나지 않아 반봉 역시 화웅에게 목숨을 잃었다. 반봉의 목은 개선가를 부르는 적의 손에 농락당하며 적들을 기쁘게 한다는 소식이 들려오자 만당은 또다시 찬물을 끼얹은 듯 싸늘한 분위기가 되어 모두 전의를 상실한 듯 보였다.

5

원소는 제 다리를 치며 탄식을 터뜨렸다.

"아, 안타깝구나. 이럴 줄 알았으면 부하 장수 안량과 문추를 데리고 오는 건데…."

자리에서 일어나 바닥을 쿵쿵 밟다가도 또다시 제자리로 돌아와 한숨을 쉬었다.

"안량과 문추는 후방의 병력을 모으기 위해 일부러 고향에 두고 왔건만, 만약 둘 중 하나만 여기 있었더라면 화웅 따위 치는 일이야 손바닥 뒤집는 것보다 쉬웠을 텐데…."

좌중에는 적막이 흘렀다.

원소가 해대는 질타만이 크게 울릴 뿐이다.

"각국 제후들이 이렇게나 모여 있거늘, 그 부하 중에 화웅을 칠 만한 대장이 한 사람도 없어서야 천하의 웃음거리가 되지 않겠소? 후대까지 입에 오를 치욕이 아니오?"

총수인 원소부터가 부질없는 후회만 되뇌며 안달복달하니, 그 자리에 있는 사람들은 말없이 고개만 숙일 뿐이다.

그때 침묵을 깨고 소리치며 나서는 자가 있었다.

"이곳에 사람이 없다고 누가 그럽니까? 원컨대 제게 명을 내려주십시오. 눈 깜짝할 사이에 화웅의 목을 베어 제후들 눈앞에 바치겠습니다."

"누구냐?"

모두 놀라서 계단 밑을 내려다보니, 그자의 키는 커다란 소나무 같고 수염 길이는 칼자루까지 닿았으며 누에 같은 눈썹과 붉은 봉안은 흡사 천상의 전귀(戰鬼)가 홀연히 땅으로 내려온 듯한 착각이 들었다.

"저자는 누구인가? 대체 누구 밑에 있는 대장인가?"

원소가 묻는 말에 공손찬이 대답했다.

"여깄는 현덕의 아우, 관우라는 자입니다."

"오호라, 현덕 아우인가. 어떤 관직에 있었는가?"

"현덕 부하로서 마궁수로 있었습니다."

그 말을 듣자마자 원소는 분노하며 관우를 멸시했다.

"썩 물러나라! 말단 주제에 어디 제후들 앞에서 겁도 없이 방약무인하게 소리치느냐! 시각을 다투는 군중에서 훼방을 놓다니 정신 나간 놈이로구나. 저 꼴사나운 놈을 눈앞에서 당장 치워라!"

그러자 조조가 원소를 살살 달랬다.

"기다리십시오. 아군끼리 서로 언성을 높일 때가 아닙니다. 이 인물도 제후들을 앞에 두고 호언장담하면서 설마하니 실없는 소리를 뱉었겠습니까? 속는 셈 치고 내보내면 어떻겠습니까? 만약 패하고 돌아온다면 그때 처벌해도 늦지 않습니다."

"아니오. 그대의 주장도 일리는 있으나 말단 마궁수 따위를 내보내면 화웅의 비웃음을 살 테고, 또 좋은 이야깃거리가 되어 낙양까지 전해질 것이오."

"웃으려면 웃으라지요. 제가 보기에 이 사내는 일개 마궁수라고는 하나, 세상에 보기 드문 얼굴을 가졌습니다. 이미 적도 가까이 왔으니 자칫 늦으면 이 본진도 무너지고 말 것입니다. 모쪼록 군법은 차치하고 허락하는 편이 좋습니다. 관우, 이 술을 단숨에 마시고 곧바로 출격해라!"

조조가 술을 따라서 건네자 관우는 술잔을 바라보기만 한 채 거듭 절을 올렸다.

"감사한 하명입니다만, 잠시 두십시오. 한걸음에 달려가 화웅의 목을 베고 돌아온 연후에 마시겠습니다."

그러더니 무게 82근이나 나가는 큰 청룡도를 옆에 꼬나들고 그곳에 있던 말 1필을 끌어당겨 획 하고 뛰어오르기가 무섭게 칠흑 같은 수염을 두 갈래로 가르고 바람을 일으키며 순식간에 전장의 먼지 속으로 모습을 감췄다.

6

관우가 휘두르는 청룡도가 지나가자 하늘 높이 피가 치솟았고 푸른 빛 선혈의 무지개가 걸렸다.

저 멀리 아군의 진을 등지고 군집해 있는 적군 속으로 달려들어 소리쳤다.

"적장 화웅은 어딨느냐! 내 웅장한 모습을 보고 겁에 질려 숨었느냐? 어서 나오너라!"

사나운 호랑이가 양 떼를 쫓듯이 수만 명의 적이 물결치는 파도처럼 흩어졌다. 함성은 천지를 뒤덮고 북소리는 요란하여 산천을 뒤흔드는 듯했다.

패색이 짙은 아군 본진에서는 관우의 활약에 한 가닥 희망을 걸었다.

"전투 상황은 어떤가?"

원소와 조조를 비롯한 각국 제후들이 모두 유막 안에서 일어나 전장의 하늘을 초조하게 바라보았다.

이윽고.

적과 아군 사이에서 적연하게 침묵이 흐른 순간, 마치 피의 늪을 건너온 듯한 검은 말에 걸터타고 관우는 수만의 적병을 거들떠보지도 않은 채 원소와 조조 일행 눈앞으로 조용히 돌아왔다.

"자, 제후들께서 직접 확인하십시오."

관우는 말에서 휙 뛰어내리더니 계단을 올라가 아직 살아 있는 듯한 목을 중앙 탁자에 떡하니 내려놓았다.

바로 적장 화웅의 머리였다! 일순간 만당에 모인 제후와 계단 아래 있던 병사들은 넋을 잃고 말았다.

"오오, 화웅이다!"

"화웅의 목을 베었다!"

마치 약속이나 한 듯이 만세를 부르자 그 소리에 응답하여 아군의 전군도 일제히 개선가를 불렀다.

관우는 몇 걸음 걸어가 조조 앞에 서서 피 묻은 손으로 조금 전 맡겨두었던 술잔을 들었다.

"이제 이 술을 받겠습니다."

가슴을 활짝 펴고 단숨에 들이마셨다.

술은 아직 따뜻했다.

"훌륭하네. 내 한 잔 더 따르지."

조조는 관우가 세운 공이 크다며 몸소 술병을 들었다.

"아닙니다. 저 혼자만의 명예라 할 수 없습니다. 부디 그 한 잔은 전군을 위해 올려주십시오."

"그런가. 과연…. 그럼 만세를 삼창하세."

술잔을 들고 조조가 기립하자 다시 찌를 듯한 승전가의 열풍이 불었다.

그러자 현덕 뒤에서 누군가 소리쳤다.

"승리에 취하기는 아직 이르오! 의형 관우가 화웅의 목을 친 이상 나도 공적을 세워야겠소. 이 기회를 놓치지 말고 전군을 내보내시오. 이 몸이 선봉에서 눈 깜짝할 사이에 낙양까지 쳐들어가 동탁을 사로잡고 제후들의 계단 밑에 꿇어앉히겠소!"

모두가 돌아보자 그 사람은 1장 8척에 달하는 사모를 꼬나

들고 현덕 곁에 붙어 있던 장비였다.

원소 아우 원술은 불쾌한 표정으로 쳐다보며 꾸짖었다.

"쓸데없는 잡소리는 집어치워라! 제후와 고관, 각국의 뛰어난 장군들도 겸양하여 말을 삼가거늘, 네놈 같은 일개 현령의 부하가 제 분수도 모르고 떠들다니. 건방진 놈이로구나. 닥쳐라!"

조조가 달래자 원술은 더 성질을 내며 노여워했다.

"저런 미천한 걸 우리와 똑같이 대우한다면 내 병사들을 이끌고 고향으로 돌아가겠소."

일이 곤란해질 듯하자 조조는 공손찬에게 일러 현덕, 관우, 장비 세 사람을 자리에서 물렸다.

밤이 되자 섭섭해하지 말라는 뜻으로 현덕에게 슬쩍 술과 안주를 보내 세 사람의 마음을 위로했다.

호뢰관

1

화웅이 당했다!

화웅 군이 무너졌다!

패보를 실은 파발마는 낙양을 놀라게 했다. 이숙은 아연실색하여 동 상국에게 급히 보고했다. 동탁의 낯빛도 창백해졌다.

"아군은 어떻게 무너졌는가?"

"사수관으로 도망쳐 오는 길입니다."

"관에서 나오지 말라고 전해라."

"원군이 도착할 때까지는 그렇게 하라고 명령해두었습니다."

"어떻게 화웅 정도의 용장이 호락호락 당했단 말인가?"

"아무래도 원소에게 지방 세력과 덕망이 있기 때문이겠지요."

"원소의 숙부 원외는 아직 낙양 부내에 있겠지?"

"태부 관직에 있습니다."

"위험천만하다. 만약 이쪽과 내통이라도 한다면 낙양은 삽시간에 무너질 것이다."

"저도 그 점이 걱정됩니다만…."

"중대한 사실을 간과하였다. 바로 제거해버려라."

태부 원외 저택으로 즉시 승상부가 부리는 병사 1000여 기가 달려갔다.

앞뒤로 불을 지른 후 남녀 가릴 것 없이 도망쳐 나온 하인과 무사들을 몰살했다. 물론 원외도 놓치지 않았다.

그날로 20만 대병은 낙양에서 출발했다.

한쪽은 이각(李傕), 곽사(郭汜) 두 대장이 5만여 기를 이끌고 사수관을 수호하기 위해 떠났다.

또 다른 한쪽은 무려 15만이나 되는 세력을 동탁이 직접 지휘하여 호뢰관(虎牢關)을 방어하러 출격했다.

동탁을 지키는 여러 장수 중에는 이유와 여포를 비롯하여 장제(張濟), 번조(樊稠) 같은 쟁쟁한 인물이 있었다. 호뢰관은 낙양에서 남쪽으로 50여 리 떨어진 곳으로, 지세가 험준한 이곳에 10만 병사를 배치하면 천하 제후들은 통로를 잃게 되는 요해(要害)였다.

동탁은 그곳에 본진을 차리고 수족인 여포를 불렀다.

"관 밖에 진을 쳐라."

그러면서 3만 정예병을 주었다.

이곳 요해처에 12만 병사를 배치하여 동탁이 직접 수비에 나섰고, 그 위에 3만 정예병을 전방에 세워 만부부당하다는 여포를 선봉에 두었으니, 그야말로 금성철벽(金城鐵壁)이라는 말처럼 장관이 펼쳐졌다.

이렇게 10주(州)로 연결되는 통로가 차단되면서 제후들이 본국과 접촉하기 어려워지자 공격군의 진에는 동요의 조짐이 나타났다.

"사태가 안 좋아졌소. 늦기 전에 계획을 논의하여 방침을 밝혀야겠소."

원소는 조조에게 귀엣말을 속닥였다.

조조도 같은 생각이었으므로 곧바로 회의를 열어 군 방침을 공표했다.

적이 두 패로 나뉘어 남하했으니 그에 따라 이쪽 병력도 둘로 나누었다.

따라서 일부를 사수관에 남기고 나머지 병력은 호뢰관으로 향했다. 총 병력은 8개국으로 그 여덟 제후는 왕광, 포신, 교모, 원유(袁遺), 공융, 장양(張楊), 도겸, 공손찬이다.

조조는 유격군을 맡았다. 아군이 무너지거나 약해질 조짐이 보이면 언제든지 가세하기 위한 유격군을 이끌고 대기했다.

"왔군…."

북군의 여포는 예의 명마인 적토에 걸터타고 호뢰관 전위군 속에서 상대편의 진용을 여유롭게 바라보았다.

여포의 그날 무장은 이랬다.

붉은 비단으로 지은 백화전포(百花戰袍)와 연환(連環) 갑옷을 두르고 머리는 세 갈래로 묶어 자금관(紫金冠)을 얹었으며, 사자 가죽띠에 활을 차고 커다란 방천극(方天戟)을 손에 들었는데, 걸터탄 적토마조차 작아 보이는 그 모습은 공격군의 대군을 압도하기에 충분했다.

"저자가 바로 여포인가!"

모두의 눈은 휘둥그레질 뿐이다.

2

"여포를 쳐라!"

그사이 공격군 진두에서는 하내 태수 왕광이 부하인 맹장 방열(方悅)과 함께 하내의 강병들을 뽑아 여포 군으로 돌격했다.

"움직이지 마라. 적들이 가까이 와야 한다."

적이 울리는 북소리를 들으면서도 여포는 자기편의 진격을 제지하며 침착한 모습을 보이다가 이윽고 적이 100보 앞까지 다가왔다고 생각되자 소리쳤다.

"몰살하라!"

호령을 내리자마자 여포도 적토마에 철편을 한 대 휘둘러 하내 병의 무리 한가운데로 파고들었다.

"이얍!"

여포가 외치는 고함이 울려 퍼졌다.

"으악…."

방천극을 말 위에서 좌우로 내두를 때마다 적병의 머리와 손발, 몸통이 피를 튀기며 사방으로 날아갔다.

"뭐야, 별것도 아니군. 공격군 놈들아, 여포가 여깄다! 이 여포에게 덤빌 자는 없느냐?"

거만한 말을 내뱉으며 종횡무진 질주했다.

무인지경(無人之境)을 달린다는 말은 바로 여포의 모습을 가리키는 것이리라. 졸병 수백이 파도처럼 밀려들어 앞을 가로막았지만, 갑옷 소매에 한번 스치기만 해도 나가떨어질 정도다.

말은 천하무쌍한 적토마. 그 날렵함과 강인함과 왕성함…. 적토의 발굽에 짓밟힌 병사들만 수십인지 수백인지 헤아릴 수 없었다.

심지어 낙양 어린아이들 사이에서 노래로 불리기까지 했다.

목장에 말은 많지만
말 중의 으뜸은
적토마라네
낙양에 사람은 많지만
용사 중의 으뜸은
여포 봉선이라네

그러니 소문으로만 들었던 여포를 무찌르는 사람이야말로 이번 대전에서 가장 큰 훈공자가 되리라는 생각에 공격군은 너도나도 눈에 쌍심지를 켰다.

"내가 저놈을 치겠다!"

하내의 맹장 방열은 여포에게 창을 들이밀었으나 2~3합도 채 겨루지 못하고 여포가 휘두르는 방천극에 말과 함께 베이고 말았다.

"네 이놈!"

태수 왕광은 둘도 없이 아끼던 부하가 눈앞에서 당하자 직접 반월창을 휘두르며 여포의 적토마에 바싹 다가갔다.

"태수가 위험하다!"

아군이 가세하기 위해 모여들었는데 좌우에서 피를 뿜으며 픽픽 쓰러지는 광경을 보자, 왕광은 새파랗게 질려 허둥지둥 말 머리를 돌렸다.

"왕광, 부끄러운 줄 모르는구나!"

여포가 뒤에서 비웃었다. 그러나 왕광의 귀에는 들어오지 않았다.

그때, 아군의 위기라고 판단한 교모 군과 원유 군 두 세력이 여포의 병사들을 양쪽에서 압박하며 좁혀왔다.

우와아….

와아아…!

북을 울리고, 활을 쏘고, 모래 먼지를 일으키며 견제하러 온 것이다.

적토마는 기죽지 않았다. 순식간에 한쪽으로 사라지는가 싶더니 그곳을 있는 대로 짓밟은 후 또 순식간에 한쪽에 있는 적을 흩뜨리는 분투를 벌였다.

상당(上黨) 태수 장양 휘하에 창을 잘 쓰기로 유명한 목순(穆順)이라는 무사가 있었다. 그 목순의 창도 여포와 겨루자 단번에 두 동강이 나고 말았다.

북해 태수 공융의 부하 중에 무안국(武安國)이라는 장사가 있었는데, 그자도 여포 앞에 서자 어린아이처럼 힘을 못 쓰고 무게 50근 철퇴로 공연히 허공만 내리치다가 한쪽 팔을 잃고 나서야 황급히 아군 속으로 줄행랑을 놓았다.

3

이제 여포에게는 대적할 자가 없었다.

천하무적 여포의 모습은 그야말로 빽빽한 구름을 흩어놓는 태양과도 같았다. 여포가 가는 곳에는 8주(州)의 용장도 얼굴이 창백해졌고, 여포가 달리는 곳에는 8진(鎭)의 태수도 말 머리를 돌려 도망쳤다.

"어떻게 하면 좋겠는가?"

원소도 뾰족한 수가 떠오르지 않자 조조에게 물었다.

조조는 팔짱을 낀 채 의견을 제시했다.

"여포 같은 용사는 수백 년에 한 번 나올까 말까 한 인간 세상의 도깨비입니다. 아마 평범한 방법으로 싸워서는 천하에 당해낼 자가 없을 것입니다. 이렇게 된 이상 18개국 제후들이 다 같이 멀리서부터 포위하여 공격한 다음, 여포가 지칠 때를 기다려 일제히 덤벼들어서 사로잡는 수밖에 없습니다."

"동감이오."

원소는 곧바로 군령을 적은 뒤 사수관 방면에서 적을 수비하는 10개국 제후들에게 급히 전령을 보냈다.

그때였다.

"여포다!"

"여포가 온다!"

전령 10기가 채 떠나기도 전에 귀가 찢어질 듯한 소리가 들려왔다.

흡사 거대한 파도에 휩쓸리는 티끌처럼 아군의 병력이 우르르 본진으로 도망쳐 왔다.

"아뿔싸!"

원소 주변은 무사 몇몇이 철통처럼 모여들어 단단히 지켰다.

"물러나지 마라!"

"덤벼라, 덤벼!"

"여포, 이놈!"

"총공격하라!"

제각각 입으로는 사기를 북돋고 독려했지만, 목숨을 버리려고 나서는 자는 아무도 없었다. 다만 진중은 혼란이 극에 달해 아비규환이었고, 말이 날뛰고 병사들이 얽혀서 처량한 기운만이 자욱하게 소용돌이쳤다.

그 사이에,

"여포가 왔다! 조조를 만나야겠다. 적장 원소를 봐야겠단 말이다. 조조는 어딨느냐!"

여포의 목소리가 똑똑히 들렸지만, 원소는 잽싸게 졸병 무리 속에 숨어들어 끝까지 눈에 띄지 않았고, 여포의 적토마는 흑풍처럼 진의 일각을 돌파하여 다음 적진을 쳐부수러 달려갔다.

그다음은 유비가 종군하던 공손찬 진지였다.

"공손찬, 나오너라!"

여포는 죽 늘어선 깃발을 발견하자마자 저돌적으로 달려들었다.

깃발 수십 폭이 바람에 쓰러진 풀처럼 순식간에 적토마 발굽 아래 짓뭉개졌고, 극은 튕기고 창은 부러졌으며 철궁과 철퇴도 제구실을 하지 못했다.

"이놈, 감히!"

공손찬은 이를 부드득 갈면서 비장의 무기인 극을 휘두르며 다가가 맞붙으려 했다.

"거기 있었느냐!"

그러나 적토마를 몰며 달려드는 여포의 눈빛을 보자 간담이 서늘해져서 잠시도 버티지 못하고 도망쳐 버렸다.

"어쭙잖은 놈. 그 목을 두고 가거라!"

1000리를 달린다는 말발굽이 모래 먼지를 일으키며 쫓아가려 한 순간, 옆에서 장팔사모를 휘두르며 튀어나와 거침없이 덤벼든 사내가 있었다.

"기다려라, 여포! 연인(燕人) 장비가 여깄다. 네 목부터 먼저 받아야겠다!"

4

"뭐라?"

여포는 적토마를 멈춰 세우고 홱 돌아보았다.

보아하니 위풍이 대단한 장부다. 호랑이 수염을 곤두세우고 모란 같은 입을 벌렸으며 거대한 장팔사모를 옆에 낀 채 덤벼드는 모습…. 자못 늠름한 위풍이었으나 그 철갑과 말 장식이 퍽 초라한 것으로 보아 적군의 일개 보궁수에 불과하다는 생각이 들었다.

"하찮은 놈. 썩 비켜라!"

여포는 다만 큰소리로 꾸짖을 뿐 상대할 값어치도 없다는 듯이 그대로 나아갔다.

"여포! 멈춰라! 유현덕 휘하에 이 장비가 있음을 모르느냐!"

장비는 그 앞으로 말을 몰아 재빨리 거대한 사모를 옆으로 휘둘러 적토마의 말갈기를 획 스쳤다.

"이 졸개 놈이!"

여포는 눈을 치켜뜨고 방천극을 크게 휘둘러 한가운데를 내리쳤으나 장비는 민첩하게 안장 옆으로 달려들었다.

"이얍!"

장비는 맞고함을 치며 사모에 바람을 휘감아 힘껏 내리쳤다.

뜻하지 않은 강적이다.

'이 녀석은 만만히 볼 상대는 아니군.'

여포는 진지해졌다. 장비는 처음부터 필사적이었다.

가난한 향군을 일으킨 후 무위무관(無位無官)을 멸시당하며 전장을 떠돌기를 이미 수년, 그러다 또다시 벽촌에 묻혀 오랫동안 비육지탄(髀肉之歎, 재능을 발휘할 때를 얻지 못하여 헛되이 세월만 보내는 것을 한탄함을 이르는 말. 유비가 오랫동안 말을 타고 전쟁터에 나가지 못하여 넓적다리만 살찜을 한탄한 데서 유래 – 옮긴이)의 세월을 보낸 장비다.

지금 천하 제후와 대병이 한데 모여 있는 이 화려한 전장에서 천하의 영웅이라 이름을 떨치는 여포의 상대가 된 것은 장비에게 천재일우(千載一遇)라고 해야 할지, 우담화(優曇華, 3000년에 한 번 핀다는 전설의 꽃 – 옮긴이)와 같다고 해야 할지, 여하튼 뜻을 세운 이래 처음 만난 기회임은 분명했다.

하지만 여포는 명성이 자자한 영웅호걸이었다. 손쉽게 쓰러뜨릴 수 있을 리가 없었다.

두 영웅은 실로 눈부신 불꽃을 튀기며 싸웠다. 장팔사모와 방천화극은 서로 엎치락뒤치락하며 누구도 낄 틈 없이 혼신의 힘을 다해 비장의 기술을 발휘했다.

'이런 호걸이 있다니!'

과연 장비도 속으로 혀를 내둘렀다.

'어떻게 이런 대단한 사내가 보궁수 따위로 있을까.'

여포도 내심 놀라움을 금치 못했다.

장비의 사모가 몇 번이나 여포의 자금관과 연환 갑옷을 스치고 여포의 방천극이 누차 장비의 눈썹과 팔뚝가리개를 스쳤다. 당장이라도 어느 한쪽이 위태로워질 것 같은 그 와중에도 두 영웅은 계속해서 악을 쓰며 부르짖었고 도리어 두 사람이 탄 말이 땀에 흠뻑 젖어 재갈을 악물었지만 말 위에서 벌어지는 전투는 지쳐 멈출 줄을 몰랐다.

"아앗, 장비가!"

"아앗, 여포가!"

눈부신 광경에 양쪽 장군과 병사들은 잠시 진을 벌린 채 정신없이 바라보았는데 여포의 기세는 싸우면 싸울수록 날쌔고 용감해졌다. 그에 반해 장비의 사모는 조금 흐트러지는 기미가 보였으므로 멀리서 지켜보던 조조와 원소 등 18개국 제후들이 내심 조마조마해하던 찰나, 때마침 돌풍처럼 그곳으로 달려든 두 아군이 있었다.

"아우여, 물러나지 마라!"

한쪽에서 관우가 소리치며 가세했다.

"난 유현덕이다! 여포라고 하는 적의 용사여, 꼼짝 마라!"

또 한쪽에서는 현덕이 이름을 밝히며 밀어닥쳤다. 현덕은 양 손에 든 크고 작은 칼 두 자루를 번쩍였고 관우는 82근 청룡도 에 힘을 실어, 의형제 세 사람이 세 방향에서 여포를 둘러싸고 맹렬한 바람을 휘몰아쳤던 것이다.

5

"이놈들!"

아무리 여포라지만 이제는 빠져나갈 방법이 없었다. 순식간 에 베어서 나가떨어질 듯했다.

여전히 사나운 바람처럼 울부짖었다.

"한데 덤벼보아라!"

여포는 아직 비웃을 여유마저 있었다. 관우, 장비, 현덕 세 사 람이 달려들어도 눈 하나 깜빡이지 않고 오른편에서 치고 왼편 에서 받으니, 그 번쩍이는 섬광과 창칼이 부딪치는 소리에 전 장의 모든 관심이 이곳으로 집중되었다.

양군 진에 있던 각국 제후들도 모두 술에 취한 듯 멀리서 이 광경을 지켜보았다. 그러던 중 여포가 가한 일격이 자칫하면 현덕의 얼굴을 찌르려던 찰나였다.

"이얍!"

"으랏차!"

용 두 마리가 물을 박차고 여의주 하나를 쟁취하기 위해 싸우는 것처럼 장비와 관우 두 사람이 여포가 탄 말을 양옆에서 에워쌌다.

여포의 안장과 관우의 안장이 아슬아슬하게 부딪칠 정도였다.

다다다닥…. 적토마는 말굽을 뒤로 물렸다.

'이건 당해낼 수 없겠군.'

순간 여포는 안 되겠다고 생각했는지 세 사람을 향해 소리쳤다.

"훗날 다시 겨루자."

그러더니 쏜살같이 말 머리를 돌려 자기편 진지로 내달렸다.

여기서 여포를 놓치면 안 된다.

현덕과 관우, 장비 세 사람도 말에 박차를 가해 나란히 뒤쫓았다.

"우리는 내일을 알 수 없는 무사다. 전장에서 훗날이란 없다. 돌아와라, 여포!"

현덕이 소리쳤다.

피웅….

그때 여포 쪽에서 화살이 한 대 날아왔다.

여포는 말을 달리고 또 달리다 뒤돌아보며 사자 가죽띠에 찬 활을 뽑아들고 또 한 발 쏘았다.

"아쉬우면 내 진까지 따라오너라!"

세 발까지 날아왔다.

눈 깜짝할 사이에 호뢰관 안으로 도망쳐 들어갔다.

"안타깝도다."

장비와 관우도 분해서 이를 갈았으나 어쩔 도리가 없었다.

그도 그럴 것이 하루에 1000리를 달린다는 적토마다. 본격적으로 달리면 장비와 관우가 탄 평범한 말과는 비교도 할 수 없다.

하지만.

여포가 도망침으로써 한때 비참한 처지에 놓였던 아군은 확실히 의욕을 되찾았다. 각국 제후들이 총공격을 명령하자 함성이 크게 울려 퍼졌다.

적군은 여포를 따라 호뢰관으로 도망쳤으나 태반이 관문으로 들어가지 못한 채 쓰러지고 말았다.

공격군은 밀물처럼 호뢰관으로 달려들었다. 호뢰관의 철문을 굳게 닫고 패배의 신음을 그 안에 감추었다.

관우와 장비는 관문 바로 밑까지 쫓아가 밟아 부수겠다며 안달했지만, 천하의 험준한 철벽이 우뚝 버티고 있었다. 아무리 발버둥쳐도 손쓸 방법이 없었다.

그때 문득.

호뢰관 위로 아득히 높은 하늘을 바라보니 수놓은 비단 깃발과 무수한 기치(旗幟)가 펄럭이는 곳에 청라(青羅)의 산개(傘蓋)가 마치 바람결에 흔들리는 구름과 무지개처럼 보였다.

장비는 입을 딱 벌리고 무심코 큰 소리로 외쳤다.

"어, 어어. 저기 보이는 자는 필시 적의 총수인 동탁이다. 저놈을 눈앞에 두고 어찌 가만히 보고만 있을 수 있겠는가! 공격하라, 제군들!"

가장 먼저 성벽에 매달려 기어오르려 했지만, 곧바로 망루 위에서 거목과 암석이 빗발치듯 쏟아진 탓에 관우는 발을 동동 구르며 원통해하는 장비를 달래어 결국 호뢰관에서 100보쯤 뒤로 물러났다.

　이날의 격전은 이리하여 끝이 났다. 이 전투는 세상에 전해져 호뢰관의 삼전(三戰)이라 불렸다.

낙양의 지는 해

1

아군이 압승하자 조조는 물론 18개국 제후들은 본진에 운집하여 기쁨을 만끽했다.

그사이에 베어버린 적의 목 수만 급을 확인하며 큰 구덩이에 파묻었다.

"몇만이나 되는 목 중에 여포의 머리 하나가 없다는 사실만큼은 유감이군."

조조의 말을 듣고 원소는 크게 웃었다.

"아니오. 장비와 관우라는 졸병한테 져서 꼬리를 빼다니….
여포의 목이 지닌 값어치도 이제 예전만 못하오."

승리하면 누구나 전장에서 저 홀로 싸웠다는 생각을 하고 패배하면 그 원인을 남에게 돌리는 법이다.

개선가와 함께 술잔을 들고 일동은 우선 각자의 신시로 돌아갔다. 그때 누군가 한 장군을 불러 세우는 자가 있었다.

"기다리시오, 원술!"

원술은 원소의 아우로 군량을 단독으로 지휘하던 자다. 누군가 싶어 돌아보니 그 사람은 지난번 사수관에서 벌어진 첫 전투에서 참패를 당한 후 진중에서도 평판이 안 좋아져 눈칫밥을 먹고 있던 장사 태수 손견이다.

　"아아, 손견인가? 그대도 진지로 돌아가는 중이시오?"

　"아니오, 일부러 귀공의 진지를 찾아온 거요."

　"대체 무슨 일이오?"

　"다름 아니라 지난번에 내가 선봉에서 사수관을 공격했을 때, 어째서 귀공은 군량 운송을 끊은 것이오? 할 말이 있다면 내 들어보겠소."

　칼자루에 손을 얹은 채 힐문했다.

　원술은 파랗게 질려서 대답했다.

　"아, 그 얘기요? 그 일이라면 내 언젠가 그대에게 친히 사정을 설명하려고 했으나 알다시피 진중인지라 도통 짬이 나지 않았구려."

　"그런 말은 됐소. 이쪽에서도 각오한 바가 있으니 왜 군량을 보내지 않았는지에 대한 답변만 하시오. 애당초 난 동탁과 아무런 원한도 없소. 다만 이번 격문에 응하여 전쟁에 참가한 것은, 위로는 나라를 구하고 아래로는 백성을 고통에서 구하기 위해서요. 그런데도 잡배의 모략을 듣고 고의로 이 손견에게 쓰라린 패배를 안기다니…. 아무리 아군끼리라고 해도 도저히 용서할 수가 없소. 대답에 따라서는 오늘 이곳에서 귀공의 목을 치겠다는 각오로 왔소. 자…, 변명할 말이 있으면 해 보시오!"

　손견이란 인물에 대해서는 이미 잘 아는 터. 성질이 급하고 과격한 남방 출신이다. 붉으락푸르락한 얼굴에 눈꼬리를 치켜 뜨고 달려들 기세다. 원술은 다릿마디부터 전율이 기어오르는 걸 느꼈다.

"그, 그렇게 노여워하지 마시오. 나도 나중에는 정말 미안했 소. 미워해야 할 사람은 그대에 대한 험담을 퍼뜨린 사내가 아 니겠소? 그놈의 목을 진중에 높이 걸어 억울함을 씻어줄 터이 니 마음을 푸시오."

원술은 목숨이 아까워지자 진심으로 사과하며, 이전에 군량 을 보내지 말라고 진언한 부장을 불러 다짜고짜 결박했다.

"이 사람이오. 이 사내가 그대를 하도 헐뜯으니 나도 모르게 그 참언에 넘어가 버렸지 뭐요. 부디 이 사람의 뜻을 보고 울분 을 가라앉혀 주시오."

좌우에 있던 부하에게 명령하여 단칼에 그 부장의 목을 베어 버렸다.

이런 소인배를 상대로 화를 내봤자 아무 소용이 없다고 판단 했는지 손견은 쓴웃음을 지으며 진지로 터덜터덜 돌아갔다. 그 러고 나서 오랜만에 장막을 드리우고 잠을 청하려는데 야간 보 초병이 무어라 크게 고함치는 소리가 들려왔다.

"뭐지?"

그 소리에 일어나자 항상 손견 곁을 지키는 정보와 황개 두 대장이 장막 사이로 조용히 속삭였다.

"태수, 일어나셨습니까?"

2

"한밤중에 무슨 일인가?"

손견은 침소에 쳐진 장막을 걷고 심복인 정보에게 물었다.

정보는 손견 귓가로 얼굴을 가까이 가져가 속닥였다.

"이 깊은 밤에 진문을 두드리는 자가 있었습니다. 누군가 했더니 적군 쪽에서 보내온 밀사 두 사람이 몰래 태수를 뵙고 싶다고 찾아왔습니다."

"뭐라? 동탁 쪽에서?"

손견은 뜻밖이라 여기면서도 밀사를 안으로 들였다.

목숨을 걸고 찾아온 밀사는 손견을 만나자 구구절절 말을 늘어놓았다.

"저는 동 상국 막하의 이각이라 합니다. 승상께서 평상시 장군을 깊이 흠모하시어 특별히 제게 사자의 명을 내리시며 장군과 오랫동안 친분을 맺고 싶다는 말씀을 전하셨습니다. 그것도 말뿐이거나 형식적인 친분이 아닙니다. 마침 동 상국께는 묘령의 따님이 있어 장군의 아드님을 사위로 맞아들이고 집안의 자제 모두 군수와 자사로 봉하시겠다는 뜻을 밝히셨습니다. 이런 좋은 인연과 영달(榮達)은 다시없는 기회라 생각됩니다만…"

"닥쳐라!"

끝까지 듣기도 전에 손견은 큰소리로 꾸짖으며 매섭게 거절했다.

"순역(順逆)의 도리조차 알지 못해 군주를 시해하고 백성을 괴롭히며 오직 사리사욕만 앞세우는 귀축에게 어찌 내 자식을 사위로 내어준단 말이냐! 내 소원은 역적 동탁을 죽이고 그 구족(九族)의 목을 베어 낙양 문에 나란히 매다는 것뿐이다. 그 소망을 이루지 못하면 내 죽어도 눈을 감지 않겠다 맹세했느니라. 네 몸이 무사할 때 빨리 돌아가 동탁에게 그대로 전해라.”

철면피한 사자는 조금도 기죽지 않고 다시 설득하려 들었다.

“그러나 장군….”

손견은 들은 체도 하지 않고 단호하게 소리쳤다.

“네놈의 목 또한 베어야 마땅하나 잠시 붙여두는 것이다. 속히 돌아가 동탁에게 내 뜻을 전해라!”

이각과 또 다른 사자는 쏜살같이 낙양으로 도망쳤다.

그 상세한 경위를 있는 그대로 승상에게 보고했다.

동탁은 호뢰관에서 참패한 이후 의기소침해진 상태다.

“이유, 어찌하면 좋겠는가?”

여느 때처럼 심복이라 불리는 이유에게 물었다.

이유가 말했다.

“유감스럽습니다만, 이제는 앞날을 위한 대책을 세우고 아군의 전환점을 논의해야 할 때입니다.”

“전환점이라면?”

“용단을 내리시어 낙양 땅을 버리고 장안(長安, 섬서성陝西省 서안西安)으로 도읍을 옮기시는 겁니다.”

“천도를 말하는가?”

“그렇습니다. 얼마 전 호뢰관 전투에서 여포마저 패한 탓에 아군의 전의는 푹 꺾였습니다. 한번 병력을 수습하고 천자를 장안으로 옮겨 모신 후에 때를 기다려 싸우는 게 상책입니다.

게다가 최근에는 낙양 아이들이 이런 노래를 부릅니다.

> 서쪽에 한(漢)나라가 하나
> 동쪽에 한(漢)나라가 하나
> 사슴이 달려 장안에 들어가니
> 바야흐로 이 어려움 없어지네

가사를 풀이해보겠습니다. '서쪽에 한나라가 하나'라는 건 고조(高祖)와 장안의 12대 태평을 가리키는 동시에 장안에서 부유하게 지내셨던 승상의 길방(吉方)을 암시하는 말입니다. '동쪽에 한나라가 하나'라는 건 광무제가 낙양에 도읍한 이래 지금까지의 12대를 빗댄 말인 듯싶습니다. 하늘의 운수가 이러합니다. 만약 장안으로 천도하시면 승상의 운세는 더욱더 크게 펼쳐질 것입니다."

이유가 제의하는 의견을 듣자 동탁은 갑자기 앞날이 탁 트인 기분이 들었다. 그 천문설(天文說)은 즉시 정책의 큰 방침이 되어 조의(朝議)에 상정되었다. 아니, 일방적으로 백관에게 선포한 것이나 다름없었다.

3

조의라고는 해도 동탁이 입을 열면 그건 절대적이다.

이날만큼은 과연 백관의 얼굴에도 동요가 일었다.

가장 먼저 황제부터가 화들짝 놀랐다.

"천도라…?"

워낙 중대한 일이다 보니 선뜻 찬동하는 목소리조차 들리지 않았다. 한편으로 반대하는 사람 역시 없었다.

쥐 죽은 듯 고요한 정적이 이어졌다.

그러던 중 사도(司徒) 양표(楊彪)가 처음으로 입을 열었다.

"승상, 지금은 그럴 때가 아닙니다. 관중(關中) 지방 백성들은 신제(新帝)께서 즉위하신 후 아직 평안을 찾지 못했습니다. 헌데 역사가 깊은 낙양을 버리고 장안으로 천도하겠다 공표하면 백성들은 그야말로 솥 안에서 물이 끓듯 천하의 난을 일으킬 것입니다."

태위(太尉) 황완(黃琬)도 양표에 뒤이어 발언했다.

"그렇습니다. 지금 양표가 말씀드린 것처럼 천도는 마땅치 않습니다. 그 이유는 명백합니다. 이곳에 있는 여러 백관 역시 마음속으로는 그릇됨을 알면서도 다만 승상의 뜻을 거스르는 일이 두려워 입을 다물고 있을 뿐입니다."

계속해서 순상(荀爽)도 반대했다.

"만약 지금 일어나 왕부(王府)를 이 땅에서 물린다면, 상인은 판로를 잃고 장인은 일자리를 잃어 백성들은 정처 없이 떠돌며 하늘을 원망할 것입니다. 승상, 부디 민초를 가엾이 여겨주십시오."

연달아 반론이 들끓을 듯하자 동탁은 험악한 얼굴로 고함치기 시작했다.

"고작 백성이 뭐라고! 천하의 계획을 실행하면서 백성 따위를 일일이 헤아릴 수 있겠느냐!"

순상은 말을 이었다.

"백성은 나라의 근본입니다. 백성이 없으면 나라가 있겠습니까?"

"이놈, 아직도 입을 놀리느냐? 저놈들의 관직을 없애고 위계를 박탈해라!"

동탁은 제 할 말만 내뱉고 조당을 나와 즉시 거마를 준비하라더니 궐문에서 사택으로 길을 서둘렀다.

도중에 가로수 그늘에서 기다리던 젊은 무사 둘이 쫓아와 수레 앞에서 무릎을 꿇었다.

"승상, 잠시만."

"잠시만 기다려주십시오."

누군지 보아하니 성문교위(城門校尉) 오경(伍瓊)과 상서(尙書) 주비(周毖)다.

"뭐냐, 네놈들은? 길을 가로막다니."

"무례함을 무릅쓰고 왔습니다."

"무엇을 고할 작정이냐?"

"오늘 궁중에서 천도에 대한 내정이 있었다 들었습니다."

"내정이 아니다. 결의다."

"소문을 듣고 저희 하찮은 말단까지 무척 놀라고 말았습니다. 전통이 있는 도읍은 하루아침에 이루어지지 않습니다. 하물며 한실 12대의 눈부신 광채가 녹아든 이 땅을 버리고…."

"벌레 같은 놈들. 무슨 소릴 지껄이는 게냐? 서생 주제에 조정의 결의에 반론을 제기하다니, 발칙한 놈들이구나. 그것도 길 한복판에서!"

"아무리 노여워하셔도 천하를 위해 좌시할 수는 없습니다."

"좌시할 수 없다? 그렇다면 적이 보낸 놈들이로구나! 살려두면 훗날의 화가 될 것이다. 이놈들의 목을 베어라!"

동탁이 거침없이 소리치고 수레를 움직이게 하니 두 사람은 더욱더 충언을 부르짖으며 수레바퀴에 매달렸다.

그러자 동탁 부하들이 등을 찌르고 목을 베어 수레 덮개까지 선혈이 치솟았고, 바퀴살에도 핏물이 튀어 마치 빨간 실이 휘감겨 뱅글뱅글 돌아가는 것처럼 보였다.

이를 본 낙양 백성들은 하나같이 눈물을 흘렸다. 천도한다는 소문은 반나절 사이에 퍼져 나가 그 이야기를 들은 사람마다 망연자실하고 말았다.

마음 탓인지, 밤이 되자 평소보다 땅은 어둑하고 하늘은 수상한 요성(妖星, 재해 징조로 나타난다고 하는 별. 혜성이나 큰 유성을 이름 – 옮긴이)의 빛이 뿜어져 나오는 듯했다.

4

"천도 포고가 내려졌다!"

"여길 버리고 장안으로 간다는군."

"앞으로는 어떻게 되는 거야?"

낙양 백성들은 마른하늘에 날벼락이 떨어지자 어찌할 바를 몰랐다.

게다가 어제 대낮에는 동 상국이 탄 수레 앞에서 직언한 두 충신이 상국의 노여움을 산 나머지

'목을 베라!'

는 이 명령 하나로 무사들의 창칼에 갈기갈기 찢겨 생죽음당하는 모습을 백성들은 똑똑히 목격했다.

"쓸데없는 소리 하지 마라."

"입도 뻥긋하지 말라고."

"목이 날아갈 거야."

오직 두려움에 떨기만 할 뿐 찍소리도 내지 못했다.

위험천만하게도 동탁은 하늘을 두려워하지 않았고, 지상에 가득 찬 백성들의 원한도 신경 쓰지 않았다. 동탁은 하룻밤을 푹 자고 일어나서는 곧바로 이유를 불렀다.

"이유, 이유!"

"여깄습니다."

"천도 명령은 마쳤는가?"

"끝마쳤습니다."

"조정의 공경과 백관도 모두 알겠지?"

"이전 준비에 여념이 없습니다. 성문마다 방문을 붙여 관리들이 알리는 길이니 낙양 내에 사는 백성들도 어가를 따라 대부분 장안으로 흘러들어 갈 것입니다."

"백성들은 가난뱅이뿐 아니냐? 재산을 축적한 부호들은 재물을 숨기고 한적한 지방으로 흩어질 게 분명하다. 이미 승상부와 조정에도 금은이 떨어졌겠지?"

"그렇다면 천도령과 함께 군비 징발령도 내리면 어떨지요?"

"좋을 대로 해라. 일일이 법령을 내릴 것까지야…."

"맡겨만 주십시오."

이유는 5000명을 뽑아 시중에 풀고 천도와 군비 징발이란 명목으로 낙양 내 눈에 띄는 부호들을 깡그리 덮쳤다. 그러고는 금은보화를 산더미처럼 쌓은 뒤 말과 수레에 싣는 즉시 장안으로 보냈다.

낙양은 무정부 상태가 되었다.

군기와 치안 등 모든 질서가 하루 만에 무너져 시중은 혼란에 빠졌다.

부호들의 재산을 몰수하는 방법도 지극히 끔찍했다.

광풍에 날뛰는 폭병(暴兵)들은 여기다 싶은 부호의 저택을 점찍고 사방에서 포위한 후 쳐들어가서는 금은보배를 싸들고 나왔으며 저항하는 자가 있으면 그 자리에서 죽였다. 그사이에 인적이 드문 곳에서 젊은 여자가 내지르는 비명이 음산하게 들려오기도, 공공연히 잡혀가기도 하는 등 차마 눈 뜨고 볼 수 없는 광경이 벌어졌다.

명령이 발포된 다음 날이다.

어림군 장교들은 유랑민이 다른 지역으로 도망가는 걸 막기 위해 강제로 한곳에 모은 다음 백성 5000~7000명을 한 단위로 묶어 장안으로 보냈다.

젖먹이를 안은 여자와 노인, 병자를 등에 업은 사람, 얼마 없는 누더기와 궁핍한 가재도구를 싫어지고 아이 손을 끄는 사람 등 내일을 알 수 없는 운명으로 내몰리는 염소 떼처럼 새카만 암흑에 쫓기는 유랑민의 모습은 참으로 가련했다.

짐승과도 같은 폭병들은 손에 칼을 들고 끊임없이 채찍처럼 휘둘렀다.

"걸어라, 걸어! 걷지 않는 놈은 죽일 테다."

"병자 따위는 버리고 걸어!"

백성들을 협박하고, 대낮에 아녀자를 희롱하며, 선량한 사람을 찔러 죽이면서 마음 내키는 대로 포악무도하게 굴었다.

그로 인한 유민들의 통곡이 산야에 메아리치니 하늘마저 눈물을 흘리는 듯했다.

5

같은 날이었다.

"자, 떠나볼까?"

동탁은 사저와 관저를 헐고 사유 재산을 거마 80승에 쌓아 올린 다음 수레에 올라탔다.

동탁은 낙양에 아무런 미련이 없었다. 애당초 1년인지 반년인지 만에 강탈한 도읍이었으니 말이다.

공경과 백관 중에는 유구한 역사와 선조의 땅을 잊지 못하고 눈물짓는 사람도 있었다.

"아아, 떠나는 건가."

"오래 살고 싶지 않구나."

노관들은 통곡하기도 했다. 그 때문에 천도를 위한 출발이 공연히 지연될 듯하자 동탁은 이숙을 시켜 강압적인 권력을 행사했다.

오늘 새벽 인시(寅時)를 기하여 궐문, 별궁, 성루, 성문, 각 관아와 시가지에 걸쳐 일제히 불을 지르고 낙양 전체를 화장(火葬)하라는 명이었다.

거기에는 얼마 후 분명히 들이닥칠 원소와 조조의 북상군에 대한 초토 전술의 의미도 있었다.

어떤 이유든지 간에 갑작스럽게 벌어졌다.

그 혼란은 말로 표현할 수조차 없었다. 머지않아 인시가 되었다.

궐문에서 불길이 맨 먼저 치솟았다.

자금전(紫金殿) 난간, 유리루(瑠璃樓) 기와, 팔십팔문 금벽, 원앙지(鴛鴦池) 옥교, 그 밖에 후궁 안채, 친왕 거처, 의정묘(議政廟) 등 온갖 유적과 전통이 활활 타오르는 열풍 속으로 사라져 갔다.

'며칠은 타겠지.'

동탁은 이런 생각을 하며 거대한 화염을 뒤로한 채 출발했다.

동탁 일족에 뒤이어 화염 속에서 제왕, 황비, 황족들의 어가가 마치 곡을 하듯이 대열을 지키지도 않고 도망쳐 왔다.

앞다퉈 공경과 백관 거마와 후궁들 가마, 내관의 말과 재산을 실은 수레 등 수많은 사람이 단 한 사람도 지체하지 않고 눈사태가 난 것처럼 황급히 낙양 밖으로 쏟아져 나왔다.

한편, 여포는 일찍이 동탁으로부터 비밀리에 명령을 받은 후 전혀 다른 방면으로 나와서 움직이는 중이다. 1만여 명에 달하는 백성과 인부를 동원하고 수천의 병사를 지휘하여 전날부터 제실 구릉으로 가서 역대 제왕 분묘부터 황비와 여러 대신을 묻은 무덤까지 남김없이 파헤쳤다.

제왕 분묘에는 당대의 진귀한 보석과 주옥이 얼마나 많이 묻혀 있는지 알 수 없으리라. 황비와 황족부터 여러 대신의 무덤까지 합치면 굉장한 양이다. 그 안에는 구하기 힘든 보검과 명경(名鏡), 붉은 자기와 금은 등이 수두룩했다. 처음부터 무덤에 묻힌 토우나 토기 따위는 거들떠보지도 않았다.

그 보물들을 모두 수레에 실으니 자그마치 수천 승이나 되었다. 값으로 따진다면 몇 백억인지 알 수조차 없는 흙 속의 귀한 보물이다.

"밤낮 가리지 말고 장안으로 옮겨라."

여포는 병사를 시켜 계속해서 장안으로 보물을 운반하는 동시에 호뢰관 수비를 위해 아직까지 남아 있던 후군으로 사람을 보내 명령했다.

"관문을 포기해라!"

"장안까지 질풍처럼 퇴각해라!"

"장안까지라니, 대체 어떻게 된 일인가."

후군 대장 조잠은 이상히 여겼지만 어쨌든 관을 버리고 전군과 함께 도망쳐 오니, 이미 낙양은 활활 타오르는 불과 연기만 남아서 사람 그림자 하나 얼씬거리지 않았다.

미리 기별을 보내면 수비병이 동요하여 천도가 채 끝나기도 전에 적군이 봇물 터지듯 밀어닥칠 우려가 있으므로 부러 직전까지 알리지 않은 것이지만, 그만큼 천도가 속전속결로 진행되기도 했다.

물론.

여포 역시 파헤친 제왕의 분묘 구덩이를 무수히 남겨둔 채 재빨리 벌처럼 장안으로 날아들었다.

6

당시 북상하던 공격군 쪽에서도 최근 사나흘 동안 적의 동정에서 수상쩍은 낌새를 느꼈다.

"이런!"

때마침 첩보가 들어오자 술렁였다.

"단숨에 쳐라!"

각국 제후들은 서로 질세라 군을 움직였는데, 사수관으로는 손견 군이 지난날의 패배를 설욕하고자 가장 먼저 쳐들어갔다. 호뢰관 방면으로는 공손찬 군에 섞여 현덕, 관우, 장비 의형제가 첫 번째로 정상에 올랐다.

"아아, 타고 있다!"

"낙양은 불바다다!"

그곳에 서니 이미 관중 땅은 소리치면 들릴 만큼 가까웠다.

끝없이 넓은 300여 리에 달하는 대지를 덮은 건 검은 연기뿐이다. 하늘을 태우는 건 화염이리라.

정녕 이 세상의 하늘과 땅이란 말인가.

일순간 그 처참한 광경에 가슴이 요동쳤지만,

18개국 군사들은 입성하는 데 선두를 앞다투며 급물살처럼 낙양 안으로 잇따라 흘러들어 갔다.

손견은 말을 달려 시중을 순회하다가 참담한 잿더미로 뒤덮인 광경에 저도 모르게 눈물을 흘렸지만, 열풍 속에서 꼿꼿이 소리 높여 명령했다.

"불을 꺼라! 진화에 집중해라! 재물에 손대지 말고 도망치지 못한 노인과 아이를 보호해라! 궐문이 타고 남은 자리에 보초병을 배치하라!"

장병들에게 일일이 지시하면서 조금도 흐트러진 모습을 보이지 않았다.

각 제후들의 병력도 각각 터를 골라 진을 쳤으나 조조는 즉시 원소에게 충고했다.

"아무런 분부도 내리지 않고 계십니다만, 이 기회를 이용해 장안으로 도망친 동탁을 공격해야 하지 않겠습니까? 어째서 아무도 없는 불탄 땅에 한가롭게 눌러앉아 계십니까?"

"아니오. 달포 넘게 전투를 계속했더니 군마도 지쳤소. 이미 낙양을 점령했으니 여기서 사나흘쯤 쉬어도 좋을 것이오."

"초토화된 땅을 차지하고 무엇이 자랑스럽단 말입니까? 이러는 동안에도 병사는 교만해지고 사기는 떨어지기 마련입니다. 다들 해이해지기 전에 빨리 추격하십시오."

"그대는 날 받드는 자가 아닌가? 추격 시에는 군령으로서 명을 내릴 것이오. 쓸데없는 사견을 늘어놓으면 곤란하오."

원소는 고개를 돌리고 말았다.

"쳇…."

타고난 성질이 조조의 가슴속에서 불끈 치밀어 올랐다.

"이런 애송이와는 대화할 가치도 없다!"

조조는 원소의 옆얼굴에 소리치더니 즉시 진지로 돌아갔다.

"진군하라! 동탁을 뒤쫓는다!"

조조 수하에는 하후연, 조인, 조홍 등의 직속 부하를 중심으로 1만여 기의 군사가 있었다. 서쪽의 장안을 향해 도망치는 적들은 재물이 실린 수레와 짐, 여자들을 데리고 한꺼번에 허둥지둥 이동하느라 대열도 갖추지 않았을 테고 전의도 상실했으리라.

"쫓아가라! 쫓아가! 적은 아직 멀리 가지 못했을 것이다!"

조조는 서두르고 또 서둘렀다.

한편,

황제의 어가를 중심으로 낙양을 빠져나온 어마어마한 인파는 험한 여정으로 고생한 끝에 형양(滎陽)까지 와서 한숨을 돌리는 길이다.

"조조 군이 추격해왔다!"

첩보가 날아들자 황제를 둘러싼 여인들의 수레에서 슬픔에 찬 오열마저 들려왔다.

"소란 피울 것 없습니다. 상국, 이 험준한 산협은 병사들을 매복시키기에 딱 좋습니다."

이유는 형양성 뒤에 있는 산악을 가리켰다. 이유는 언제나 동탁의 꾀주머니였다. 이유의 입이 열리면 동탁은 그것만으로도 마음이 가라앉는 듯했다.

7

제왕 분묘를 파헤쳐 얻은 막대한 보물을 먼저 장안으로 보내어 임무를 달성한 여포도 한발 늦게 형양 땅을 밟았다.

그런데 갑자기 여포의 군대를 향해 성안에서 화살과 돌이 쏟아졌다.

"태수 서영(徐榮)은 상국을 위해 길을 열어 황제 어가를 맞아들이고 이곳에서 후군 노릇을 한다기에 안심하고 왔더니 그새 등을 돌린 것이냐? 그렇다면 짓밟고 통과하겠다!"

여포는 격노하여 전투태세에 돌입했다.

"아아, 여포였소?"

성벽 위에서 아는 목소리가 들려왔다.

"적의 공격군이 온다는 말에 조조 군으로 오인했소. 지금 성문을 열 테니 화를 푸시오."

이유는 바로 여포를 맞아들이고 상세한 내막을 설명하며 사과했다.

"그랬군. 상국은 지금 멀리 달아나셨소?"

"아직 이 성루에서 보일 정도요. 저기 가는군. 보시오."

망루로 불러 저편에 보이는 산악을 가리켰다.

꼬불꼬불한 산길을 개미처럼 더듬어가는 어가와 마바리, 대군의 기나긴 행렬이 보였다.

이윽고 그 모습은 구름 속으로 사라졌다.

여포는 시선을 옆으로 돌리며 물었다.

"이 작은 성에서는 수비하기가 어렵소. 이유, 귀공은 여기서 조조의 공격군을 막을 셈이오?"

이유는 고개를 저었다.

"이 성은 일부러 적에게 내주어 적들을 자만에 빠지도록 할 것이오. 후군 병력은 전부 뒤편으로 난 산협에서 매복할 거고. 귀공이 이곳에 있으면 여포가 있다며 적이 신중을 기할 테고, 그러면 오히려 유인하기 어려우니 저 산속에 잠복하는 편이 좋겠소."

"알겠소."

이유의 계책을 들은 여포도 미련 없이 산속으로 숨었다.

조조는 이곳을 향해 1만여 기의 부하를 이끌고 세차게 달려들었다.

눈 깜짝할 사이에 형양성을 돌파하고 도망친 적을 쫓아 산협으로 들어갔다.

적의 꼬임에 넘어가 낯선 산길로 들어간 것이다. 급기야 조조는 한껏 우쭐해졌다.

"이렇게만 가면 동탁이나 황제 어가를 쫓는 일도 식은 죽 먹기다. 나머지 후군을 해치우고 쫓아가라!"

어찌 알았으랴.

눈앞의 목표를 쫓는 데 급급하니 조조와 같은 사람도 위험을 알아차리지 못했다.

별안간.

사방 골짜기와 절벽에서 함성이 일었다.

"매복병인가!"

눈치챘을 때는 이미 조조뿐 아니라 1만여 병사가 그야말로 독 안에 든 쥐 신세였다.

빠져나가려고 우르르 몰려가니 절벽 위에서 큰 돌덩이가 떨어져 길을 막았고, 계류를 건너 피하려니 후방의 늪과 삼림에서 빗발치듯 화살이 날아들었다.

조조 군은 이곳에서 참패를 당했다. 전멸하다시피 무너져버렸다.

"저기도 당했는가? 아아, 저기도…."

조조는 눈앞에서 죽어가는 부하들을 보면서 더욱 분투했다.

적당한 때가 왔다고 생각했는지 여포는 산협 속에서 유유히 말을 타고 나타나서는 조조를 불러댔다.

"어이, 교만한 조조가 아닌가. 지금쯤 야망의 꿈도 산산조각이 났겠지? 가소롭구나. 주인을 거역한 배은망덕의 대가를 뼈저리게 느껴보아라."

여포는 죽기 살기로 싸우는 조조를 졸병들이 포위하도록 내버려 둔 채 그보다 높은 곳에서 기세등등하게 내려다보았다.

생사일천(生死一川)

1

"이놈! 분명 여포렷다!"

조조는 자신을 가로막는 졸병들을 쓰러뜨리고 여포가 있는 곳으로 가려 했다. 그러나 동탁의 직속 부하 이각이 옆쪽 늪지에서 일군을 이끌고 우르르 달려들었다.

"조조를 생포하라!"

"놓치지 마라!"

"저놈이야말로 난적의 우두머리다!"

매복 중이던 대군 전체가 저마다 소리치며 조조 한 사람만을 노리고 몰려들었다.

팔방의 늪과 절벽에서 날아오는 화살도 조조 앞뒤를 에워싼 칼과 극도 하나같이 조조의 몸을 겨냥한 것이다.

조조는 이제 진퇴양난에 빠졌다. 보기 좋게 계략에 걸려들어 생사를 적의 손에 맡기게 된 형국이다.

'자네는 전국(戰國)의 간웅이로다.'

일찍이 이러한 예언을 듣고 오히려 바라던 바라며 스스로 만족했던 교만한 사내도 지금은 절체절명의 위기에 놓이고 말았다.

거침없는 기재, 날렵한 혀와 기백을 지닌 백면(白面)이 맨주먹으로 18개국 제후들을 움직였다. 급기야는 동탁이 낙양을 버리고 떠나기까지 그 귀신같은 꾀는 결실을 보았으나 조조가 바라는 소망은 어디까지나 백면랑의 꿈을 벗어나지 못한 채 덧없는 현실의 말로로 끝나버리는 듯했다.

그렇게 보였다.

조조도 그렇게 각오했다.

그때 한쪽의 혈로를 뚫고 부하 하후연이 주인을 찾아 달려왔다.

"주군을 구하라!"

상황을 보자마자 일각에서 혼전을 벌이며 용맹한 병사들이 헤집고 들어와 이각을 쫓아낸 후 가까스로 조조를 구해냈다.

"어쩔 수 없습니다. 지금은 목숨을 지키시는 게 중요합니다. 일단 기슭에 있는 형양까지 물러나십시오."

하후연은 고작 패잔병 2000명과 함께 남고, 조조에게 호위병 500기를 붙여주며 떠나기를 재촉했다.

"어서, 어서 가십시오."

뒤돌아보니 1만이었던 병사는 단숨에 무너져 3000명도 채 남지 않았다.

조조는 산기슭으로 내달렸다.

도중에도 몇 번이나 매복병에게 기습을 당했다. 따르던 병사들도 처절히 쓰러져 조조 주위에는 이제 10여 기밖에 남지 않왔다.

그것도 말이 다치거나 몸에 중상을 입어 함께 걸을 수 없는 자까지 포함해서였다.

패군지장(敗軍之將)의 비참한 처지를 조조는 생사의 갈림길에 서서 맛보았다.

살아 있다는 느낌도 없이 오직 산기슭을 향해 멍하니 길을 찾아 헤맸는데, 정신을 차려보니 어느덧 날이 저물어 겨울 까마귀 떼가 우는 듬성한 숲 위로 초저녁달이 은은하게 걸려 있었다.

"아아, 고향의 산을 보는 듯하구나."

문득 조조 가슴속에 부모 얼굴이 떠올랐다.

"불효만 저지르고 말았다."

커다란 달이 떠오르는 모습을 보자 교만한 사내의 눈에도 진심 어린 눈물이 빛났다. 한 사람의 연약한 인간으로 돌아온 조조는 갑자기 온몸의 고단함과 심한 갈증을 느꼈다.

"저기 샘물이 솟아난다…."

말에서 내린 조조는 샘물에 얼굴을 가까이 가져갔다. 한 모금 꿀꺽 마셨나 싶었는데 그때 또다시 바로 근처 숲속에서 끈질긴 적군의 함성이 들려왔다.

"앗!"

깜짝 놀라 말 위로 뛰어오르는 사이 몇 남지도 않은 부하마저 화살에 맞아 쓰러지거나 도망칠 힘도 없어 풀숲에 쓰러져 숨을 거두었다.

쫓아온 적은 새로운 병력인 형양성 태수 서영이 이끄는 군대였다.

"이제 됐다!"

서영은 말을 타고 홀로 도망치는 자를 조조라 생각하고 철궁을 힘껏 잡아당겨 화살을 휙! 날렸다.

화살은 조조 어깨에 정확하게 꽂혔다!

2

"아앗!"

조조는 소리 지르며 말갈기 속으로 머리를 파묻었다.

또다시 서영이 쏜 화살 두 발이 휙 하고 조조의 귓가를 스쳤다.

어깨에 꽂힌 화살대를 뽑을 틈도 없었다.

상처에서 흘러나온 피로 말갈기와 안장이 젖어들었다. 피가 튀자 말은 더욱 광분하여 내달렸다.

신기하게도 울창한 나무 그늘 속에서 인영(人影)이 바글바글 움직였다.

"엇, 조조다!"

다름 아닌 서영의 병사다. 보병이 숨어 있었던 것이다. 그중 하나가 별안간 창을 들고 조조가 탄 말의 불룩 튀어나온 배를 찔렀다.

이내 말은 울부짖으며 뒷발로 서서 몸부림쳤고 동시에 조조는 바닥으로 굴러떨어졌다.

"생포해라!"

보병 네댓이 우르르 달려와 겹겹이 둘러쌌다.

조조는 벌러덩 자빠진 채 칼을 뽑아 둘을 베었으나 이내 힘이 바닥나고 말았다.

말에서 떨어질 때 말굽에 늑골을 세게 밟힌 탓이다.

그때였다.

조조의 아우 조홍은 난군 속에서 떨어져 나와 홀로 근방을 헤매었는데 어디선가 기이한 말 울음소리가 들려왔다.

"앗…. 저건 형님이 타는 말 울음소리가 아닌가?"

그곳으로 달려가 달빛에 비친 모습을 보니, 조조는 하찮은 졸병 무리에게 속수무책으로 뒷짐결박을 당하려는 찰나였다.

"이놈들!"

나는 듯이 달려들어 하나를 등 뒤에서 베고 또 하나를 옆에서 베어 쓰러뜨렸다. 화들짝 놀라서 도망치는 자들을 쫓지 않고 곧바로 조조의 몸을 일으켰다.

"형님! 형님! 정신 차리십시오. 조홍입니다."

"아, 아우인가."

"정신이 드셨습니까? 제 어깨를 잡고 일어나십시오. 지금 도망친 병사가 서영의 군대를 불러올 것입니다."

"트, 틀렸다…. 조홍."

"무슨 말씀이십니까?"

"분하지만 화살에 맞고 말에 밟혀 가슴이 고통스럽구나. 내 몸은 버리고 가거라. 너라도 빨리 달아나라."

"마음 약한 소리 하지 마십시오. 화살에 맞은 상처 따위는 아무것도 아닙니다. 지금처럼 천하가 어지러울 때 이 조홍 따위는 없어도 상관없지만, 형님은 없어서는 안 됩니다. 하루라도 더 살아가는 게 형님께서 하늘로부터 받은 사명입니다."

조홍은 이렇게 격려하며 조조가 입은 갑옷을 벗겨 몸을 가볍게 한 뒤 부축하여 적이 버리고 간 말 등에 올렸다.

과연 예상했던 대로다.

와아…! 서영의 군대가 뒤에서 바싹 쫓아왔다.

조홍은 아무 생각도 하지 않은 채 한 손으로 조조를 붙들고 한 손으로는 말고삐를 잡은 채 눈을 감았다.

'이 몸은 어찌 되든지 간에 지금은 형님 목숨이 중요하다. 천지신명이시여, 부디 지켜주소서.'

이렇게 간절히 빌며 정신없이 도망쳤다.

한달음에 산에서 광야까지 내려온 느낌이 들었다.

"휴, 기슭으로 나왔구나."

문득 앞을 보니 전방에 큰 강이 넘실거리며 가로놓여 있는 게 아닌가. 강을 본 조조는 괴로운 듯 아우를 돌아보며 죽음을 서두르는 말을 했다.

"아아, 내 천명도 끝난 듯하구나. 조홍, 내려다오. 적이 오기 전에 미련 없이 이곳에서 자결하겠다."

3

조홍은 형을 안아 말에서 내렸으나 결코 안은 손을 풀지는 않았다.

"무슨 소립니까? 자결이라니. 평상시 형님 성격과 어울리지 않는 말씀을 하십니다."

조홍은 일부러 질타했다.

"앞에는 큰 강, 뒤에는 적의 추격. 이제 우리 형제의 운명도 여기서 끝난 것 같지만, 궁하면 통한다는 말이 있습니다. 운명을 하늘에 맡기고 이 강을 넘어갑시다."

강기슭에 서서 보니 하얀 물보라가 연안의 모래를 깎고 물살이 빠르게 흘러서 날아가는 기러기조차 접근하지 않을 정도였다.

몸에 찬 무거운 물건을 모두 버린 후 조홍은 칼을 입에 물고 부상당한 형을 단단히 어깨에 걸친 채 탁류 속으로 첨벙 뛰어들었다.

강에 깔린 낮은 비구름이 걷히자 하늘의 한쪽 면이 선명하게 빛났다. 어느덧 날이 밝아왔다. 넘실대는 강물이 무지개까지 솟구쳐서 괴어(怪魚)처럼 헤엄치는 두 그림자를 사정없이 몰았다.

물살은 세차고 중상까지 입은 터라 조홍의 두 팔과 두 다리는 물속에서 마음대로 나아가지 못했다. 순식간에 하류로, 하류로 떠내려갔다.

마침내 강 건너편 바로 앞까지 왔다.

'이제 조금만 더….'

조홍은 죽을힘을 다해 헤엄쳤다.

맞은편 강기슭에 난 푸른 풀이 눈앞에 보였지만 그곳까지 가까이 가기란 쉽지 않았다. 급류에 부딪혀 물결이 소용돌이쳤기 때문이다.

그때였다.

강가에서 조금 떨어진 언덕에 서영의 부대 하나가 소규모로 진을 친 게 눈에 띄었다. 강 주변을 감시하는 보초병 둘이 새벽녘의 아름다운 절경을 멍하니 바라보았다.

"어? 뭐지?"

한 사람이 가리켰다.

"괴어인가?"

"아니다, 사람이다."

다급히 부장에게 알리러 뛰어갔다.

"조조 군의 패잔병이다. 쏴라!"

그곳에 온 부장이 궁노수에게 명령을 내렸다. 설마하니 저들이 조조 형제일 거라고는 생각지 못했기에 적당히 궁노수들을 늘어세우고 궁술을 겨루게 했다.

피웅….

횡….

화살이 울며 저편의 물가를 향해 날아들어 빗발치듯 물보라를 일으켰다. 조홍은 이미 강기슭으로 올라왔지만, 앞뒤에서 적의 화살이 날아들자 잠시 죽은 시늉을 했다.

'어떻게 도망칠 것인가.'

그사이에 빠져나갈 길을 궁리했다.

오히려 저 멀리 강 상류에서 한 무리의 군대가 강을 따라 내려오는 게 보였다. 아침 구름이 갠 화창한 하늘 아래에서 나부끼는 깃발을 보니, 그 무리는 형양성 태수 서영의 정예군이다.

'저들에게 들키면 끝장이다!'

조홍은 가슴이 요동치며 당황했다. 이제 빗발치는 화살을 두려워하고 있을 수만은 없었다. 칼을 휘둘러 활을 거침없이 쳐내며 뛰었다.

조조도 활을 쳐냈다. 멀리서 보면 한 사람인지 두 사람인지 모를 정도로 서로 꼭 붙어서 달렸다.

언덕 위에 주둔하던 부대도 강을 따라 내려온 한 무리의 군대도 조조 형제가 질풍 속을 헤쳐나가는 모습을 보면서 소리쳤다.

"저들은 제법 지위가 높은 장수다. 놓치지 마라!"

그 즉시 모래 먼지를 일으키며 동쪽과 서쪽에서 포위했고, 그중 한 소대는 이미 앞질러가서 두 사람 앞을 가로막았다.

4

언덕에서 화살이 하나둘 날아들었다.

제자리에 멈춰서도 죽음이요, 앞으로 나아가도 죽음이다.

산 넘어 산이다. 죽음은 조조를 잡지 않으면 끝내 멈추지 않을 듯했다.

"이렇게 된 이상 적의 시체를 산더미처럼 쌓아서 조 씨 형제의 최후답게 남들 눈에 부끄럽지 않은 죽음을 맞읍시다. 형님도 각오하십시오."

마침내 조홍도 결심했다.

그러고 나서 조조와 함께 칼을 번쩍 쳐들고 적진 한가운데로 돌진했다.

"어, 방금 조 씨라고 했다. 그렇다면 조조와 조홍 형제겠군."

"뜻밖의 대장을 만났다. 저들을 놓칠까 보냐!"

굶주린 이리 떼가 먹이를 놓고 다투듯 두 사람을 에워쌌다.

그때.

저편 광야 끝에서 한바탕 누런 바람을 일으키며 달려오는 무사 10여 기가 있었다.

지난밤부터 주군 조조의 행방을 찾아다니던 하후돈, 하후연 장수와 휘하 부하들이다.

"앗, 주군이 저기 계시는군!"

10개의 창끝을 겨누고 측면에서 공격하며 우르르 달려왔다.

"자, 빨리 타십시오!"

조조 형제를 말에 태운 후 하후돈이 앞장서서 퇴각하라고 소리치자 일제히 도망치기 시작했다.

화살이 싸라기눈처럼 쏟아졌지만, 서영 군은 결국 쫓아오지 못했다. 조조 일행은 울창한 숲을 보자 안도의 한숨을 내쉬었다. 그런데 군마 500여 기가 그곳에 있었다.

"적군인가, 아군인가?"

정찰을 시켜보니 천만다행으로 그 무리는 조조의 부하인 조인, 이전, 악진의 군사들이었다.

"주군께서는 무사하셨습니까?"

악진과 조인은 주군의 모습을 보자 천지를 향해 절을 올리며 기뻐했다.

전투는 몹시 참담한 패배로 끝났으나 그 불행한 처지 속에서 이 사람들은 가장 큰 환희를 만끽했다.

"아아, 내 불찰이다. 무슨 일이 있어도 장군 되는 자는 죽음을 가벼이 여겨서는 안 된다. 만약 어젯밤과 새벽 사이에 자결했더라면 이 부하들이 얼마나 슬퍼했을까…"

조조는 신하들이 뛸 듯이 기뻐하는 모습을 보면서 절실히 깨달았다.

'내가 한 수 배웠구나.'

조조는 마음속으로 되뇌었다.

패전은 크나큰 가르침을 주었다. 그야말로 얻기 힘든 경험을 했다.

'전투에서 지는 것도 좋은 점이 있구나. 패하고 나서야 비로소 깨닫는 점도 있으니…'

조조는 패배를 담담히 받아들였다.

1만의 병사에서 남은 수는 겨우 500여 기. 그러나 재기의 희망을 결코 놓지 않았다.

조조가 무겁게 입을 열었다.

"일단 하내군으로 퇴각하여 훗날을 도모하자."

"그러는 편이 좋겠습니다."

하후돈, 조인 등도 군사들에게 호령하여 그곳을 떠났다.

한 줄의 대오는 쓸쓸히 하내로 도망쳤다. 산과 강은 조용히 패장의 가슴에 슬픈 노래를 실어 보냈다. 태어날 때부터 제멋대로 자라 성인이 되어서도 안하무인이었던 조조도 이번만큼은 뼈저리게 사무친 바가 있는 듯했다.

길을 가면서 총총히 떠 있는 별을 우러러볼 때마다 조조는 홀로 중얼거렸다.

'일찍이 '자네는 난세의 간웅'이라는 말을 예언자가 내게 했었지. 그때 난 만족하고 일어났다. 좋다. 하늘이여, 내게 온갖 고난을 던져다오. 비록 간웅은 못 될지라도 내 반드시 천하의 한 영웅은 되어 보일 테니.'

옥새

1

한편.

초토화된 낙양 땅에 남은 제후들의 상황이 어땠는가 하면,

이곳은 아직 타다 남은 연기로 자욱했다.

이레 밤낮을 태우고도 대지의 열기는 쉽사리 식지 않았다.

제후의 병사들은 제각각 진을 치고 진화에 힘썼고, 총수 원소 본영에서도 옛 조정인 건장전(建章殿) 부근을 본진으로 삼고 궁궐의 잿더미를 치우거나 파헤쳐진 종묘에 오두막 같은 임시 궁을 짓는 등 밤낮으로 전후 처리를 하느라 여념이 없었다.

"임시 궁도 생겼으니 우선 태뢰(太牢, 나라에서 제사를 지낼 때, 소를 통째로 바치던 일 또는 그 소. 원래는 소, 양, 돼지를 함께 바쳤으나, 나중엔 소만 바침 – 옮긴이)를 바쳐 종묘에 제사를 올려야겠다."

원소는 제후들 진영으로 사람을 보내 참가하도록 장려했다.

지극히 조잡하고도 형식적인 제사를 지낸 다음 제후들은 함께 걸으며 지금은 옛 자취가 사라져버린 금문 곳곳을 감개무량

한 시선으로 둘러보았다.

그때 전갈이 날아들었다.

"형양 산지에서 조조 군대는 적에게 전멸하다시피 참패했으며, 조조는 얼마 안 되는 부하들의 호위 아래 하내로 도망쳤습니다!"

"그 조조가…."

제후들은 서로 얼굴만 마주 볼 뿐 말을 제대로 잇지 못했으나 원소는 들으라는 듯이 비아냥거렸다.

"그것 보라지."

이어서 그 어리석음을 비웃었다.

"동탁이 낙양을 버린 건 이유가 부린 책략으로, 충분히 여력이 있음에도 선수를 써서 도읍을 내버린 것이오. 그런데 고작 1만이 될까 말까 한 적은 병력으로 추격을 하다니…. 조조도 아직 풋내기가 아니오?"

반쯤 타버린 궁중 원앙전(鴛鴦殿)에서 일동은 조촐히 술잔을 주고받은 후 헤어졌다.

때마침 황혼이 드리워져 정원 연못 부근에서 부용화가 다한(多恨)한 저녁 바람에 아련하게 흔들렸다.

제후들은 돌아갔지만 손견은 차마 떠나지 못하고 부하 두셋과 함께 주변을 거닐었다.

"아아…. 저 꽃나무 그늘과 샘물가에서 후궁의 아리따운 여인들이 흐느끼는 듯하구나. 군마의 사명은 새 시대를 일으키는 것이지만 창조하기에 앞서 파괴가 따른다. 아…, 안 된다. 이렇게 다정다한한 마음에 사로잡혀서는…."

건장전 섬돌에 홀로 앉아 별하늘을 우러러보며 눈을 감은 채 조용히 생각에 잠겼다.

그런데 아득히 한 줄기 흰 기운이 별 무리의 빛을 흐렸다. 손견은 천문을 점치더니 저도 모르게 탄식을 내뱉었다.

"황제의 별이 빛나지 않고 별자리와 주위가 어지럽구나. 아, 난세는 계속되리라. 초토로 변하는 곳은 여기서 그치지 않으리라."

그러자 계단 아래에 있던 부하 하나가 수상쩍다는 듯이 손으로 가리켰다.

"주군…. 저게 무엇일까요?"

"무엇이 말이냐?"

손견도 그곳을 응시했다.

"제가 조금 전부터 보았는데 이 대궐의 남쪽 우물에서 이따금 오색의 빛이 비치고 사라지더니 또 비치고 사라지는 게 마치 암흑 속의 보석이라도 보는 듯합니다. 아무래도 제 눈이 잘못된 것 같지는 않습니다만…."

"으음, 과연 그렇군…. 그 말을 들으니 정말 그리 보이는구나. 횃불을 밝혀서 우물 속을 살펴봐라."

"예!"

부하들은 일제히 우물로 달려갔다.

잠시 후 우물가에서 빛나던 횃불이 저편으로 움직였다. 그사이에 부하들이 무어라 소리치며 야단법석을 떨자 손견도 가까이 다가갔다. 우물 속에서 물에 잠겨 있던 젊은 궁녀의 시체를 건져 올렸다. 부패 정도를 보아 이미 오래 지난 것 같았다. 그

옷차림으로 추측건대 예사롭지 않은 여인인 듯했고, 살아 있는 듯한 용모는 백옥처럼 아름다웠다.

2

아니, 그뿐만이 아니다.

미인의 시체에는 아름다운 물건이 하나 유난히 돋보였다. 여인이 목에 걸고 있는 자색 비단 주머니다.

밀랍보다도 하얀 손가락이 그 주머니를 어찌나 꼭 쥐고 있는 지…. 죽어도 놓치지 않겠다는 망인의 집념이 보였다.

손견은 곁으로 가서 시체를 바라보다가 부하에게 명령을 내리고 비켜섰다.

"저 주머니를 가지고 와라."

부하는 곧바로 죽은 여인의 목에서 주머니를 빼 손견에게 바쳤다.

"어이, 횃불을 가까이."

"예."

부하들은 좌우에서 횃불을 비추었다.

"…?"

손견의 눈은 놀라움으로 빛났다. 자색 비단 주머니에는 상서로운 봉황과 구름이 금실과 은실로 수놓여 있었다. 여러 가닥으로 꼬인 끈을 풀어보니 안에서 붉은 갑(匣)이 나왔다. 강렬한 붉은색이다. 아마 산호주(珊瑚朱)나 퇴주(堆朱, 붉은 옻을 두껍게 바르고 그 위에 무늬를 새기는 일 – 옮긴이)의 일종인 듯했다.

작은 황금 자물쇠도 달려 있었다. 어디로 갔는지 열쇠는 보이지 않았다. 손견은 이로 깨물어 자물쇠를 끊어버렸다.

안에서 나온 건 인장이다. 아름다운 돌로 만든 인장은 둘레가 4치쯤 되었고, 돌 윗부분에는 용 5마리가 새겨져 있었으며 모서리가 조금 깨진 아랫부분은 황금으로 기워놓았다.

"정보를 불러오너라. 아주 시급히, 은밀하게."

손견은 당황하며 입술을 떨었다.

"이건…, 평범한 인장이 아니다."

그리고는 손안의 인장을 황홀하다는 듯이 바라보았다.

잠시 후 정보가 헐레벌떡 뛰어왔다.

정보를 부르러 갔던 부하와 함께 달려와서는 숨을 몰아쉬며 물었다.

"무슨 일이십니까?"

"정보, 이게 무엇인가?"

손견은 인장을 내밀고 감식을 맡겼다.

정보는 학식이 있는 자였다. 손에 들고 한번 보더니 까무러칠 듯이 질겁했다.

"태수, 대체 이 인장이 어디서 난 겁니까?"

"방금 이곳을 지나가는데 우물 안에서 기이한 빛이 뿜어져 나오기에 살펴보라 했더니 이 여인의 시체가 올라왔다. 인장은 이 죽은 여인이 목에 걸고 있던 비단 주머니에서 나왔고."

"아아, 황송한 일입니다…."

정보는 손바닥을 향해 머리를 숙였다.

"이것은 전국옥새(傳國玉璽)입니다. 틀림없이 조정에서 쓰는 옥새입니다."

"뭐라? 옥새?"

"잘 보십시오."

정보는 횃불 옆으로 옥새를 가지고 가서 그 위에 전서체로 새겨진 글자를 읽었다.

하늘로부터 명을 받았으니
그 수명이 길이 창성하리라
受命于天
旣壽永昌

"이렇게 쓰여 있습니다."

"으음….'

"옛날 형산(荊山) 아래에서 봉황이 돌에 깃든 걸 보고 그 당시 사람이 돌 가운데를 잘라 초국(楚國) 문왕(文王)에게 바쳤습니다. 문왕은 희대의 옥돌이라 하여 보물로 여기다가 그 후 진 시황 26년에 솜씨 좋은 장인을 뽑아 둘레 4치짜리 옥새로 만들고 이사(李斯)에게 명하여 이 여덟 글자를 새겼습니다."

"으음…. 과연."

"28년에 시황제가 동정호(洞庭湖)를 건널 때 폭풍이 불어 한 때 이 옥새도 호수 속으로 가라앉은 일이 있었습니다. 신기하게도 이 옥새를 가진 자는 아무 일 없이 번창하고 옥새도 세상에 홀연히 나타났습니다. 이후 대대로 조정 깊숙한 곳에 전국의 보물로 보관되어 한고조 때부터 오늘날까지 전해져온 것입니다만…. 어째서 이것이 전쟁의 화마 속에서 무사할 수 있었을까요? 생각건대 실로 기이하고 상서로운 옥새입니다."

3

옥새를 손에 든 채 손견은 정보가 이야기하는 유래를 들으며 심취해 있었다.

그러면서 속으로 생각했다.

'어째서 이런 귀한 보물이 내 손에 들어온 것일까.'

왠지 모르게 으스스한 기분마저 들었다.

정보는 계속해서 이야기했다.

"지금 생각해보니 수년 전 십상시의 난이 일어났을 때 어린 황제께서 북망산(北邙山)으로 몸을 숨기셨는데, 그 무렵 옥새가 사라졌다는 소문이 잠시 돌았습니다. 지금 그 옥새가 우연히 우물 바닥에서 떠올라 태수 손에 들어온 건 예삿일이 아닙니다."

"음…. 결코 보통 일은 아니야."

손견은 신음했다.

정보는 주군의 귓가에 대고 속삭였다.

"하늘이 내려주신 겁니다. 하늘이 태수를 구오지위(九五之位, 《주역》의 이치에 따라 임금의 지위를 이르는 말 – 옮긴이)에 올려 후세까지 나라의 대통을 잇도록 지명하신 길조입니다. 속히 본국으로 돌아가셔서 원대한 계획을 도모하셔야 합니다."

손견은 고개를 크게 주억거렸다.

"그 말이 맞네."

굳게 다짐한 바가 있는 사람처럼 눈을 반짝이며 그 자리에 있던 부하들에게 명령했다.

"오늘 밤에 일어난 일은 새어나가는 일이 없도록! 만약 다른 사람에게 발설하는 자가 있다면 반드시 목을 벨 테니 그리 알라."

이윽고 밤이 깊어갔다.

손견은 진으로 슬며시 돌아가 잠을 청했다.

"주군께서 갑자기 병이 나셔서 진을 거두고 내일 급하게 본국으로 돌아가시게 되었다."

정보는 아군을 모아서 거짓으로 병이 났다고 알린 후 그날 밤부터 떠날 채비를 하도록 했다.

그런데.

그 혼잡한 틈을 타 손견의 부하 중 하나가 원소 진영을 찾아가 함고(陷告)하였다. 원소에게 자초지종을 밀고하고 얼마간의 포상을 받은 후 홀연히 모습을 감춰버린 것이다.

그리하여 원소는 옥새의 비밀을 알게 되었다.

날이 밝자 손견은 시치미 뗀 얼굴로 작별 인사를 하러 찾아왔다. 손견은 일부러 초췌한 모습을 가장하여 맞이했다.

"아무래도 근래에 몸이 좋지 않아 진중의 일이 손에 잡히지 않습니다. 갑작스럽기는 하지만 잠시 본국으로 돌아가 요양하고 싶습니다. 당분간 풍월을 벗 삼으면서…"

그러자 원소는 고개를 돌리고 웃었다.

"아하하."

손견은 벌컥 화가 치밀어 손을 칼에 얹으며 따졌다.

"어째서 총수께서는 내가 성심껏 작별 인사를 고하는데 무례한 웃음을 보이시오?"

원소는 노골적으로 말했다.

"그대는 꾀병도 능하지만 화내는 시늉도 능하구려. 아아, 참으로 겉과 속이 다른 인물이로다. 그대의 요양이라는 건 전국옥새를 품어 급기야 봉황 새끼라도 부화시키겠다는 속셈이 아니오?"

"뭐, 뭐라?"

"당황할 것 없소. 이보시오, 손견. 분수를 좀 아시오. 어젯밤 건장전 우물 속에서 주운 물건을 이 앞에 내놓으시오."

"무슨 소린지 모르겠소!"

"괘씸하구나! 감히 천하를 빼앗을 작정이냐?"

"난 모르는 일이다! 무슨 근거로 날 반역자로 몰아세우는 것이냐!"

"닥쳐라! 각국 제후들이 의병을 일으켜 함께 고난을 겪는 연유는 한의 천하를 돕고 사직을 편안히 하기 위해서다. 옥새는 조정에 돌려주어야지 필부가 사사로이 취할 물건이 아니다!"

"무슨 허튼소리를!"

"허튼소리라니!"

원소도 손견에 맞서 당장이라도 칼을 빼들 기세다.

4

"칼에 손을 댔구나. 네놈이 이 손견을 벨 셈이냐?"

"이놈!"

손견이 내뱉는 말에 원소도 격분했다.

"너 같은 젖비린내 나는 놈에게 이 원소가 속아 넘어갈 것 같으냐? 아무리 거짓을 둘러대도 이미 반역의 뜻은 의심할 여지가 없다. 당장 그 목을 쳐서 진문에 걸어주겠다!"

"뭐라?"

손견은 말이 채 끝나기도 전에 벌써 칼을 뽑았다. 원소도 큰칼을 빼들고 서로 바닥을 박차며 뛰어오르려는 순간.

"이얏!"

만당에 살기가 가득 찼다.

원소 뒤에는 안량, 문추 등 거친 무사들이 따르고 있었다. 한편 손견 뒤에는 정보, 황개, 한당 등의 무리가 '주인을 지키리라'는 각오로 칼을 들고 술렁였다.

낙양에 입성한 이후로는 전투도 없었다. 오랫동안 진을 치느라 쌓인 울분을 털어버리기 위해 한바탕 싸움이라도 벌여서 피바람을 일으키려는 듯했다.

하지만 깜짝 놀란 만당의 제후들이 일제히 일어나 양쪽을 떼어놓았다. 날마다 맹세의 피를 마시고 의를 만천하에 선언했거늘, 이렇게 집안싸움이나 하는 추태를 세상 사람들이 알면 민중의 신뢰는 단번에 떨어질 게 분명했다. 의군이 품은 뜻은 의심을 받고 장안으로 도망친 동탁은 그럴 줄 알았다며 손뼉을 치면서 기뻐할 것이다.

"자, 자, 그만하시오."

"손견도 저리 결백을 주장하는데 설마 거짓이겠습니까?"

"총수께서도 지위가 있으신데 자중하시지요."

제후들의 중재로 겨우 원소가 진정했다.

"그럼 여러분 말을 따르겠소. 손견은 정녕 옥새를 훔치지 않았는가? 어떻게 증명해 보이겠는가?"

"이 사람도 한실의 옛 신하인데 어찌 전국옥새를 훔쳐서 역모를 꾀할 수 있겠소? 천지신명께 맹세하건대 결코 그런 일은 없소이다."

손견은 절규했다.

'저렇게까지 말하는 걸 보면….'

손견의 흥분된 얼굴을 보자 모두 그 말을 철석같이 믿고 화해의 술잔을 올린 후 헤어졌다.

어찌 알았으랴, 그로부터 일각도 지나기 전에 손견 진영에는 이미 병사의 그림자 하나 얼씬거리지 않았다.

'역시 수상하다.'

원소도 애태우고 다른 제후들의 진에도 왠지 모르게 동요가 일던 차에, 얼마 전 동탁을 공격하려다 형양에서 참패를 당한 조조가 몇 안 되는 잔병을 이끌고 낙양으로 돌아왔다.

원소는 조조와 상의해야겠다며 주연을 차린 후 제후들을 불러 조조를 달랬더니, 오히려 노여워했다.

"입으로는 대의를 외쳐도 마음이 통하지 않으면 동지도 동지라 할 수 없소. 공연히 민중을 괴롭히고 무익한 인명과 재산을

날릴 뿐이오. 난 잠시 초야로 돌아가 다시 생각해보겠소. 여러
분도 숙고해보는 편이 좋을 거요."

조조는 그날로 낙양을 벗어나 양주(揚州) 방면으로 떠났다.

그 무렵 손견은 이미 전력으로 질주하여 본국으로 도망치는
길이다.

도중에.

원소의 추격 명령을 받은 공격군에 쫓기고 여러 성의 태수들
로부터 방해를 받는 등 쓰라린 고비를 겪었지만, 마침내 황하
부근까지 달아나 배 한 척을 주워 타고 간신히 강동으로 도망
쳤다.

배 안에서 주위를 둘러보니 수하의 장병은 고작 몇 명밖에
남아 있지 않았다. 그래도 손견의 품속에는 전국옥새가 고스란
히 들어 있었다.

5

파괴는 한순간에 일어나지만, 문화는 하루아침에 창조되지
않는다.

또한.

파괴까지는 봉화 하나로 결속하여 거침없이 전진하여도 그
다음 단계인 창조로 이어지면 어김없이 사람의 마음에는 분열
이 생기는 법이다.

처음의 동지는 동지로 남을 수 없다. 한 사람 한 사람의 개인

으로 돌아온다. 의견 충돌과 분란이 시작된다. 열의가 식으면 분해를 일으킨다. 사태는 눈에 보이지 않는 사이에 다음 국면으로 넘어간다.

조조와 원소 등이 일으킨 의병도 현재 그러한 국면에 봉착한 상태다.

당초의 이상이 지금은 어디로 갔는가?

최초로 봉화를 올리고 18개국 제후를 규합한 조조부터가 가장 먼저 원소의 우유부단함을 참지 못하고 '나는 내 식대로 한다'고 결심한 것처럼, 큰 형세로는 의군이 승리를 차지했건만 본인은 얼마 남지 않은 수하와 가득 쌓인 울분과 비참함을 품은 채 재빨리 양주 땅으로 떠났다.

또한.

폐허로 변한 궁궐 우물에서 뜻밖에도 옥새를 거머쥔 손견 역시 보옥을 얻자마자 변심하여 원소와 맹렬히 싸우고 헤어진 후 그날로 본국을 향해 떠났다. 도중에 형주(荊州) 유표(劉表)의 공격으로 손견 군대는 큰 타격을 입었고 황하를 건널 때는 배 안에 살아남은 자가 겨우 정보, 황개 등 무사 예닐곱에 불과했다는 소문이 돌았다.

그러한 때에.

동군의 교모와 연주 자사 유대가 또다시 낙양 진중에서 군량미를 꾸어주는 등 사소한 문제로 마찰을 빚었고, 결국 유대가 한밤중에 상대편 진영으로 쳐들어가 교모를 죽이는 사건이 벌어졌다.

제후들 사이에서조차 그런 사태가 생겼으니 하물며 그 밑에 있는 장교와 졸오가 얼마나 난장판이었을지는 가히 짐작할 수 있으리라.

약탈은 끊이지 않아 술까지 훔쳤다. 갈등은 늘 여자나 도박에서 시작되었다. 군율은 있었지만, 위엄이 없었다. 낙양의 굶주리는 백성들은 밤마다 슬픔에 잠겨서 황폐한 땅의 별하늘을 올려다보며 중얼거렸다.

"지금보다는 차라리 동 상국의 폭정 때가 나았어…."

밤이 되면 인적이 끊겼고 이따금 암흑 속에서 들려오는 소리라고는 인육을 먹고 야생으로 돌아가는 들개의 울음과 여자들이 지르는 비명뿐이다.

"태수, 부르셨습니까?"

어느 날 밤 유비는 은밀히 공손찬 앞으로 나아갔다.

공손찬은 유비에게 말했다.

"다름 아니라 요즘 제후들과 총수인 원소의 심중을 곰곰 살펴보자니 한심함이 이루 말할 수 없네. 원소는 향후의 일을 처리할 능력이 없네. 다시 말하면 원소는 무능하지. 분명 머지않아 수습할 수 없는 혼란이 일어날 것일세."

"예…."

"그대도 같은 생각이겠지? 그대는 물론 관우와 장비까지 발군의 활약을 했음에도 아무런 보상도 없는 게 못내 안타깝네만, 일단 낙양을 떠나 평원으로 돌아가면 어떻겠는가? 나도 진을 거두고 떠나려네."

"알겠습니다. 다시 때가 찾아오겠지요. 이만 물러나겠습니다."

현덕은 작별을 고했다.

그리하여 현덕은 관우와 장비에게도 사태를 알리고 평원으로 향했다.

낙양에는 입성했지만 아무런 수확도 없었다. 따르는 군사와 말도 여전히 초라한 모습 그대로다.

관우와 장비는 변함없이 쾌활했다. 말 위에서 담소를 나누고 마을에 도착할 때면 술을 샀다.

"어이, 형님. 마시지 않는 거요? 우리가 축배를 들 날이 앞으로 언제 찾아올지는 모르겠지만, 목숨만큼은 확실히 붙들고 왔으니 조금은 축하해도 되지 않겠소? 말 위에서 술을 마시며 돌아다니다니 꽤 호사스러운 여행이 아니오?"

장비는 우스갯소리를 하며 평소처럼 기분 좋은 모습이다.

백마 장군

1

그 이후,

초토화된 낙양 땅에 머무른들 별수 없겠다며 제후의 병사들도 잇따라 본국으로 돌아갔다.

원소도 병마를 추슬러 잠시 하내군(하남성 회경懷慶)으로 이동했으나 대병을 거느리고 있었으므로 이내 군량이 바닥나고 말았다.

"군사 급식도 있는 힘을 다해 절약하여 쓰지만 이대로 가다간 군사들이 당장에라도 폭동을 일으켜 민가를 약탈할지도 모릅니다. 그러면 장군의 군마는 그 즉시 도적 떼가 되고 맙니다. 어제의 의군 총수가 백성들 눈에는 도적의 우두머리로 보일 것입니다."

군량을 담당하는 부장은 걱정 끝에 원소에게 몇 번이나 대책을 취하라며 촉구했다.

"그럼 기주(하북성 중남부) 태수 한복에게 사정을 알리고 군량을 꾸도록 하지."

원소도 지금은 허세를 부릴 수만은 없었기에 편지를 쓰기 시작했다.

그러자 봉기(逢紀)라는 참모가 슬쩍 진언을 올렸다.

"대붕(大鵬)은 천지를 종횡해야 하는 법입니다. 어째서 구구한 궁책을 올려 남의 도움 따위를 구하십니까?"

"봉기인가. 달리 계책이 있다면 나도 한복 따위에게 군량미를 꾸고 싶지는 않다. 네게 뾰족한 수라도 있는 게냐?"

"그렇습니다. 기주는 풍요로운 땅이라서 쌀은 물론이거니와 금은과 오곡이 풍부합니다. 모름지기 이 땅을 취해 장래의 기반으로 삼아야 하지 않겠습니까?"

"그야 진작부터 바라던 일이다만, 어떤 계책으로 그 땅을 빼앗을 수 있단 말이냐?"

"은밀히 북평(하북성 만성滿城 부근) 태수 공손찬에게 사자를 보내서 기주를 공격해 그 땅을 나눠 갖자고 부추기십시오."

"으음."

"공손찬은 반응을 보일 것입니다. 그러면 이번엔 한복과 내통하여 힘을 보태주겠다고 하십시오. 겁이 많은 한복은 분명 장군께 매달리겠지요. 그 후의 일은 손바닥 안에 들어온 것이나 다름없습니다."

원소는 기뻐하며 즉시 봉기가 올린 헌책을 실행에 옮겼다.

기주 태수 한복은 원소에게 편지를 받고 무슨 일인가 싶어 펼쳐보니,

이러한 충언이 적혀 있었다.

'북평의 공손찬이 은밀히 대병을 일으켜 기주를 공격하려 하오. 경계를 소홀히 하지 마시오.'

물론 그 원소가 다른 한쪽에서 공손찬을 사주하리라고는 꿈에도 생각지 못한 채 한복은 놀란 가슴으로 군신들과 함께 대책을 논의했다.

"이 충언을 해준 원소는 지난번 18개국 의군에 임하여 총수를 지냈던 인물입니다. 지혜와 용기, 덕망이 높은 명문가 출신이지요. 마땅히 원소의 힘을 빌려 기주로 정중히 맞아들여야 할 것입니다. 원소가 같은 편이라는 소문을 들으면 제아무리 공손찬이라 할지라도 함부로 손을 대지 못할 줄로 압니다."

군신 대다수가 비슷한 의견이었다.

"그리하는 편이 좋겠군."

한복도 그 의견에 동의했다.

단 한 사람, 장사(長史) 경무(耿武)는 발끈하며 반론을 제기했다.

경무가 한 직언은 받아들여지지 않았다. 의견은 마찰을 빚어 경무의 주장이 옳다며 자리를 박차고 떠난 자가 30여 명에 달했다.

"다 글렀다!"

경무도 뜻이 받아들여지지 않자,

그날로 관직을 버리고 모습을 감췄다.

경무는 충성스러운 신하였기에 주군이 무너지는 모습을 가만히 보고 있을 수만은 없어 원소가 기주로 들어오는 날을 기다리며 기회를 엿보았다.

마침내 원소는 한복의 열렬한 환영 아래 당당히 기주성까지 군마를 이끌고 왔다. 그때 충신 경무가 칼을 쥐고 길가 나무 그늘에 숨어 있을 줄이야.

2

경무는 몸을 던져 원소를 길바닥에서 찔러 죽이고 주군을 위기에서 구하겠다는 각오를 다졌다.

이미 원소 행렬이 눈앞에 들어왔다.

"이놈! 이 땅에 발을 들이지 마라!"

경무는 칼을 휘두르고 소리치며 단숨에 원소가 탄 말 앞으로 달려들었다.

"이 불한당이!"

부하들은 거세게 가로막았다.

"무례한 놈!"

대장 안량은 경무 뒤로 돌아가,

고함치며 베어버렸다.

"분하도다."

경무는 하늘을 노려보며,

탄식하고 원소를 향해 칼을 던졌다.

안타깝게도 그 칼은 원소를 지나쳐 뒤편에 서 있던 버드나무 기둥에 꽂혔다.

원소는 무사히 기주로 들어갔다. 태수 한복 이하 모든 신하와 병사들이 성 위에서 깃발을 올리고 원소를 귀빈으로 맞아들였다.

"먼저 정사를 바로잡는 일이 나라를 강대하게 만드는 첫걸음이오."

원소는 성에 들어가서 앉자마자,

태수 한복을 분무장군(奮武將軍)에 봉하고 권력을 장악했다. 그리고 나서 오직 호의를 얻기 위한 정치만을 펼치며 전풍, 저수, 봉기 등 같은 심복을 요직에 앉히니 한복은 있으나 마나 한 존재가 되고 말았다.

"내 실수다. 이제야 비로소 경무가 한 충간(忠肝)이 떠오르는구나."

한복은 땅을 치며 후회했지만 이미 때는 늦었다. 한복은 밤낮으로 고뇌하고 번민한 끝에 진류로 달아나 태수 장막(張邈)에게 몸을 맡겼다.

한편.

북평의 공손찬은 '일찍이 밀약을 했다'며 원소가 앞서 한 말을 믿고 군사를 진격시켰는데, 당도해보니 기주는 이미 원소의 손아귀에 떨어져 있었다.

"약정한 대로 기주를 둘로 나눠 영토의 절반을 이쪽에 넘겨주시오."

아우 공손월(公孫越)을 사자로 보내 요청하니 원소는 이렇게 답했다.

"좋소. 영토를 나누는 일은 중차대한 문제니 공손찬이 직접 오는 편이 좋겠소. 내 반드시 약속을 이행하리다."

공손월은 만족하여 귀로에 올랐으나 도중에 울창한 숲에서 화살이 빗발치듯 날아와 그 자리에 선 채로 끔찍하게 죽음을 맞이했다.

그 소식을 들은 공손찬의 분노는 이루 말할 수 없었다. 일족의 피를 빨고 원소의 목을 치지 않고서야 어찌 고향의 백성들을 볼 수 있겠는가 하는 일념으로 반하교(盤河橋) 근처까지 밀고 들어갔다.

다리를 끼고 기주의 대병도 겹겹이 방어에 나섰다. 그중에 원소의 본진으로 보이는 부대가 깃발을 휘날렸다.

"불의하고 파렴치한 놈, 인간 같지도 않은 원소 놈아, 어디에 있느냐? 부끄러운 줄 안다면 앞으로 나오너라!"

공손찬은 다리 위에서 말을 달리며 큰 소리로 외쳤다.

"무슨 소리를 지껄이느냐!"

원소도 말을 몰고 와서 반하교를 밟았다.

"한복은 재주가 없어 이 원소에게 기주를 넘기고 한지로 물러난 것이다. 파렴치한은 오히려 네놈이다. 남의 땅 경계까지 광분한 병사들을 몰고 오다니 무얼 훔치려는 속셈이냐!"

"닥쳐라, 원소! 얼마 전까지는 함께 낙양에 입성하여 널 충의의 맹주로 받들었으나, 지금 생각해보니 만천하에 부끄러운 일이 따로 없구나. 이리의 마음을 지니고 개의 소행을 일삼는 놈이 무슨 낯으로 태양 아래에서 뻔뻔하게 인간의 말을 내뱉는 것이냐!"

"이놈이 잘도 욕지거리를 하는구나. 누가 저놈을 생포하여 혀를 뽑아버려라!"

3

문추는 원소 휘하에서 용맹이 으뜸가는 사내였다.

키가 7척을 넘고 얼굴은 게처럼 검붉었다.

"예!"

대장 원소의 명령을 받고 다리 위로 말을 몰아 공손찬에게 싸움을 걸었다.

"이런 발칙한 놈."

공손찬도 당당하게 창을 어우르며 대적했지만, 도저히 문추의 상대가 되지 못했다.

'이건 못 당하겠구나.'

공손찬은 다리 동쪽에 있는 아군 속으로 말을 달려 도망쳤다.

"추잡한 놈."

문추는 손견을 쫓아 적의 중군으로 파고들어 끝까지 추격을 멈추지 않았다.

"막아라!"

"게 서라!"

대장의 위기를 보고 공손찬 휘하의 무사 여럿이 문추에게 덤벼들어 겹겹이 둘러쌌지만, 하나둘 나가떨어져 시체가 첩첩이 쌓이는 참담한 광경이 펼쳐졌다.

"무서운 놈이다."

간담이 서늘해진 공손찬은 뿔뿔이 흩어져 도망치는 아군에서 이탈하여 혼자서 산길로 달아났다.

그러자 뒤에서 또다시 문추의 목소리가 들려오는 게 아닌가.

"목숨이 아까우면 말에서 내려 항복하라! 지금이라면 목숨만은 살려주겠다."

공손찬은 손에 들고 있던 활도 집어 던지고 살아 있다는 기분도 없이 그저 말 궁둥이에 채찍을 가했다. 결국, 말은 너무 달린 나머지 돌부리에 걸려 고꾸라져 앞다리가 부러지고 말았다.

공손찬은 말에서 떨어졌다.

문추는 바로 코앞까지 추격해왔다.

"이제 죽었구나."

단념하여 눈을 감은 채 칼을 들고 일어나려는 순간, 위쪽 절벽에서 뛰어내린 한 장정이 문추 앞을 가로막고 아무 말도 없이 70~80합이나 창을 어우르며 맹전을 펼쳤다. 공손찬은 '하늘의 도움'이라 여기며 그 틈에 산으로 기어 올라가 가까스로 위태로운 목숨을 건졌다.

격전 끝에 문추도 포기하고 물러났다.

"오늘 절체절명의 위기 속에서 날 구해준 자는 누구인가?"

공손찬은 병사들을 소집하여 부장들에게 묻고 부대 안을 찾아보도록 했다.

이윽고 그 인물이 공손찬 앞에 나타났다. 그자는 아군 부대 소속이 아니라 단지 길을 지나던 나그네라는 사실이 밝혀졌다.

"어디로 가는 행객인가?"

"제 고향은 상산(常山) 진정(眞定, 하북성 정정 부근)이라 그곳으로 가던 길이었습니다. 이름은 조운(趙雲), 자는 자룡(子龍)이라고 합니다."

눈썹이 짙고 눈빛이 번뜩여 겉으로 보기에도 위풍당당한 대장부였다.

조자룡은 바로 얼마 전까지 원소 막하에 있었는데 원소가 하는 짓을 보니 앞으로 오래도록 모실 만한 주군이 아니라는 생각이 들어, 차라리 고향으로 돌아가는 편이 낫겠다는 결심하에 이곳까지 왔다는 말을 덧붙였다.

"그랬는가. 이 공손찬도 지혜와 덕을 겸비한 사람은 아니지만 혹 그대가 날 섬길 생각이 있다면 힘을 합쳐 도탄에 빠진 민중을 구하지 않겠나?"

공손찬의 물음에 조자룡은 약속했다.

"이곳에 머물며 전력을 다하겠습니다."

이에 힘을 얻은 공손찬은 이튿날 다시 반하 부근에서 북국산(北國産) 백마 2000필을 죽 늘어세우고 진을 크게 펼쳤다.

공손찬이 백마를 많이 소유하게 된 건 몇 년 전 몽고와 벌인 전투에서 백마 일색의 기마대를 편제하여 북쪽의 오랑캐를 무찔렀기 때문이며, 그 이후로 '백마진(白馬陣)'은 만천하에 널리 알려지게 되었다.

4

"이야, 장관이로군."

반대편 강가에 주둔하던 원소는 이마 위에 손을 얹고 강 너머의 적진을 바라보며 감탄해 마지않았다.

"안량, 문추."

"예!"

"두 사람은 좌우로 나뉘어 양 날개의 진을 맡아라. 힘센 사수(射手) 1000여 기를 모으고 국의(麴義)를 대장으로 삼아 사진(射陣)을 펼쳐라."

"알겠습니다."

명령을 내린 다음 원소는 휘하의 1000여 기와 궁노수 500명, 창과 극을 든 보병 800명과 번(幡), 기치, 깃발 등을 하나로 모아 중군의 태세를 단단히 했다.

큰 강을 사이에 끼고 점차 전기가 무르익었다. 동쪽 연안에 주둔하던 공손찬은 적의 움직임을 보더니 부하 엄강(嚴綱)을 선봉에 세운 후, '수(帥)'라는 글자를 금실로 새긴 붉은 깃발을 든 채 강기슭까지 물밀 듯이 닥쳐 들었다.

공손찬은 전날 목숨을 구해준 조자룡이 비범한 인물이라고는 생각했지만 아직 그 속내를 충분히 믿지 못했기에, 엄강을 선봉으로 삼고 자룡에게는 고작 500명을 붙여 후진을 맡겼다.

양군은 대진한 채 진시(辰時)부터 사시(巳時) 무렵까지 철썩철썩 강물이 부딪치는 소리만 하염없이 들을 뿐 전투를 개시하지 않았다.

공손찬은 아군을 돌아보며 호령했다.

"끝도 없이 눈치만 살피는구나. 짐작건대 적의 진용은 허세인 듯하다. 단숨에 화살로 무너뜨리고 반하교를 건너라!"

즉시 화살은 적진으로 쏟아졌다.

때는 지금이라 여긴 동쪽 연안의 병사들은 앞장선 엄강을 따라 다리를 넘어 적의 선진으로 우르르 밀고 들어갔다.

소리를 죽이고 있던 국의는 봉화를 피워 신호를 보내 안량과 문추의 양 날개와 합세했고, 즉시 엄강을 포위하여 베어버린 후 '수(帥)' 자 깃발을 빼앗아 강 속으로 던져버렸다.

"후퇴하지 마라!"

안달복달이 난 공손찬은 직접 백마를 몰아 방어전을 펼쳤지만, 국의가 퍼붓는 맹공격에는 필적할 수 없었다. 그뿐 아니라 안량과 문추가 눈에 불을 켜고 엄강 때와 마찬가지로 에워싸며 달려왔다.

"저기 공손찬이 있다!"

공손찬은 부드득 이를 갈며 무너지기 시작한 아군 속에 섞여 또다시 달아났다.

"전투는 우리의 승리다!"

원소는 한껏 득의양양하여 돌격하는 국의, 안량, 문추의 뒤를 따라 반하교를 건너 적군 속에서 날뛰었다.

공손찬 군은 처참히 당했다. 1진이 격파되고 2진이 무너졌으며 중군까지 사방으로 흩어지면서 지리멸렬하게 짓밟혔다. 그 와중에 후방의 신비한 부대 하나가 숲처럼 움직이지도 소란을 피우지도 않고 조용히 서 있었다.

그 병사들은 500명쯤으로, 대장은 어제 막 몸을 의탁한 객장(客將) 조자룡이다.

"저들을 밟아 뭉개라!"

국의는 아무런 망설임 없이 병사들을 이끌고 그 진으로 돌격했는데, 갑자기 병사 500명이 연꽃잎이 벌어지는 것처럼 날렵하게 진형을 펼치는가 싶더니 손바닥으로 물건을 감싸듯이 재빨리 적을 포갠 후 팔방에서 활을 퍼부었다. 당황하여 말을 돌리는 국의를 발견한 조자룡은 백마를 달려 단숨에 창으로 찔러 죽였다.

백마 털은 홍매색 연꽃처럼 물들었다. 전날 공손찬에게 감사의 뜻으로 받은 준마다.

자룡은 더욱 전진하여 문추와 안량이 이끄는 양군으로 밀어닥쳤다. 하여 황급히 건너편으로 후퇴하려고 해도 퇴로는 반하교밖에 없었으므로, 강으로 떨어져 죽은 병사들의 수는 이루 헤아릴 수 없었다.

5

원소는 깊숙이 들어간 아군이 조자룡에게 여지없이 당했다는 사실을 아직 몰랐다.

반하교를 넘어 진을 전진시켜 휘하의 300여 기와 사수 100여 명을 좌우에 배치하고 대장 전풍과 말 머리를 나란히 했다.

"어떤가, 전풍. 공손찬도 실상은 입만 산 놈이 아니더냐?"

"그렇습니다."

"백마 2000필을 늘어세운 진형은 천하의 장관이었으나 막상 붙어보니 한주먹감도 안 되는구나. 깃발은 강에 버려지고 대장 엄강은 당하고, 이 얼마나 무능한 장군이냐? 내가 여태까지 공손찬을 과대평가하였다."

말을 주고받는 사이 원소 주변으로 적의 화살이 소나기처럼 날아들었다.

"아, 아앗!"

원소는 당황해서 소리쳤다.

"어디에서 쏘는 것이냐?"

급히 진을 물리고 방패 요새 속으로 숨어들려던 찰나였다.

"원소를 쏴 죽여라!"

조자룡 수하 500명이 땅에서 솟아난 것처럼 앞뒤에서 공격해왔다.

전풍은 막을 겨를도 없이 매우 빠른 속도로 밀고 들어오는 적의 위력에 벌벌 떨었다.

"태수, 태수! 여깄으면 날아오는 화살에 맞든지 생포되든지 둘 중 하나입니다. 저쪽 반하교 밑으로 물러나 잠시 몸을 숨기는 편이 좋겠습니다."

아뿔싸! 원소는 뒤돌아보았으나 뒤에도 적이 있었다. 게다가 적이 쏘는 화살은 거침없이 쏟아졌다.

"그래, 지금은 피하자."

절체절명의 위기를 느끼고 단념하는가 싶더니, 갑자기 입고 있던 갑옷을 땅에 벗어 던지며 분연히 소리쳤다.

"대장부 되는 자가 전장에서 죽는 건 숙원이니라. 그늘 속에 숨어 날아오는 화살에 맞기라도 한다면 남의 웃음거리가 될 것이다. 어찌 이제 와 살기를 바라겠느냐!"

홀가분한 몸이 된 원소는 죽기를 각오하고 앞장서서 적진을 향해 내달렸다.

"죽어라, 이놈들!"

원소가 분투하자 전풍도 그 뒤를 따랐고 다른 병졸들도 무서운 기세로 달려들었다.

그러던 중 도망쳐 온 안량과 문추가 원소와 합세하여 마치 이곳에서 승패를 결정짓겠다는 듯이 맹렬하게 싸웠으므로, 허물어졌던 형세를 되살려 사방의 적을 쫓아낸 후 더욱 승세를 타서 공손찬의 본진까지 쳐들어갔다.

그날.

양군이 맞붙은 전투는 일승일패로 치고받으며 시체로 들판을 뒤덮고 피로 강을 붉게 물들인 격전이었는데, 동틀 녘부터 한나절이 지날 때까지 혼전과 난투를 반복하느라 어느 쪽이 이기고 지는지 갈피가 잡히지 않을 정도였다.

조금 전.

조자룡의 활약으로 아군이 우세하다고 생각했던 공손찬 본진에서는 안도의 한숨을 내쉬던 차에, 원소를 선두로 전풍, 안량, 문추 등이 성난 파도처럼 일제히 몰려오자 공손찬은 다시 말을 달려 도망갈 수밖에 없었다.

그때였다.

하늘이 무너질 듯한 요란한 소리와 함께 봉화가 오르며 천지를 뒤흔들었다.

파란 하늘을 스쳐 가는 한 줄기 연기를 보니, 반하 일대는 원소 군의 깃발로 뒤덮여서 북과 함성을 울리며 공손찬의 퇴로를 팔방에서 가로막았다.

공손찬은 살아도 산 기분이 아니었다.

2리, 3리를 정신없이 도망쳤다.

원소는 승세를 타고 맹추격을 벌였는데, 5리 남짓 쫓아왔나 싶을 때 돌연 산협 사이에서 한 무리의 군마가 튀어나왔다.

"원소, 기다리고 있었다. 난 평원의 유현덕이다!"

"어서 항복해라!"

"죽음을 택하겠느냐, 항복을 택하겠느냐!"

유비의 목소리에 이어 관우와 장비 등 평원에서 밤낮으로 달려온 무리가 한꺼번에 부르짖었다.

"아뿔싸, 그 현덕인가?"

원소가 아연실색하여 앞다투어 도망치자 사람과 말이 서로 밟아서 뒤엉켰고 그 뒤로는 부러진 깃발, 칼집, 투구, 창 등이 길에 낭자하게 흩어져 있었다.

6

싸움이 끝났다.

공손찬은 현덕을 진으로 불러 깊은 감사의 뜻을 전했다.

"오늘 절박한 위기에서 목숨을 건진 건 그대 덕분일세. 얼마 전에도 위태로운 순간에 때마침 나타나 날 구해준 대장부가 있네. 분명 그대와 마음이 통할 것이야."

공손찬은 조자룡을 불러들였다.

"무슨 일이십니까?"

자룡은 한걸음에 달려와서 물었다.

"이 인물이네."

공손찬은 현덕에게 소개하며 오늘 격전에서 눈부신 활약을 보인 자룡의 출중한 용병과 그 인품을 입에 침이 마르도록 칭찬했다.

"태수, 절 불러놓고 모르는 분 앞에서 그렇게 놀리시다니요. 쥐구멍이라도 있으면 숨고 싶습니다."

자룡은 부끄러워하며 겸양했다.

빛나는 눈동자와 넓은 얼굴을 가진, 얼핏 보기에도 위풍당당한 대장부가 어린아이처럼 스스러워하는 모습을 보이자 현덕은 저도 모르게 미소가 지어졌다.

그 미소를 본 조자룡도 방긋 웃었다.

현덕의 부드러운 눈동자와 자룡의 가을 서리 같은 눈빛이 인상 깊었다.

두 사람은 처음 서로를 마주하고 웃음을 주고받았다.

"이쪽은 유현덕으로 오늘 평원에서 달려와 날 구해준 은인이네. 이전부터 친분을 맺고 서로 도우며 의지하는 벗일세."

공손찬이 현덕을 가리키며 소개하자 조자룡은 깜짝 놀랐다.

"일찍이 소문으로 들었던, 관우와 장비 두 호걸을 의제로 두신 유현덕이라는 분이십니까? 생각지도 못한 좋은 기회에 만나뵙게 되었습니다."

우연히 만난 인연에 기뻐하며 조자룡은 정중하고 공손한 인사를 올렸다.

"저는 상산 진정 출신으로 이름은 조운, 자는 자룡이라고 합니다. 사정이 있어 공 태수의 진중에 머물러 미미한 공을 세웠습니다만 아직 아무것도 모르는 풋내기에 불과합니다. 부디 앞으로 잘 가르쳐주십시오."

현덕도 인사했다.

"황송한 인사를 하십니다. 저 역시 정처 없는 풍운의 사내입니다. 일편단심 외에는 반 토막의 땅도 갖지 못한 애송이지요. 저야말로 호의를 바라는 바입니다."

두 사람은 서로 만나자마자 십년지기와 같은 느낌이 들었다.

'이 사람은 훌륭한 인물이다. 평범한 무사가 아니야.'

현덕은 내심 든든함을 느꼈다.

'아직 젊어 보이지만 이전부터 듣던 소문 그 이상이다. 유현덕이라는 사람이야말로 장래가 있는 호걸이 아닐까? 주군으로 받들려면 이 정도의 인물이어야 한다.'

조자룡 역시 마음속으로 존경을 표했다.

현덕과 자룡 둘 다 객장이었기에 공손찬으로서는 조금 아쉬운 기분도 들었지만, 두 사람을 소개하고는 공손찬도 덩달아 기분이 좋아졌다.

현덕에게는 훗날 상을 약속하고 자룡에게는 자신의 애마, 눈처럼 하얀 은백색 털을 자랑하는 말 한 필을 주어 다음 전투에서도 협력해달라 독려하며 헤어졌다.

자룡은 하사받은 백마에 걸터타고 진지로 돌아갔다. 가슴속 깊이 인상에 남은 건 공손찬이 내리는 은상이 아닌 바로 현덕의 풍모였다.

강을 거슬러 오르다

1

천도한 이후, 시간이 지나면서 장안은 점차 도읍의 거리답게 번화하였으며 질서도 눈에 띄게 잡혀갔다.

그러나 동탁이 부리는 사치는 도읍을 옮긴 후에도 변함이 없었다.

동탁은 천자를 품에 끼고 후견인임을 자처했으며 모든 대신보다 높은 지위에서 군림했다. 스스로 태정상국(太政相國)이라 칭하고 궐문을 출입할 때는 금꽃으로 치장한 수레 덮개에 수많은 구슬이 달린 주렴을 늘어뜨렸으며 요란한 소리와 함께 등장하여 아름다운 비단 도포와 위세를 안팎으로 과시했다.

그러던 어느 날.

비서관 이유가 동탁에게 고했다.

"상국."

"무슨 일인가?"

"얼마 전부터 원소와 공손찬이 반하를 가운데 끼고 전투를 벌였습니다만."

"음. 그렇다더군. 형세는 어떤가?"

"원소 쪽이 조금 열세하여 반하에서 제법 후퇴한 것 같습니다만 양군이 그대로 대치한 채 달포가 넘어가는 중입니다."

"계속 싸우면 나야 좋지. 양쪽 다 내게 거역한 놈들이니."

"아닙니다. 천도 이후 최근 한동안은 조정에서도 안살림이 바쁜 탓에 천하의 일을 방치하다시피 했으나 그래서는 제실의 위광을 두루 펼칠 수 없습니다."

"무슨 계책이라도 있는가?"

"상국께서 천자께 아뢰어 밀서를 받든 칙사를 반하로 보내십시오. 휴전을 권유하여 양쪽을 화해시키는 게 좋을 듯합니다."

"과연."

"양쪽 모두 상당한 타격을 입고 싸움에 지쳐 있을 터이니 화해를 주선하는 칙사가 내려오면 기뻐하며 받아들이겠지요. 그러면 그 은덕은 자연히 상국께 순종하는 결과로 이어질 것입니다."

"아주 좋은 생각이다."

동탁은 즉시 황제에게 조서를 주청하여 태부 마일제(馬日磾)와 조기(趙岐)를 칙사로 삼아 관동으로 내려보냈다.

칙사 마 태부는 먼저 원소의 진으로 찾아가 그 취지를 전한 후, 공손찬에게 가서 동 상국이 화해를 중재한다는 뜻을 밝혔다.

"원소만 이견이 없다면…."

"공손찬이 병사를 후퇴한다면…."

양쪽 다 비슷한 입장을 보이면서 결국 두 사람은 때마침 잘

되었다는 듯이 칙명에 따랐다.

따라서 마 태부는 반하교 언저리에 있는 한 정자로 양군 대장을 불러다 서로 화해주를 주고받게 한 후 도읍으로 돌아갔다.

원소와 공손찬도 같은 날 군마를 수습하여 각자 본거지로 돌아갔다. 그 후 공손찬은 장안에 감사의 표를 올리며 그 김에 유비를 평원의 상(相)으로 봉해주십사 주청을 올렸다.

조정의 승낙은 곧바로 떨어졌다.

"그대에게 보이는 내 작은 정성이오."

공손찬은 이로써 현덕에게 보답했다.

현덕은 은혜에 감사하며 평원에 돌아가기로 했다. 송별연이 끝나자 누군가 슬쩍 현덕이 머무는 숙사를 찾아왔다. 그자는 조자룡이다.

"오늘 밤을 끝으로 작별하게 되었군요."

자룡은 현덕 얼굴을 보자 대단히 아쉽다는 듯이 눈물까지 글썽였다.

한참 동안 이야기에 열중하여 도통 돌아가려고 하지 않다가 결국 자룡은 결심한 듯이 말을 꺼냈다.

"유 공. 내일 떠나실 때 저도 함께 평원으로 데리고 가주시지 않겠습니까? 이렇게 말씀드리면 강요하는 것 같아 그렇습니다만, 유 공과의 작별을 견딜 수가 없습니다. 그만큼 진심으로 공경합니다."

귀신도 울고 갈 만한 영웅이 여인처럼 고개를 숙이며 말하는 것이다.

2

현덕도 진작부터 조자룡의 인물됨에 탄복하였으므로 자룡이 석별의 정을 호소하자 이렇게 말했다.

"모처럼 진중에서 좋은 벗을 얻었다 싶었는데 이렇게 빨리 평원으로 돌아가게 되다니, 저도 헤어지는 게 섭섭할 따름입니다."

"전 원소 휘하에 있던 사람입니다만 원소가 낙양에 입성한 이후 부덕한 행동을 보이기에 돌아섰습니다. 공손찬이야말로 백성을 편안히 할 훌륭한 주군이라 여겨 몸을 의탁했습니다. 그런데 장안에서 동탁이 중재의 사신을 보내자 곧바로 원소와 화해하고 고작 미미한 공에 만족해하는 모습을 보니, 공손찬의 그릇도 크지 못하여 도저히 천하의 궁민을 구제할 영웅이라고는 생각지 않습니다. 그럭저럭 원소와 잘 어울리는 상대라고 해도 과언이 아니지요."

자룡은 침울한 얼굴로 한탄하며 현덕을 향해 본심을 진심으로 호소했다.

"유 공, 부탁입니다. 절 평원으로 데려가 주십시오. 유 공이야말로 장래에 훌륭한 일을 이룰 큰 그릇임을 꿰뚫어 본 연후에 부탁드리는 것입니다. 부디 가신으로 삼아 오래도록…."

자룡은 바닥에 무릎을 꿇고 진실 어린 눈빛으로 애원했다.

현덕은 눈을 감고 생각에 잠겼다.

"아닙니다. 저는 그렇게 큰 인물이 되지 못합니다. 훗날 다시 만날 인연이 있다면 오늘의 친분을 그때 또다시 정답게 나눕시다. 지금은 적절한 때가 아닙니다. 제가 떠난 이후에 공손찬을 더욱 보필해주십시오. 시기가 올 때까지 공손찬 곁에 머물러주십시오. 부탁입니다."

"그렇다면 때를 기다리겠습니다."

현덕이 스스럽게 타이르자 자룡도 어쩔 수 없이 눈물을 흘리며 훗날을 기약했다.

이튿날.

현덕은 장비, 관우 등을 이끄는 일군의 선봉에 서서 평원으로 돌아갔다. 그때부터 현덕은 평원의 상으로서 이를 상징하는 인수를 차게 되었다.

한편, 남양 태수 원술이라는 원소의 아우 되는 자를 기억하는가!

일찍이 원소 휘하에서 군량을 지휘하던 사내다.

남양으로 돌아간 후에도 형으로부터 은상이 내려올 기미가 도통 보이지 않자 괘씸한 처사라며 불만으로 가득 차 있었다.

원술은 편지를 띄워 형에게 당당하게 요청했다.

"지난 일에 대한 상으로 기북(冀北)의 명마 1000필을 받았으면 하오. 주지 않는다면 내 나름의 생각이 있소."

원소는 아우가 마치 협박이라도 하듯 은상을 요구하자 부아가 치밀어 말은커녕 답변도 보내지 않았다.

원술도 앙심을 품으면서 결국 그 후로 형제지간은 갈라서는 계기가 된다. 원술의 군마는 형에게 의존하였으므로 원술은 머지않아 경제적인 궁핍에 시달렸다.

따라서 형주 유표에게 사자를 보내 군량미 2만 곡(斛)을 꾸어
달라고 요청했지만 유표에게도 보기 좋게 거절당하고 말았다.

"이놈도 형의 끄나풀이로군."

원술은 격노했고 마침내 자포자기의 심정을 드러냈다.

원술은 한밤중에 몰래 오군으로 건너가 손견에게 편지를 전
하도록 밀사를 보냈다.

편지의 내용은 이러했다.

지난날 옥새를 빼앗기 위해 낙양에서 귀로를 막고 공을 압박
한 건 원소가 꾸민 계략이었소. 지금 또다시 유표와 내통하여
강동을 기습한 후 공의 땅을 빼앗고자 일을 꾸미는 중이라오.
더는 차마 말할 수 없으니 공은 한시라도 빨리 군사를 일으켜
형주를 치시오. 나 또한 군사를 이끌고 가서 돕겠소. 공이 형주
를 얻고 내가 기주를 취한다면 두 원수를 동시에 칠 수 있을 것
이오. 일에 그르침이 없도록 하시오.

3

강동은 양자강 지류 유역에 위치하여 성 아래 펼쳐진 시가지
는 바다처럼 넓은 태호(太湖)에 맞닿아 있다. 손견이 있는 장사
성(호남성)은 수상 운송이 자유로운 이점 덕분에 문화와 병비
(兵備)가 발전했다.

정보는 그날 막 객지에서 돌아온 참이다.

문득 둘러보니 강가에 약 400~500척에 달하는 군선이 늘어서 어마어마한 식량과 무기, 말 등을 싣기에 적잖이 놀랐다.

"대체 어디서 저렇게 큰 전투가 벌어진단 말인가?"

부하를 시켜 군선에 있는 자에게 물어보니, 잘은 모르지만 손견 장군의 명령이 떨어지는 즉시 형주(양자강 연안) 방면을 치러 간다는 말을 전했다.

"이럴 수가."

정보는 집으로 돌아가지 않고 그길로 급히 성에 들어갔다. 그러고 나서 동료 장수들에게 어찌 된 영문인지를 듣고는 더욱 놀라고 말았다.

정보는 곧바로 태수 손견을 만나 그 무모함에 대해 충고했다.

"제가 듣기로는 원술과 결탁하여 유표와 원소를 치기 위해 전투를 준비하신다고 합니다만, 밀서만을 믿고 원술과 운명을 함께하는 건 위험하기 그지없습니다."

손견은 웃으며 이야기했다.

"이보게 정보. 그 정도쯤은 나도 잘 아네. 원술은 원래 위선으로 가득 찬 소인배네. 원술의 힘을 믿고 거병하는 게 아니네. 내 힘으로 일어나는 거지."

"그렇다 할지라도 군사를 거병할 때는 올바른 명분이 있어야 하는 법입니다."

"원소는 지난번에 낙양에서 날 욕보이지 않았는가? 유표는 원소가 내린 지시를 받고 내 군대를 가로막아 이 손견을 지독히도 괴롭혔지. 그러니 지금 그 모욕과 원한을 풀어야겠네."

결국, 정보도 그 이상 간언할 말이 없었기에 직접 나서서 병비를 독려했다.

길일을 택하여 군선 500여 척은 강에서 떠날 준비를 마쳤다. 이미 이 소식은 형주 유표에게도 들어갔다.

"비상이다!"

유표는 군 회의를 열고 여러 장수와 대책을 논의했다.

그때 괴량(蒯良)이라는 장수가 앞으로 나와 의견을 제시했다.

"결코 놀라워하거나 소란을 피울 만한 적이 아닙니다. 강하 성(江夏城) 황조(黃祖)에게 요해를 지키게 하고 형주 양양(襄陽) 의 대군을 한데 모아 후군에서 단단히 수비한다면, 손견도 양 자강을 앞에 두고 제멋대로 움직일 수는 없을 것입니다."

"지당한 말씀이오."

다른 장수들도 모두 동의하여 형주의 총 병력을 모아 각각 수비에 완벽을 기했다.

호남의 물, 호북의 연안, 양자강 유역에는 차츰 거센 파도가 휘몰아칠 전조가 나타났다.

한편.

손견 쪽에서는 출전할 즈음하여 집안의 여자와 그 자식들을 둘러싼 한 줄기 파문이 일었다.

손견의 정실인 오(吳) 씨 뱃속에서 태어난 자식은 넷이다.

장남 손책(孫策), 자는 백부(伯符).

차남 손권(孫權), 자는 중모(仲謀).

삼남 손익(孫翊).

사남 손광(孫匡).

이렇게 모두 아들뿐이다.

오 씨 부인의 누이동생인 손견의 애첩에게서는 손랑(孫朗)이라는 아들과 인(仁)이라는 딸이 태어났다.

그리고 유(兪) 씨라는 첩에게도 아들이 하나 있었다. 이름은 손소(孫韶), 자는 공례(公禮)다.

출전을 하루 앞둔 날 밤의 일이다.

그 많은 자식들을 이끌고 손견의 아우 손정(孫靜)이 경직된 얼굴로 형을 찾아왔다.

4

"아우인가. 아니, 다들 함께 왔구나. 내일이 출전의 날이라고 축하하러 온 거냐?"

손견은 기분이 좋아졌다.

"형님, 그게 아닙니다."

아우 손정은 정색하며 말했다.

"형님 자식들을 데리고 이렇게 찾아온 이유는 출전을 말리기 위함이지 축하 인사를 드리기 위해서가 아닙니다."

"뭐라? 말리러?"

"예. 혹여나 귀하신 몸에 변고라도 생긴다면 이 많은 아들과 딸은 어떻게 되겠습니까? 이 아이들의 어미인 오 부인과 오 첩, 유 미인도 부디 형님을 말려달라며 제게 부탁했습니다."

"이런 바보 같은! 지금 와서 무슨 소릴 하느냐?"

"패한 뒤에 싸움을 멈추는 것보다야 낫겠지요."

"불길한 소리를 하는구나!"

"송구합니다. 형님, 이 출전이 천하의 난세 속에서 만백성을 구제하기 위한 전투라면 말리지 않습니다. 아무리 세 부인과 일곱 아이들이 슬퍼할지라도 이 손정이 앞장서서 출전을 경하할 것입니다. 이번 싸움은 사적인 보복입니다. 개인의 사소한 욕심이자 사소한 의리입니다. 그러니 병사를 다치게 하고 백성을 괴롭히는 이 계획은 반드시 보류해야 합니다."

"닥쳐라! 너나 여자들이 헤아릴 수 있는 문제가 아니다."

"안 됩니다. 그렇게 말씀하셔도….'

"닥치라 하지 않았느냐! 넌 지금 명분이 없는 싸움이라고 했으나 누가 이 손견의 커다란 뜻을 알겠느냐? 내게도 세상을 구하고 백성들을 다스리겠다는 야망이 있다. 두고 봐라. 조만간 천하를 종횡하여 손가(孫家)의 이름을 널리 떨칠 테니."

"아아…."

손정은 결국 입을 다물고 말았다.

그러자 오 부인의 아들이자 장남인 손책은 성큼성큼 앞으로 걸어 나왔다. 올해 17살을 맞은 혈기 좋은 미소년이다.

"아버님께서 출전하시겠다면 부디 저도 데려가 주십시오. 일곱 형제 중에서는 제가 맏형이니까요."

몹시 언짢아하던 손견은 장남의 용감한 발언에 구원의 빛이라도 본 듯이 흐뭇한 표정을 지었다.

"장하구나. 어릴 적부터 널 형제들 중에서도 가장 영리하고 쓸모 있는 아이라 여겼는데, 과연…. 내일 떠나기 전까지 준비하고 오너라."

그러더니 손견은 여러 자식과 아우를 둘러보며 부탁했다.

"차남 손권은 숙부와 합심하여 내가 없는 동안 이곳을 잘 지켜야 한다."

"예!"

손권은 다부지게 대답하고 아버지 얼굴을 쳐다보며 지그시 결별 인사를 올렸다.

손책 어머니 오 부인은 숙부와 함께 설득하러 간 장남이 도리어 아버지를 따라 전장에 나간다는 청천벽력 같은 소식을 듣게 되었다.

"말도 안 된다. 그 아이를 당장 불러오너라."

날이 밝아오기 전에 시녀를 보냈지만, 손책은 이미 성안에 없었다.

손책은 혹여나 어머니가 알게 되면 말릴 거라는 사실을 미리 짐작했을뿐더러, 매의 자식답게 영특하고 성미가 급한 젊은 무사였기에 아버지가 알려준 출전 시각까지 기다리지 못했다.

"내가 앞장서서 가겠다."

아직 깜깜한데도, 손책은 강가에 대놓은 군선에 올라타 배를 띄운 다음 맨 먼저 적의 등성(鄧城, 하남성 등현)으로 출격했다.

5

여명과 함께 출진을 알리는 북소리가 울렸다. 장사의 대병은 성문에서 강기슭으로 흘러들어 군선 500여 척의 뱃머리를 나란히 한 채 양자강으로 떠났다.

손견은 손책이 이미 날이 밝기도 전에 군선 10척을 이끌고 먼저 출격했다는 소식을 듣자, 입으로는 '늠름한 녀석'이라며 용기를 칭찬했지만, 속으로는 첫 출전인 사랑하는 아들에게 만에 하나라도 안 좋은 일이 생길까 걱정이 이만저만이 아니었다.

'내 아들을 건드리기만 해봐라.'

손견은 서둘러 적이 있는 등성으로 향했다.

유표의 최전선에서는 대장 황조가 연안에 굳건한 방어진을 펼친 상태다.

손책은 아버지가 이끄는 본진보다 먼저 도착해 몇 안 되는 군선으로 단숨에 공격하려 했지만, 뭍에서 일제히 화살이 쏟아지는 바람에 접근조차 못 했다.

그사이에 아버지 손견의 용수선(龍首船)을 중심으로 아군 500여 척이 도착해 강 위에서 선진(船陣)을 펼쳤다.

"손책, 서두르지 마라!"

손견이 작은 배를 띄워 전령을 보내자 손책도 뒤로 물러나 아버지가 있는 선진에 합류했다.

손견은 충분히 태세를 갖추고 뱃머리마다 방패와 궁수를 세운 후 노궁의 활시위를 힘껏 잡아당겼다.

"전진하라!"

군선은 흰 물결을 일으키며 강기슭으로 밀어닥쳤다.

활을 쏘는 동안 각 군선에서는 작은 배를 강으로 내려 창칼을 든 정예병을 상륙시켰고, 단숨에 연안 수비를 돌파할 기세로 달려들었다.

허나 적도 만만치 않았다.

"원수여, 어서 오너라."

방어진의 대장 황조는 이미 만반의 준비를 마치고 숨을 죽이며 군선이 가까이 다가올 때까지 화살을 쏘지 않은 채 기다렸다.

"지금이다!"

충분히 때를 살피던 황조의 명령이 떨어지자마자 뭍에 만들어둔 수많은 망루와 그사이에 늘어놓은 방패, 흙으로 쌓은 보루 뒤에서 일제히 화살 폭풍이 불어닥쳤다.

양군에서 쏘아대는 화살 소리에 귀가 먹먹해지고 뭍과 강 사이는 양쪽을 날아다니는 화살 때문에 깜깜해졌다. 누렇고 탁한 양자강의 물살이 격해지면서 처참한 물보라를 일으켰고, 작은 배에 탄 정병들이 몇 번이나 무리 지어 상륙하려고 시도했으나 모두 화살에 맞아 픽픽 쓰러졌다. 그렇게 시체들은 탁류 끝으로 물거품처럼 사라져 갔다.

"퇴각하라!"

손견은 전세가 불리하다고 판단되자 즉시 화살이 닿지 않는 곳까지 선진을 후퇴시켰다.

손견은 작전을 변경했다.

밤이 될 무렵이다. 부근에 정박한 어선을 포획하여 작은 배와 함께 무수히 늘어놓은 후 새빨간 화톳불을 피워 마치 야습을 강행하려는 듯이 꾸몄다.

강 위는 칠흑처럼 어두워 오직 불빛만 끝없이 보였다.

"아뿔싸!"

육지 위에 주둔하는 적은 대낮 때보다 더욱 거세게 노궁과 불화살을 쏘아댔다.

그러나 그 배에는 병사가 없었다. 배를 젓는 뱃사람만 있을 뿐이다. 손견이 내린 명령으로 뱃사람들은 적이 애꿎은 화살만 축내도록 유인하기 위해 깜깜한 암흑 속에서 함성만 질러댔다.

날이 밝아오자 작은 배도 어선도 적에게 정체가 탄로 나기 전에 산산이 흩어졌다. 그러고 나서 밤이 오면 또다시 같은 수법을 되풀이했다.

그렇게 이레 동안 매일 밤 텅텅 빈 배의 화톳불로 적을 속이고 적이 지칠 대로 지쳤을 무렵, 이번에는 정말로 배에 강병을 가득 채운 후 우르르 육지로 밀고 들어가 황조의 부대를 철저히 무너뜨렸다.

6

수군은 일제히 광야로 뛰어올라 구름 같은 육군으로 변했다.

등성으로 도망친 황조는 장호(張虎)와 진생(陳生) 두 장군을 날개 삼아 이튿날 다시 맹렬한 공격을 퍼부었다.

그러더니 양군은 어지럽게 싸우기 시작했다.

"손견은 물론 단 한 놈도 살려서 보내지 마라!"

장호와 진생은 눈에 핏발을 세운 채 이리저리 날뛰었고, 손견 본진으로 치고 들어와 큰 소리로 외쳤다.

"이 강동의 쥐새끼 놈아. 우리 땅을 침범해서 무엇을 얻고자 하느냐!"

그 말을 들은 손견은 좌우를 둘러보며 지시했다.

"건방진 초적 놈들. 저 둘을 죽여라!"

"제가 가겠습니다!"

막하의 한당이 칼을 휘두르며 장호에 맞서 싸운 지 30여 합, 불꽃은 쟁쟁 소리를 내며 두 장군의 눈을 불태웠다.

"이놈!"

싸움을 지켜보던 진생도 소리치며 달려들어 장호와 함께 한당을 협공했다.

그 한당도 이미 위태로워 보인 순간이었다. 아버지 손견 곁에 있던 손책은 부하의 활을 빼앗아 들더니 시위를 눈꼬리까지 팽팽하게 당겼다.

"맞아라!"

활시위를 떠난 화살은 아군 머리 위를 넘어 저편에 있는 진생의 얼굴에 정확히 명중했다.

진생은 무시무시한 비명을 내지르며 안장에서 굴러떨어졌다.

"이럴 수가!"

덜컥 겁이 난 장호는 쏜살같이 달아났다. 한당은 어림없다는 듯이 쫓아가 등 뒤에서 장호가 쓴 투구의 정수리를 노려 내리찍었다.

두 장군이 모두 당했다!

이 소리에 황조 군은 패색이 감돌았다. 황조는 당황하여 거미처럼 흩어지는 아군 틈바구니에 섞여 말을 타고 도망쳤다.

"황조를 잡아라!"

"생포하라!"

젊은 장수 손책은 창을 들고 황조를 쫓느라 여념이 없었다.

손책이 휘두르는 창이 몇 번이나 황조 바로 뒤까지 바싹 따라붙었다.

결국, 황조는 투구를 벗어던지고 말에서 내려 보병의 졸오 속에 숨어든 다음 가까스로 강을 건너 등성 안으로 도망쳤다.

이 전투로 형주의 군세는 허물어지고 손견의 기치는 십방(十方)의 들판에 그 위력을 떨쳤다.

손견은 곧바로 한수(漢水)까지 병사들을 몰고 가는 한편, 수군을 한강(漢江)에 주둔시켰다.

"황조가 참패를 당했습니다!"

파발마를 타고 온 사자로부터 연이어 패보를 듣자 유표의 얼굴은 새파랗게 질렸다.

그때 괴량이라는 신하가 말했다.

"이렇게 된 이상 성을 굳게 걸어 잠그고 원소에게 급사를 보내 도움을 요청하는 편이 좋겠습니다."

그러자 채모(蔡瑁)는 반대하며 큰소리쳤다.

"졸렬한 계획입니다! 적이 이미 성 밑까지 쳐들어왔습니다. 어찌 수수방관한 채 남의 도움이나 기다리겠습니까? 제가 비록 재주는 모자라나 나가서 한바탕 싸워보겠습니다!"

유표는 채모에게 출격을 허락했다.

채모는 1만여 기를 이끌고 양양성을 떠나 현산(峴山, 호북성 양양 동쪽)까지 가서 진을 펼쳤다.

손견은 각지에서 적을 휩쓸고 순조롭게 전과를 거둔 승세에 힘입어 또다시 눈 깜짝할 사이에 현산의 적도 무찔렀다.

말만 앞섰던 채모는 비참한 패잔병과 함께 양양성으로 도망가버렸다.

7

병사의 태반을 잃었을 뿐만 아니라 뻔뻔하게 도망쳐 온 채모를 보자, 한때 유표 앞에서 겁쟁이로 몰렸던 괴량은 면박을 주며 분노했다.

"그럴 줄 알았소!"

채모는 고개를 숙인 채 잘못을 빌었지만 소용없었다.

"내 계획을 따르지 않아 이런 참패를 초래했으니 응당 책임을 져야 할 것이오."

괴량은 군법에 따라 채모의 목을 베어야 한다고 태수에게 청을 올렸다.

"지금은 한 사람의 목숨도 헛되이 할 수 없네."

유표는 곤란하다는 얼굴로 괴량을 달래며 채모의 참수를 허락지 않았다.

사실 채모에게는 절세미인의 누이가 하나 있었는데 근래에 유표가 그 누이를 몹시 아끼는 눈치였다.

괴량도 하는 수 없이 입을 다물고 말았다. 대의(大義)와 가내사(家內事)는 늘 충돌하고 갈등을 일으키는 법이다. 지금은 그런 논쟁을 하고 있을 때가 아니었다.

"이제 믿을 건 험준한 지세와 원소의 구원뿐이다."

괴량은 비장한 결심을 하고 성의 수비에 돌입했다.

이 양양성은 뒤로는 산을 등지고 주변은 강으로 둘러싸인 형세다.

형주의 험준한 요해라고 불리는 곳이었으므로 제아무리 손견 군이라 할지라도 성 밑에서 공격하는 동안 점차 사기가 떨어졌으며 군마는 원정의 피로와 권태를 드러내기 시작했다.

그러던 어느 날.

맹렬한 광풍이 휘몰아쳤다.

들판에 진을 친 공격군은 모래 먼지와 광풍으로 반나절이나 고생했다. 헌데 어찌 된 일인지 중군의 '수(帥)'라는 글자가 새겨진 군기의 깃대가 우지끈 부러지고 말았다.

'수'가 새겨진 깃발은 손견 군의 대장기였다. 병사들은 불길한 예감에 휩싸였다.

"예삿일이 아니다."

특히 막료들은 눈썹을 찌푸리며 손견을 둘러싸고 저마다 충언을 올렸다.

"전투에 진척이 없어 군마도 지쳐갑니다. 더구나 고향에서 멀리 떨어져 이미 전쟁터에 서 있는 나무에도 겨울이 찾아오는데, 갑자기 삭풍까지 불어 대장기가 부러지다니 불길합니다. 이제 이쯤에서 한번 군을 물리시면 어떻겠습니까?"

그러자 손견은 너털웃음을 쳤다.

"아하하. 자네마저 그런 미신을 떠받드는 겐가?"

손견은 전혀 신경 쓰지 않았다. 그래도 사기와 관련된 문제인지라 진지한 얼굴이 되어 말을 이었다.

"바람은 곧 천지의 호흡이네. 겨울에 앞서 이런 삭풍이 부는 건 겨울이 오고 있음을 알리기 위해서지 깃대를 부러뜨리기 위함이 아니네. 이를 의심하는 건 인간의 미혹에 불과하지. 다시 한번 공격하면 이 성은 곧 떨어질 것일세. 손바닥 안에 있는 적의 성을 버리고 어찌 여기서 물러난단 말인가?"

그 말을 들으니 일리가 있었다. 여러 장수는 두말없이 손견의 주장에 복종하여 다시 사기를 북돋우기 위해 힘썼다.

이튿날부터 공격군은 다시 큰 함성을 부르짖으며 성을 공격했다. 물을 메우고 불화살과 철포를 퍼부었으며 가벼운 몸차림을 한 병사들은 뗏목을 타고 가서 성벽에 매달렸다.

그러나 양양성은 난공불락의 성채였다.

서리가 내리기 시작했다.

밤마다 진눈깨비도 추적거렸다.

쓸쓸한 전장에 덧없이 쌓이는 시체는 겨울 까마귀만 기쁘게 할 뿐이었다!

암석

1

회오리바람이 몰아친 다음 날이다.

양양성 안에서 괴량이 유표에게 은밀히 진언을 올렸다.

"어젯밤 일어난 천재지변은 예삿일이 아닙니다. 눈치채셨는지요?"

"으음, 그 광풍 말인가?"

"대낮에 불었던 광풍도 그렇습니다만, 밤에는 평소에 볼 수 없던 형성이 서쪽 들판으로 떨어졌습니다. 장성이 땅에 떨어지는 모양으로 짐작하건대 필시 하늘에서 무언가 암시하는 듯합니다."

"그렇다면 불길한 소리가 아닌가?"

"아군이 염려할 만한 일이 아닙니다. 오히려 단을 쌓아 올리고 제사라도 지내야 할 판입니다. 방위를 따져보건대 흉조는 손견 영토에 있습니다. 이 기회를 놓치지 말고 원소에게 사람을 보내 도움을 청한다면 적은 뿔뿔이 흩어지든지 퇴로가 끊겨 독

안에 든 쥐가 되든지 둘 중 하나를 선택해야 할 것입니다.”

유표는 고개를 끄덕이며 가신들을 향해 물었다.

“누가 성 밖에 친 포위를 돌파하여 원소에게 가겠는가?”

“제가 가겠습니다.”

여공은 앞으로 나가서 명령에 응했다. 괴량은 여공이라면 괜찮을 것이라 여기고 주위를 물린 후 여공에게 계책을 일러 주었다.

“날쌘 말과 정예군을 500여 기 모으고 그 안에 사수를 섞어 적의 포위를 뚫은 다음, 현산을 오르게. 적은 반드시 추격해올 것이네. 이쪽은 적들을 유인하여 들어가 산의 요충지에 암석과 거목을 쌓아놓고 있다가 밑에서 적이 달려오면 단숨에 바위를 빗발처럼 퍼붓게. 적이 당황하는 틈을 노려 사수들이 사방의 숲에서 화살을 일제히 날리는 거지. 그러면 적은 겁에 질리고 암석과 거목에 포위될 테니, 원소가 있는 곳까지 문제없이 갈 수 있을 게야.”

“과연, 묘책입니다.”

여공은 그날 밤 몰래 정예병 500기를 이끌고 성 밖으로 빠져나갔다.

말굽 소리를 죽이고 소슬한 숲속으로 조용히 들어갔다. 나무에 달려 있던 잎이 떨어져서 이미 겨울빛이 느껴지는 가지들은 백골을 심어놓은 듯 새하얬다.

게다가 하늘에는 초승달이 걸려 있었다.

“누구냐!”

숲 끝까지 오자 적의 보초병이 외치는 소리가 들렸다.

선두에 있던 10여 기가 우르르 달려들어 순식간에 보초병 다섯을 조용히 처치하였다.

바로 근처에 손견 진영이 있었으므로 손견은 즉시 뛰쳐나와서 큰 목소리로 물었다.

"지금 말을 타고 지나간 건 적군이냐, 아군이냐!"

보초병 다섯은 아무런 대답도 없이 초승달 아래 푸른 빛 피로 뒤덮여 있었다.

"앗, 이럴 수가!"

손견은 그 광경을 보자마자 상황을 알아차리고 말에 뛰어오르기가 무섭게 아군의 진을 향해 소리쳤다.

"성안의 병사가 탈출했다! 나를 따르라!"

그러고 나서 앞장서서 여공이 이끄는 500여 기를 쫓아갔다.

워낙 부지불식간에 벌어진 일이라 손견의 뒤를 따라온 자는 겨우 30~40기밖에 되지 않았다.

"추격대가 왔다."

미리 짐작했던 일이기에 여공은 놀라지도 않고 숲 그늘에 사수를 숨긴 후 저돌적으로 산을 기어올랐다. 그러고는 적이 지나갈 것 같은 절벽 위에서 암석을 쌓아둔 채 기다렸다.

머지않아.

10기, 20기, 30기…. 적으로 보이는 그림자가 숲속에서 산 밑으로 몰려들어 제각기 무어라 소리쳤다.

2

그중에 손견의 목소리도 들려왔다.

"적은 분명 산 위로 도망친 것이다. 이런 암벽 따위, 말을 타고 뛰어올라라!"

용맹한 장수 밑에 약졸은 없는 법이다.

손견이 말을 달리자 뒤에서 쫓아온 부하들도 우르르 현산을 오르기 시작했다.

하지만 발밑은 어둡고 잡초는 덩굴째 얽혀 있는데다가 토사까지 쉽게 무너져 내리자 손견이 탄 말은 하염없이 울부짖을 뿐이다.

절벽 위에서 엿보던 여공은 이때다 싶어 산 위아래로 양손을 휘둘러 신호를 보냈다.

"지금 떨어뜨려라! 쏴라!"

크고 작은 암석이 절벽 밑에 있던 손견과 부하 30~40명을 덮칠 듯한 기세로 한꺼번에 굴러떨어졌다. 이에 놀라서 도망치려고 하면 사방의 나무 그늘에서 날아온 무시무시한 화살 소리가 질풍처럼 몸을 감쌌다.

"아뿔싸!"

손견의 눈동자가 초승달을 노려보았다. 그 순간 손견 머리 위에서 거대한 바위가 하나 떨어져 내렸다.

쿵, 쿵.

지축이 요동치는 걸 느낀 찰나, 손견과 말은 그 밑에 깔리고 말았다. 가련한 핏덩이를 토한 머리만 바위 밑에 빼꼼히 나와 있었다.

그때 손견의 나이 37세.

초평 3년 신미년(辛未年) 11월 7일 밤에 일어난 일이다. 과연 거성이 땅에 떨어졌다. 밤새도록 온 나뭇가지가 슬픔에 젖어 서릿바람에 몸을 떨었고 진한 피비린내와 함께 날은 밝아왔다.

아침 해가 떠오르자 적군도 아군도 그제야 사태를 깨닫고 소란을 피웠다.

여공은 자신이 죽인 추격대 30여 기 속에 적군 대장이 있으리라고는 꿈에도 생각지 못했다.

그런데 숲속에 남아 있던 사수 한 부대가 날이 밝자 손견을 발견했다.

"이자는 필시 손견이렷다!"

사수들은 뛸 듯이 기뻐하며 시체를 성안으로 옮겼고 여공은 연주포(聯珠砲)를 울려서 성안에 이변을 알렸다.

공격군은 갑작스러운 변고에 당혹감과 동요를 감추지 못했다. 통곡하는 자, 상실감에 망연자실한 자, 핏발 선 눈으로 활이며 칼을 마구 휘두르는 자, 병사들은 뒤엉키고 말은 울부짖으면서 진용이 빠르게 무너지기 시작했다.

반면, 유표와 괴량을 비롯한 성안의 사람들은 손뼉을 치며 기뻐했다.

"손견, 낙양에서 옥새를 훔친 지 2년도 채 지나지 않았거늘 천벌을 받아 대장에 어울리지 않는 최후를 맞았구나. 자, 이 기회를 놓치지 마라!"

황조, 채모, 괴량 등은 일제히 성문을 열고 공격군 사이로 우르르 달려들었다.

이미 대장을 잃은 강동의 병사들은 싸울 힘도 없어 꼼짝없이 쓰러지고 말았다.

한강 연안에서 군선을 정렬하던 수군의 황개는 도망쳐 오는 아군을 보며 대장의 죽음을 직감했다.

"주군을 위한 복수전이다!"

노발대발하며 배에 있던 병사들을 상륙시켜 마침 추격해온 황조 군과 뒤엉켜 싸우기 시작했는데, 성이 난 황개는 맹렬히 분투하여 적장인 황조를 난군 속에서 생포함으로써 다소나마 울분을 풀었다.

한편.

정보는 손견의 아들인 손책을 구해 양양성에서 한강까지 전력으로 질주했는데, 그 모습을 본 여공이 '좋은 사냥감'이라도 발견했다는 듯 손책을 노리고 추격했다.

"원수의 한 놈을 보고 순순히 물러날 수야 없지."

정보는 말을 되돌려 강을 건넜고 손책도 창을 휘두르며 정보를 거들었으므로 여공은 순식간에 말 위에서 목이 베여 떨어졌다.

3

양군이 싸우며 부르짖는 소리는 새벽녘에 이르러서야 겨우 잦아들었다.

이날 밤의 격전은 아무런 작전도 통제도 없이 깜깜한 암흑 속에서 일파만파 혼란이 혼란을 불러일으키는 가운데 벌어진 싸움이었으므로, 날이 밝자 양쪽의 사상자는 놀랄 만한 숫자에 달했다.

유표 군은 성안으로 철수했고 오군은 한수 방면으로 물러났다.

손견의 장남인 손책은 한수에서 병사를 수습한 뒤에 처음으로 아버지의 죽음을 확인했다.

지난밤부터 아버지 모습이 보이지 않자 짐작은 했지만 그럼에도 어디선가 불쑥 나타나서 진영으로 돌아올 것 같았는데, 지금은 헛된 꿈이라는 생각이 사무치자 소리 높여 오열했다.

"이렇게 된 이상 아버지 시신이라도 찾아서 성대하게 장례를 치러야겠다."

손견이 조난당한 장소와 현산의 기슭을 샅샅이 찾아보았지만 이미 그 시체는 적의 손에 넘어간 뒤였다.

"전쟁에 패하고 아버지 시신도 적에게 빼앗기다니…. 아, 어찌 뻔뻔하게 살아서 고향으로 돌아갈 수 있겠는가!"

손책은 비통한 목소리로 소리치더니 통곡하고 말았다.

그러자 황개는 손책을 달랬다.

"어젯밤 제 손으로 적군 장수 황조를 생포했습니다. 살아 있는 황조를 적에게 건네고 주공의 시신을 돌려달라고 청하겠습니다."

그때 군리(軍吏) 환해(桓楷)라는 자가 나서더니 유표와는 이전에 친분이 있던 사이라 하길래 환해를 그 역할을 수행할 사자로 보내기로 결정했다.

"황조와 주군의 시신을 맞바꾸고 싶습니다."

환해는 홀로 양양성에 가서 유표를 만나 찾아온 까닭을 밝혔다.

"손견의 시체는 성안으로 옮겨두었소. 황조를 되돌려준다면 언제라도 시체를 건네주겠소."

유표는 흔쾌히 승낙하며 말을 덧붙였다.

"지금 이 시점부터 전투를 중단하고 앞으로 양국 경계를 다시는 침범하지 않겠다는 협정을 맺고 싶소."

"돌아가는 대로 재빨리 일을 추진하겠습니다."

사자인 환해가 거듭 절을 올리고 일어나자 유표 곁에 있던 괴량이 난데없이 소리쳤다.

"무슨 말씀이십니까?"

그러더니 주군인 유표를 향해 진언했다.

"강동의 오군을 쳐부술 기회는 지금뿐입니다. 그런데 손견 시체를 돌려주고 일시적인 평화에 안주한다면 오군은 기필코 오늘 일을 설욕하고자 병사를 키울 것이고, 훗날 다시 해를 끼칠 게 불을 보듯 뻔합니다. 모쪼록 사자인 환해의 목을 치고 즉시 한수로 추격하라는 명령을 내리십시오."

유표는 잠시 생각에 잠겼으나 고개를 가로저었다.

"아니네. 나와 황조는 마음을 터놓고 지낸 군신 사이네. 황조를 죽게 내버려 둔다면 이 유표의 체면이 뭐가 되겠는가?"

결국, 괴량의 말을 받아들이지 않고 손견 시체를 건네주어 황조를 성안으로 들였다.

"쓸모없는 장수 하나를 버려서 만 리의 영토를 취한다면 장차 그 어떠한 뜻이라도 이룰 수 있지 않겠습니까?"

그 교환이 이루어지는 사이에도 괴량은 입에 신물이 나도록 설득했지만, 끝끝내 받아들여지지 않았다.

"아아, 대사가 떠나가는구나!"

괴량은 홀로 장탄식을 했다.

한편, 오군의 군선은 조기(弔旗)를 게양하여 고향으로 돌아갔고, 손책은 눈물을 흘리며 아버지 시신을 보관한 관을 장사성에 모신 후 곡아(曲阿) 들판에서 장엄한 장례식을 거행했다.

나이 열일곱에 초전(初戰)에서 쓰라린 경험을 맛본 손책은 아버지의 업을 이어 현명한 인재를 널리 맞아들이고 오로지 국력을 기르며, 마음속 깊은 곳부터 훗날을 기약했다.

모란정

1

"오군의 손견이 죽었다!"

입에서 입으로 소문이 전해졌다.

이윽고 도읍 장안까지 그 소식은 회오리바람처럼 들려왔다.

"이로써 내 무거운 병 하나가 씻겨 내려간 듯하구나. 아들 손책은 아직 어리니….'

동탁은 손뼉을 치며 매우 기뻐했다.

그 무렵 동탁이 부리는 사치는 점점 무르익어 절정에 이르렀다.

지위는 신하로서 가장 높은 자리에 올랐는데, 거기에 만족하지 않고 태정태사(太政太師)를 칭했으며 근래에는 스스로 상부(尙父)라는 이름을 붙였다.

천자의 의장(儀仗)조차 상부가 출입할 때 보이는 눈부신 행차만 못했다.

아우 동민(董旻)에게 어림군의 군권을 통솔하게 하고, 조카 동황(董璜)을 시중(侍中)으로 삼아 궁중의 요직에 앉혔다.

모두 동탁의 수족이자 눈이자 귀였다.

그밖에 동탁과 조금이라도 끈이 닿아 있는 집안 친척들은 노소(老小)를 가리지 않고 모두 금자(金紫)의 영작을 받아 저희 세상의 봄날을 만끽했다.

미오(郿塢).

그곳은 장안에서 100여 리 떨어진 교외로 경치가 아름다운 땅이다. 동탁은 좋은 땅을 택하여 왕성을 능가하는 큰 성을 짓고 온갖 문 안에는 금과 옥으로 만들어진 전당과 누대를 세웠다. 이곳에 20년분의 식량을 쌓고, 15살에서 20살 사이의 미녀 800여 명을 뽑아 후궁에서 살게 했으며, 천하의 진귀한 보물을 산더미처럼 쌓아두었다.

그러고는 아무 거리낌 없이 늘 이렇게 말했다.

"만약 내 일이 잘 성사된다면 천하를 취하게 될 것이다. 그 일이 이루어지지 않는다면 이 미오성에서 여유롭게 말년을 보내리라."

명명백백한 대역 발언이다.

그렇다고 이런 위세에 맞서 대역이라고 말할 수 있는 자는 없었다.

땅에 엎드려 절하고 오로지 명령을 두려워하는 자, 그것이 공경과 백관이다.

이렇게 동탁은 일족을 미오성에 두고 보름에 1번 혹은 달포에 1번씩 장안으로 출사했다.

100여 리나 되는 길가에 혹여나 먼지라도 일까 두려워 모래를 쓸고 주단을 깔았으며, 민가에서는 밥 짓는 연기조차 피우지 않고 그저 주렴을 늘어뜨린 동탁의 수레와 철창을 든 수많은 군마가 아무 일 없이 지나가기만을 빌었다.

"태사, 부르셨습니까?"

천문관직에 있는 한 사람이 동탁에게 불려가 무릎을 꿇었다.

그날은 조정의 연락대(宴樂臺)에서 성대한 연회가 벌어질 예정이었다.

"뭔가 이상한 점은 없느냐?"

동탁이 공연히 물었다.

"그러고 보니 어젯밤 한 줄기 검은 기운이 뻗어 하얀 달무리를 꿰뚫었습니다. 제공들 사이에 흉계를 품은 자가 있으리라 사료되옵니다."

"그렇겠지."

"무언가 짚이는 점이라도 있으십니까?"

그러자 동탁은 눈을 홱 부릅뜨며 말했다.

"네 알 바 아니다. 이 몸이 물어야 비로소 대답하다니…. 태만하기 짝이 없구나. 천문관이 꾸준히 천문을 살피고 흉사가 닥치기 전에 내게 고하지 않는다면 아무짝에도 쓸모없다!"

"잘못했습니다!"

천문관은 사색이 되어 정작 자기 목에서 검은 기운이 뻗기 전에 황급히 자리에서 물러났다.

이윽고 약속한 시간이 되자 공경과 백관은 연회에 속속 모여들었다.

술이 한창 돌았을 무렵, 어디선가 여포가 급히 돌아와 동탁 곁으로 가서는 귓가에 대고 속삭였다.

그 자리에 있던 모든 사람은 술 마시는 것도 잠시 잊은 채 두 사람에게 신경을 곤두세웠다.

동탁은 고개를 연방 끄덕이면서 여포에게 나지막한 목소리로 명령을 내렸다.

"놓치지 마라."

여포는 인사를 올리고 그곳에서 일어나는가 싶더니 음산한 눈빛을 번득이며 백관이 앉은 사이로 천천히 걸어왔다.

2

"이봐, 잠깐 일어서지."

여포가 팔을 뻗었다.

그러더니 주연의 상석 쪽에 앉아 있던 사공(司空) 장온(張溫)의 상투를 느닷없이 잡아당겼다.

"앗, 무, 무슨 일인가?"

장온의 자리가 흔들렸다.

좌중의 사람들이 새하얗게 질려 무슨 일이 벌어지는지 두려워하며 지켜보았다.

"시끄럽다."

여포는 그 괴력으로 마치 비둘기라도 잡듯이 장온의 몸을 아무렇게나 붙들고 밖으로 끌어냈다.

잠시 후 한 요리사가 커다란 쟁반 위에 기이한 요리를 올려서 들고 오더니 탁자 중앙에 떡하니 내려놓았다.

보아하니 쟁반 위에 있는 건 조금 전 여포에게 끌려간 장온의 머리였다. 조정 대신들은 사시나무 떨듯 몸서리쳤다.

"여포는 어디 갔느냐?"

동탁은 껄껄 웃으며 여포를 불렀다.

여포는 유유히 뒤에서 모습을 드러내더니 동탁 곁에 언제나처럼 시립했다.

"무슨 일이십니까?"

"저 요리가 너무도 신선한 나머지 여러 공께서 술잔을 내려놓으셨네. 안심하고 드실 수 있도록 자네가 설명 좀 하게."

여포는 좌중의 창백하게 질린 얼굴들을 향해 거만하게 연설했다.

"제공들, 이제 오늘 있을 여흥은 끝났으니 술잔을 드시지요. 아마 장온 외에는 제가 귀찮게 요리할 만한 분은 이 안에 없는 듯합니다. 아니, 없으리라고 믿습니다."

여포가 말을 맺자 동탁도 그 육중한 몸집을 천천히 일으켰다.

"장온을 까닭 없이 죽인 게 아니오. 그자는 내게 반기를 들어 남양의 원술과 몰래 내통하였소. 천벌이 떨어졌다고 해야 할지, 밀서를 가진 원술의 사자가 잘못하여 여포 집으로 밀서를 들고 왔소. 이에 따라 장온의 삼족(三族)도 조금 전 남김없이 처벌을 끝낸 참이오. 그대들도 이 사례를 똑똑히 봐두는 편이 좋을 것이오."

연회는 일찍 파하였다.

과연 기나긴 밤이 짧다고 할 정도로 연회를 좋아하는 백관들조차 이날은 황급히 돌아갔고, 취한 얼굴을 한 사람은 아무도 찾아볼 수 없었다.

그중에서 사도 왕윤(王允)은 집으로 돌아가는 가마 안에서 동탁이 저지른 악행과 조정의 문란을 절절히 떠올리며 탄식을 터뜨렸다.

"아아…. 아아…."

저택에 돌아가서도 분연한 답답함과 불쾌한 번뇌가 쉬 가시지 않았다.

때마침 초저녁달이 떴기에 왕윤은 기분 전환을 할 겸 지팡이를 짚고 후원을 거닐었는데도, 가슴속에 맺힌 멍울이 풀리지 않아 황매화가 흐드러지게 핀 연못가에 웅크리고 앉아 그날 마신 술을 다 게워냈다.

그러고 나서 차가운 이마에 손을 얹고 잠시 달을 올려다보며 눈을 감으니, 어디선가 봄비가 흐느끼는 듯한 울음소리가 들려왔다.

"누구지?"

왕윤은 주위를 둘러보았다.

연못 건너편에 물과 맞닿은 모란정(牡丹亭)이 있었다. 달빛이 차양을 비추고 희미한 등불이 창가에서 흔들리고 있었다.

"초선(貂蟬)이 아니냐. 어찌 홀로 울고 있느냐?"

왕윤은 가까이 다가가 가만히 말을 걸었다.

초선의 나이 방년 18세, 그 천성적인 아리따움은 이 후원의 부용화도 복숭아와 자두의 빛깔과 향기도 초선에게 견줄 바가 못 되었다.

어미 젖을 그리워할 어린 나이부터 초선은 친부모를 알지 못했다. 배내옷 바구니와 함께 시장에서 팔리는 신세였으니 왕윤은 그 아기를 사들여 집에서 정성 들여 기르며 마치 진주를 빛내듯이 온갖 기예를 가르쳐 악녀(樂女)로 키웠다.

박명한 초선은 그 은혜를 잘 알았다. 초선은 총명하고 다정다감했으며 왕윤도 초선을 친딸처럼 아꼈다.

3

악녀란 고관 집에서 귀한 손님이 올 때마다 연회 시중을 들며 가무와 악기 연주를 하는 미천한 여자를 가리킨다.

하지만 왕윤과 초선 사이에는 주종(主從)이나 양부와 양녀 관계를 뛰어넘는 돈독한 애정이 있었다.

"초선아, 감기에 걸리면 안 된다. 자…, 그만하고 눈물을 닦아라. 너도 나이가 찼으니 달이나 꽃만 보아도 울고 싶어지는 게로구나. 네 나이 때가 부럽구나."

"무슨 말씀이신지요. 초선은 그런 가벼운 마음으로 슬퍼하는 게 아닙니다."

"그럼 어째서 우느냐?"

"대인이 안쓰러워서 저도 모르게 눈물이 흘렀습니다."

"내가 안쓰럽다고…?"

"정말 가여운 분이라는 생각이 듭니다."

"네게도…, 너 같은 계집에게도 느껴지느냐?"

"어찌 모를 수 있겠습니까? 그리 수척해지신 모습과 부쩍 하얗게 센 머리를 보고도….”

“으음….”

왕윤의 눈시울도 뜨거워졌다. 우는 초선을 말리려던 왕윤의
눈에서 눈물이 멈추질 않자 당혹스러웠다.

“무슨 소리냐. 그렇지 않다. 네가 괜한 근심을 하는 게다.”

“아닙니다. 제게 숨기고 계십니다. 갓난아이 때부터 대인 댁
에서 자란 초선입니다. 요즘 들어 아침저녁으로 웃는 얼굴을
통 뵐 수가 없습니다…. 때때로 깊은 한숨을 쉬시지 않습니까?
혹시….”

초선은 왕윤의 늙은 손에 얼굴을 파묻었다.

“미천한 악녀인 절 믿지 못하시는 것도 당연합니다만, 부디
가슴속 고민을 털어놓아 주세요. 아니…, 순서가 바뀌었습니다.
대인의 뜻을 여쭙기 이전에 제 속마음을 말씀드려야겠습니다.
전 단 하루도 대인의 은혜를 잊은 적이 없습니다. 열여덟이 될
때까지 친부모 못지않게 절 아껴주셨습니다. 노래와 연주 외에
도 학문과 여인의 기예 등을 남부럽지 않게 배울 수 있었습니
다. 이 모든 것이 대인께서 인정을 베풀어주신 덕분에 제 몸에
새겨진 보석이지요. 그 정을…, 그 은혜를 어떻게 갚으면 좋을
지 초선의 이 입술과 눈물만으로는 표현할 수조차 없습니다.”

“….”

“대인…. 말씀해주십시오. 분명 대인의 가슴은 이 나라의 일
로 괴로워하시지요? 지금 장안의 상황이 걱정되어 가슴앓이하
신 것이지요?”

“초선아….”

왕윤은 급히 눈물을 떨치고 저도 모르게 초선의 손을 아플 정도로 꼭 쥐었다.

"기쁘구나! 초선아, 잘 말해주었다…. 네 말만으로도 기쁘다."

"어찌 제 말로 대인의 깊은 수심을 풀어드릴 수 있겠습니까? 사내의 몸도 아닌 제가 도움이 될 리 없지요…. 만일 제가 사내였다면 대인을 위해 목숨을 버려서라도 보답할 수 있을 텐데…."

"아니다, 할 수 있다!"

왕윤은 무심결에 목청껏 소리쳤다.

"아, 몰랐구나. 어느 누가 알았으랴. 천하를 뒤흔들 진주 박힌 이검(利劍)이 화원 속에 숨겨져 있을 줄이야…."

지팡이로 땅을 치며 말하더니 왕윤은 초선의 손을 부여잡고 화각의 한 방으로 들어가 대청 중앙에 앉힌 후 그 모습을 향해 머리가 땅에 닿도록 절을 두 번 올렸다.

"대인, 왜 그러십니까? 황송하옵니다."

초선은 깜짝 놀라 서둘러 내려가려고 했으나 왕윤은 그 치맛자락을 붙들며 부탁했다.

"초선아, 네게 절을 올린 게 아니다. 한의 천하를 구해줄 천인(天人)께 배례한 것이니라. 초선아…, 이 세상을 위해 넌 목숨을 버릴 수 있겠느냐?"

4

초선은 동요하는 빛도 없이 즉시 대답했다.

"대인의 청이라면 언제라도 목숨을 바치겠나이다."

왕윤은 자리를 고쳐 앉으며 말을 이었다.

"네 진심을 믿고 부탁하마."

"무엇입니까?"

"동탁을 죽여야 한다."

"…."

"동탁을 없애지 않으면 한실의 천자는 있어도 없는 것이나 마찬가지다."

"…."

"도탄에 빠져 괴로워하는 만백성도 영원히 구제되지 않을 것이다…. 초선아."

"예."

"너도 누란지위(累卵之危, 층층이 쌓아 놓은 알의 위태로움이라는 뜻으로, 몹시 아슬아슬한 위기를 비유적으로 이르는 말 – 옮긴이)에 처한 현 조정과 백성들의 원망에 대해서는 어렴풋이나마 들어서 알고 있겠지?"

"그럼요."

초선은 눈도 깜빡이지 않고 왕윤의 열변을 경청했다.

"여태껏 동탁을 죽이려는 계획을 성공시킨 사람은 어느 누구도 없다. 도리어 그자에게 모두 죽임을 당했지."

"…."

"용의주도한 자다. 철통같이 경호도 하면서 말이다. 수많은 밀정이 거미줄처럼 뻗어 있지. 더구나 지모가 뛰어난 이유가 곁에 있고 무용이 빼어난 여포가 지키고 있다."

"…."

"동탁을 죽이려면…. 천하의 정예병을 가지고도 불가능하다. 초선아…, 너의 두 팔만이 이룰 수 있다."

"어찌 제가…?"

"먼저 네 몸을 여포에게 주겠다고 속인 후 일부러 동탁에게 보내마."

"…."

과연 초선의 얼굴은 그 말을 듣자 배꽃처럼 새하얗게 창백해졌다.

"내 살펴보건대 여포도 동탁도 주색에 쉬이 빠져드는 음탕한 성격을 지녔다. 너를 보고 마음이 흔들리지 않을 리 없다. 여포 위에 동탁이 있고 동탁 곁에 여포가 붙어 있는 한 도저히 두 사람을 무너뜨릴 수가 없구나. 먼저 둘 사이를 갈라놓고 싸우게 하는 것만이 그들을 무너뜨릴 수 있는 상책이다…. 초선아, 네 몸을 희생해줄 수 있겠느냐?"

초선은 잠시 고개를 숙였다. 옥구슬 같은 눈물이 바닥에 도르르 떨어졌다. 이윽고 얼굴을 들더니 각오를 밝혔다.

"하겠습니다. 만약 일을 그르친다면 기꺼이 칼을 빼 들고 자결하겠습니다. 이 세상에 두 번 다시 인간의 몸으로 태어나지 않겠습니다."

며칠 후.

왕윤은 칠보로 장식한 비장의 황금관을 여포 사택에 선물로 보냈다.

여포는 몹시 놀라면서 기뻐했다.

"그 집안에 예부터 명검과 보옥이 전해져 내려온다는 소문을 듣기는 했지만, 낙양에서 천도해온 이후에도 아직까지 이런 귀한 물건이 남아 있었단 말인가."

여포는 무용은 절륜(絶倫)했으나 단순한 사내였다. 환희에 찬 나머지 예의 적토마를 타고 곧장 왕윤 집으로 들렀다.

왕윤은 여포가 반드시 답례하러 찾아오리라는 걸 헤아렸으므로, 미리 만반의 준비를 해두었다.

"오오, 이런 귀빈이 찾아오시다니. 어서 드시지요."

몸소 중문까지 나가 극진한 환대를 보이고 대청 위로 맞아들여 여포에게 공손히 절을 올렸다.

경국지색

1

왕윤은 온 식구를 총동원하여 여포를 융숭히 대접했다.

진수성찬이 차려진 상 앞에서 여포는 옥잔을 손에 들고 주인에게 말했다.

"난 동 태사를 모시는 일개 장수에 지나지 않소. 사도께서는 조정의 대신이자 명망 있는 가문의 주인이시오. 대체 왜 이렇게 날 정중히 대해주시는 것이오?"

"이상한 걸 물으십니다."

왕윤은 술을 따르며 답했다.

"장군을 대접하는 이유는 관직을 흠모해서가 아닙니다. 이 사람은 평소에 남몰래 장군의 재주와 덕, 무용을 존경하고 그 인물됨을 우러렀기 때문입니다."

"이거 몸 둘 바를 모르겠소."

여포의 들뜬 얼굴에 슬슬 붉은 기운이 감돌기 시작했다.

"나같이 거친 사람을 대관께서 이토록 생각하실 줄은 몰랐소. 영광이오."

"아닙니다. 생각지도 못했는데 이렇게 몸소 찾아오시어 적토마를 제 집 대문에 묶어둔 것만으로도 이 왕윤 일가의 영광입니다."

"대관, 그렇게까지 이 여포를 생각해주신다면 언제 한번 천자께 아뢰어 날 더 높은 관직에 올려주시오."

"말씀하실 필요도 없는 일입니다. 이 왕윤은 동 태사를 덕으로 우러르고 동 태사의 덕이야말로 일평생 잊을 수 없다고 항상 맹세하는 사람입니다. 장군도 부디 태사를 위해 더욱 자중해주십시오."

"물론이오."

"조만간 자연스레 영예로운 작위가 내려질 날이 올 겁니다. 얘들아, 장군께 술을 올려라."

왕윤은 화제를 바꿔서 방 안에 일렬로 서 있는 시녀들에게 말했다.

그중 하나를 눈짓으로 불러 조용히 분부했다.

"좀처럼 오시기 힘든 장군께서 찾아주셨다. 초선이도 예 와서 잠시 인사를 드리라고 해라."

"예."

시녀는 물러났다. 잠시 후 방 밖에서 청초한 분위기를 풍기며 서 있던 여인이 장막을 들어 올렸다. 여포는 술잔을 내려놓고 누가 들어오는지 그곳을 바라보았다.

젊은 시녀 둘의 부축을 받으며 마치 산들바람조차 두려워하는 커다란 모란 꽃송이처럼 사뿐사뿐 걸어 들어오는 가인이 있었다.

악녀 초선이다.

"어서 오십시오."

초선은 손님을 살며시 바라보며 단아하게 인사를 올렸다. 귀밑으로 아름다운 머리카락을 드리운 채 여포가 보내는 눈길을 수줍어하며 왕윤 뒤로 숨으려는 듯이 바싹 다가붙었다.

"…?"

여포는 그 모습을 홀린 듯 바라보았다.

왕윤은 앞에 놓인 술잔을 초선에게 건넸다.

"이것은 네 명예이기도 하다. 장군께 술을 올리고 한 잔 받도록 해라."

초선은 고개를 끄덕이며 여포 앞으로 걸어갔으나 눈이 흘끗 마주치자 부끄러운 듯이 눈가에 홍조를 띠며, 멀리서 새하얀 섬섬옥수로 비취 잔을 얌전히 올린 후 들릴까 말까 한 작은 목소리로 속삭였다.

"받으시지요."

"아, 이거야."

여포는 그제야 제정신으로 돌아온 듯이 잔을 받았다. 이 얼마나 아리따운 여인인가!

초선은 곧바로 물러나 장막 뒤로 숨어들었다. 여포는 손에 들고 있는 잔을 아직 입에 대지도 않았다. 초선이 그대로 사라지는 걸 아쉬워하며 눈도 떼지 못하였다. 술을 마실 겨를도 없다는 눈빛이다.

2

"초선아, 기다려라."

왕윤은 초선을 불러 세운 후 손님인 여포와 번갈아 바라보며 말했다.

"이쪽에 계신 여 장군께서는 내가 평소에 경애하는 분이자 우리 집안의 은인이시다. 허락을 받은 연후에 그대로 곁에 있도록 해라. 극진히 대접해드려야 한다."

"예…."

초선은 고분고분히 손님 옆에 앉았다. 하지만 고개를 숙인 채 아무 말도 하지 않았다.

여포는 그제야 처음으로 입을 열었다.

"대관, 이 가인은 댁의 따님이오?"

"그렇습니다. 초선이라고 합니다."

"몰랐구려. 대관의 따님 중에 이렇게 고운 분이 있을 줄은."

"아직 세상 물정을 모르는데다가 집안 손님께도 좀처럼 얼굴을 내민 적이 없는지라…."

"그렇게 애지중지 키운 따님을 오늘 이 여포를 위해?"

"일가 사람들이 이렇게까지 장군의 방문을 기뻐한다는 사실을 헤아려주신다면 그것만으로도 족합니다."

"아니오, 환대는 이미 충분히 받았소. 이제 술도 못 마시겠구려. 대관, 이 여포는 취한 것 같소이다."

"아직 괜찮으시지 않습니까? 초선아, 술을 올리지 않고 뭐 하느냐?"

초선은 적절히 여포에게 술을 권했고 여포의 눈은 술에 취해 점점 몽롱해졌다. 밤이 깊어지자 여포는 돌아가겠다며 일어섰다가 또다시 주저앉으며 초선의 아름다움을 쉬지 않고 칭찬했다.

왕윤은 슬며시 여포의 어깨에 몸을 기대어 속삭였다.

"원하신다면 초선을 장군께 드려도 좋습니다만…."

"뭐, 따님을? 대관…, 그 말이 진심이오?"

"어찌 거짓을 말하겠습니까."

"만약 초선을 이 여포에게 준다면 난 이 집안을 위해 견마지로를 다할 것을 약속하겠소."

"가까운 시일 내에 길일을 택해 장군 댁으로 보내드리겠습니다. 초선이도 오늘 그 모습을 보아하니 장군이 꽤나 마음에 든 눈치입니다."

"대관…. 이 여포는 고주망태가 되었소…. 이제 걷지도 못할 것 같으이."

"오늘 밤 이곳에 머무셔도 좋으나 동 태사께서 아시면 수상히 여기실 겁니다. 길일을 헤아려 반드시 초선을 장군 댁에 보내드릴 터이니 오늘 밤은 이만 돌아가시지요."

"틀림이 없어야 할 것이오."

여포는 은혜에 감사를 표하고 또 몇 번이나 끈질기게 확인한 끝에 겨우 돌아갔다.

그 후 왕윤은 초선에게 이리 말해두었다.

"아…, 이걸로 한쪽은 일단 잘 해결되었구나. 초선아, 무슨 일이든 천하를 위함이라 생각해서 눈을 꼭 감고 해주어야 한다."

초선은 슬프면서도 이미 각오했다는 차가운 얼굴로 고개를 저었다.

"그렇게 하나하나 저를 위로하지 마십시오. 상냥히 말씀하시면 도리어 제 마음이 약해져서 눈물이 나니까요."

"이제 말하지 않으마. 미리 이야기했던 대로 조만간 동탁을 집에 초대할 테니, 너는 어여쁘게 단장하고 그날은 가무와 연주 실력을 발휘해 동탁의 마음을 사로잡도록 해라."

"예."

초선은 알았다는 듯이 고개를 끄덕였다.

다음 날 왕윤은 조정에 출사하여 여포가 보이지 않는 틈에 은밀히 동탁의 전각으로 찾아가서는 무릎을 꿇고 절을 올렸다.

"매일 정무를 보시느라 태사께서도 몹시 피곤하실 것입니다. 미오성에 돌아가시는 날은 성에서 정성을 다하여 달래드릴 테지만, 가끔은 누추한 집에서 여는 조촐한 연회도 색다른 면이 있으니 도리어 위로가 될 줄로 압니다. 그런 연유로 제 집에서 작은 주연을 마련해두었습니다. 태사께서 찾아주신다면 일가의 기쁨이 더할 나위 없을 것입니다."

왕윤은 동탁을 집으로 청했다.

3

그 말을 듣자 동탁은 무진 기뻐했다.

"뭐라? 나를 귀댁에 초대하는 건가? 근래 들어 가장 기쁜 소식일세. 경은 나라의 원로요, 특별히 이 동탁을 초대해주는데 어찌 그 정성을 거절하겠는가?"

흔쾌히 승낙했다.

"반드시 내일 찾아가리다."

"기다리겠습니다."

왕윤은 집에 돌아가서 이 일을 은밀히 초선에게 알리고 하인들에게 엄하게 명령했다.

"내일 사시에 동 태사가 오신다. 일가의 명예이자 일대의 손님이니 실수가 있어서는 안 된다."

땅에는 푸른 모래를 깔고 마루에는 수놓은 비단을 폈으며, 본당 안팎에는 장막을 두르고 진귀한 가보를 꺼내어 정성껏 향응 준비에 힘썼다.

이튿날 사시가 되자 가신이 안채를 향해 알려왔다.

"귀빈의 수레가 당도했습니다."

왕윤은 조복을 입고 즉시 문밖으로 나가서 맞이했다.

태사 동탁의 수레는 창을 든 수백 명의 위병에 둘러싸였고 그 휘황찬란한 행장은 천자의 의장을 무색하게 할 정도였다. 동탁이 수레의 주렴 속에서 나오자 즉시 가신, 비서, 건장한 무사 등이 전후좌우로 빽빽이 호위했고 칼이 부딪는 소리를 내면서 문 안으로 들어왔다.

"잘 오셨습니다. 오늘은 저희 왕 씨 집안에 자색 구름이 강림한 광영의 날입니다."

왕윤은 동 태사를 높은 자리로 모시고 최고의 예를 다했다.

"주인은 내 옆으로 올라오시게."

동탁도 온 집안사람들의 환대에 아주 만족스러운 얼굴로 왕윤에게 자리를 허락했다.

이윽고 맑은 악기 소리와 함께 성대한 연회의 막이 올랐다. 술을 끊임없이 퍼붓는 손님들의 청옥 잔에 향기로운 밤 무지개가 대청의 시끌벅적한 웃음소리를 가로지르며 떠올랐고, 술자리가 한창 무르익어 악인들이 악기를 들고 나타나자 풍류객들이 잔을 들고 춤을 추는 바람에 눈이 어지럽고 귀가 멀 듯했다.

"태사, 잠시 이쪽으로 오셔서 휴식을 취하시지요."

왕윤은 동탁을 이끌었다.

"으음…."

동탁은 왕윤이 권하는 대로 호위 무사를 연회에 남겨둔 채 홀로 따라갔다.

왕윤은 동탁을 후당으로 맞이하여 집안에 숨겨둔 귀한 술통을 열고 빛나는 잔에 따라 올리며 조용히 속삭였다.

"오늘 밤은 별빛마저 아름다워 보입니다. 이 술은 저희 집안 비장의 장수주(長壽酒)입니다. 태사의 만수무강을 빌기 위해 오늘 처음 술통을 열었습니다."

"허어, 고맙구려."

동탁은 술을 마시며 미소가 절로 지어졌다.

"이렇게 환대해주니 난 무엇으로 사도의 호의에 보답해야 좋을지 모르겠군."

"제가 바라는 대로만 된다면 만족합니다. 저는 어릴 적부터 천문을 좋아하여 얼마간 배운 바 있습니다만, 매일 밤 천상을 바라보자니 한실은 이미 운이 다하여 천하가 새롭게 일어날 징조가 보입니다. 태사의 덕망은 매우 높으니 옛날에 순(舜)이 요

(堯)를 잇고 우(禹)가 순의 시대를 이었듯이 태사가 일어서신다
면 천하의 인심은 자연히 거기에 따를 것입니다."

"아니네. 아직 그런 생각까지는 하지 않네."

"천하는 한 사람의 천하가 아닙니다. 이 세상 모든 사람의 천
하이지요. 덕이 없으면 덕이 있는 자에게 양보해야 하는 법입
니다. 이것이 우리 조정의 관례입니다. 세상이 편안해지기만
한다면 누구도 반역이라 부르지 않습니다."

"하하하. 만약 이 동탁에게 천운이 따라준다면 내 그대를 크
게 쓰겠네."

"때를 기다리겠습니다."

왕윤은 거듭 절을 올렸다.

그때 대청 안 촛불이 한꺼번에 켜지더니 대낮처럼 환해졌다.
정면에 쳐놓았던 주렴이 걷히면서 교방의 악녀들이 고운 목소
리로 노래를 부르기 시작했고, 관현악기에서 흘러나오는 빼어
난 음색에 맞춰 악녀 초선이 소매를 휘날리며 하늘하늘 춤을
추었다.

4

손님도 없고 주인도 없고 천하에 아무도 없다는 듯, 초선의
눈동자는 오직 춤에 열중하여 맑게 빛났다.

춤을 춘다, 춤을 춘다, 초선은 소매를 휘날리며 춤을 춘다. 교
방의 연주는 초선을 위해 관현악기의 온갖 기교를 부려 사람

을 취하게 만들었다.

"으음, 훌륭하구나."

한 곡이 끝나자 동탁은 감탄하며 또 한 곡을 청했다.

초선이 다시 일어나니 교방 악사들은 더욱 기교를 뽐내며 손을 놀렸고, 초선은 춤을 추며 구슬프게 노래하기 시작했다.

홍아(紅牙) 박자 맞춰 제비가 빠르게 날고
한 조각 지나가는 구름이 화당에 이르네
화장한 눈썹이 자아내는 나그네의 한
두 뺨은 처음으로 고인의 애간장을 끊네
돈으로도 살 수 없는 천금 같은 미소
버들 허리에 어찌 온갖 보물이 필요하랴
춤이 끝나고 주렴 너머로 눈길을 던지니
누가 초양왕(楚襄王)인지 모르겠구나

초선의 아리따운 모습에 시선을 고정하고 가사에 귀 기울이던 동탁은 초선의 가무가 끝나자마자 감격한 얼굴로 왕윤에게 물었다.

"주인, 저 여인은 대체 누구의 여식인가? 아무래도 교방의 평범한 기생 같지는 않군."

"마음에 드셨습니까? 저희 집안의 악녀, 초선이라고 합니다."

"그래? 이쪽으로 불러보게."

동탁의 기분은 하늘을 찌를 듯했다.

"초선아, 이리 오너라."

왕윤이 손짓하여 불렀다.

초선은 그쪽으로 다가가 수줍어하는 모습을 보였다. 동탁은 잔을 건네며 물었다.

"나이가 몇이냐?"

"…."

대답이 없었다.

초선은 새끼손가락을 입술 옆에 난 점에 대고 왕윤 뒤에 숨어 고개를 숙였다.

"하하하, 부끄러운 게냐?"

"수줍음이 많은 아이입니다. 사람 만날 일이 좀처럼 없는 아이인지라…."

"목소리가 좋구나. 자태도 춤도 좋다만…. 주인, 다시 한번 노래를 시켜보지 않겠나?"

"초선아, 오늘 밤 귀빈께서 저렇게 원하시는구나. 한 곡 더 들려드리도록 해라."

"예."

초선은 순순히 대답하며 단판(檀板, 민간 타악기의 하나로 딱딱한 나무 세 쪽을 묶어 박자를 맞추며 노래함-옮긴이)을 손에 들고 이번에는 다소 낮은 곡조로 손님 눈앞에서 노래했다.

한 점 앵두 같은 붉은 입술을 벌려
두 줄 하얀 이가 따뜻한 봄 노래하네
정향 향기의 혀는 한 자루 칼을 뱉어
나라 어지럽히는 간신을 베려 하네

"그것참, 재미있군."

동탁은 손뼉을 딱딱 쳤다.

먼저 부른 노래 가사가 자신을 찬미하였으니, 이번 노래가 자신을 가리켜 나라를 어지럽히는 간신이라 빗대고 있음을 알아차리지 못했다.

"천상의 선녀란 그야말로 이 초선을 두고 하는 말일세. 지금 미오성에도 미인은 수두룩하지만, 초선 같은 인물은 없네. 만약 초선이 한번 웃는다면 장안의 여인들은 모두 빛을 잃을 게야."

"태사께서는 그리도 초선이 마음에 드십니까?"

"음…. 오늘 밤 처음으로 미인을 본 기분이네."

"그렇다면 태사께 드리지요. 초선이도 태사의 총애를 받는다면 더없이 큰 축복일 것입니다."

"뭐라? 이 미인을 내게?"

"돌아가시는 수레 안에 태워 데려가십시오. 밤도 깊었으니 승상부 문 앞까지 배웅해드리겠습니다."

"고맙네. 사도 왕윤, 이 미인은 내 전거에 태우고 기쁘게 데려가겠네."

동탁은 자신의 기분을 어떻게 표현해야 할지 모를 정도로 좋아하며 초선을 사뿐히 안고 수레로 향했다.

5

왕윤은 마음속으로 일을 다 끝냈다고 생각했는지 초선과 동탁이 탄 수레를 승상부까지 기꺼이 배웅했다.

"물러나겠습니다."

문 앞에서 동탁에게 인사를 올릴 때 문득 전거 안에서 초선의 눈동자가 가만히 자신을 바라보며 무언의 작별 인사를 보내고 있음을 느꼈다.

"이만…."

왕윤은 다시 한번 인사했다. 그건 초선에게 넌지시 보낸 대답이다.

초선의 눈에는 눈물이 가득 차올랐다. 왕윤도 가슴이 미어져 오래 있을 수 없었다.

미련 없이 왕윤은 서둘러 집을 향해 되돌아왔다. 그때 저편 어둠 속에서 두 줄의 횃불을 들고 창이 부딪치는 소리를 내며 서둘러 달려오는 기마 부대가 있었다.

가까이 오자 선두에는 적토마에 걸터탄 여포의 모습이 보였다.

"이놈, 지금 돌아오느냐?"

놀랄 겨를도 없었다.

여포는 왕윤의 모습을 보자마자 말 위에서 긴 팔을 뻗어 그 목덜미를 잡은 채 눈알을 부라렸다.

"네놈이 얼마 전 이 여포에게 초선을 준다고 약속하더니 오늘 밤 동 태사께 잘도 바쳤더구나. 못된 놈. 날 어린애처럼 갖고 놀았겠다?"

왕윤은 당황하지 않고 여포를 달랬다.

"장군은 어떻게 그 사실을 벌써 아셨습니까? 잠시 진정하십시오."

"방금 동 태사가 미인을 태우고 승상부로 돌아가셨다며 기별하러 온 자가 있었다. 내가 그것도 모를 줄 알았느냐? 이 박쥐 같은 놈. 사지를 찢어줄 테니 각오해라!"

여포는 더욱 성이 나서 따라온 무사에게 명령하여 지체 없이 끌고 가려 했다.

"서두르지 마십시오, 장군. 그토록 굳게 약속한 이 왕윤을 어찌 의심하십니까?"

"아직도 지껄일 말이 남았느냐?"

"다시 한번 제 집에 들러주십시오. 여기서는 말씀드리기 곤란합니다."

"내가 네놈의 혓바닥에 또 속을 줄 아느냐?"

"그 이후에도 도저히 못 믿으시겠다면 그 자리에서 이 왕윤의 목을 거두십시오."

"좋아, 가주지."

여포는 씩씩거리며 왕윤을 따라갔다.

"자세한 사정은 이리된 것입니다."

왕윤은 밀실에 들어가 유창한 말씀씨로 이야기했다.

"실은 오늘 밤 주연이 끝난 후 동 태사께서 흥에 겨워 말씀하시기를, 근래에 여포에게 초선이란 아이를 준다고 약속했다던데 그 여인을 일단 내 쪽으로 보내게. 길일을 택해 성대한 연회를 준비한 후 불시에 여포를 혼인시켜 술자리의 흥을 돋우고 크게 웃으며 축하해줄 테니까라는 것이었습니다."

"뭐라? 동 태사께서 내 여복을 놀리실 작정으로 데리고 가셨단 말인가?"

"그렇습니다. 장군이 부끄러워하는 얼굴을 술자리에서 보고 손뼉을 치시겠다고 말씀하셨습니다. 그러니 모처럼 생각하신 뜻을 거스를 수도 없고 해서 초선을 보냈을 따름입니다."

"아, 이거 미안하구려."

여포는 머리를 긁적이며 난감해했다.

"사도의 마음을 경솔하게 의심하다니 뭐라 할 말이 없소. 오늘 밤 내 죄는 백번 죽어 마땅하나 부디 용서해주시오."

"아닙니다, 의심이 풀리셨다면 그걸로 됐습니다. 가까운 시일 내에 장군을 축하하기 위해 풍성한 연회가 열릴 것입니다. 초선이도 분명 기다리겠지요. 조만간 그 아이의 옷가지와 화장 도구를 챙겨 귀댁으로 보내겠습니다."

여포는 그 말을 듣자 세 번 절을 올리고 돌아갔다.

어리석은 나비 거울

1

봄은 대장부 가슴에도 번뇌의 피를 끓어오르게 한다.

왕윤의 말을 믿고 여포는 그날 밤 순순히 집으로 돌아왔으나 웬일인지 잠이 오지 않아 밤새도록 뒤척였다.

"초선이는 지금쯤 무얼 하고 있을까…."

오로지 초선이 생각뿐이다.

동 태사의 거처에 따라갔다는 초선이 어떻게 하룻밤을 보낼까, 온갖 망상에 사로잡혀 침상에 가만히 누워 있지를 못했다.

여포는 장막을 거두고 창밖으로 시선을 던졌다. 초선이 있는 승상부의 하늘을 멍하니 바라보았다.

기러기가 울며 지나갔다.

으스름달이 그윽했으며, 날은 아직 밝지 않아 구름도 대지도 어스름했다. 정원 앞을 바라보니 해당화는 밤이슬을 머금고 황매화는 밤안개에 젖어 고개를 숙였다.

"아…."

여포는 홀로 신음하며 다시 침상에 누워 엎치락뒤치락하며 시간을 죽였다.

"이렇게 마음이 흐트러질 정도로 연정에 괴로워하는 건 난생 처음이구나. 초선아, 초선아, 너는 어째서 그런 고혹적인 눈으로 내 마음을 사로잡은 게냐?"

여포는 날이 밝아오기만을 기다렸다.

아침이 되자 여포는 다시 의연한 무장 차림이다. 집에서도 수많은 무사를 키우는 장군이다. 아침 햇살을 받으며 적토마를 타고 씩씩하게 승상부로 출사했다.

특별히 급한 용무도 없었지만, 곧바로 동탁의 전각을 찾아가 호위 장군에게 물었다.

"태사는 기침하셨는가?"

호위 장군은 나른하다는 듯이 후당의 비원을 돌아보며 무표정한 얼굴로 말했다.

"아직 장막을 드리우신 듯합니다."

"뭣이라?"

여포는 걷잡을 수 없는 불안이 엄습했으나 짐짓 화창한 태양을 바라보며 말했다.

"벌써 오시(午時, 오전 11시부터 오후 1시 – 옮긴이)에 가까워졌거늘 아직도 주무시는 중인가?"

"후당의 회랑도 저리 닫혀 있습니다."

봄날의 정원에서 한 마리 새가 조용히 지저귀었다.

침전은 발을 드리운 채 해가 높이 뜬 것조차 모른다는 듯이 고요했다.

여포는 초조한 얼굴빛을 감추지 못하고 다소 거친 말투로 재차 물었다.

"태사께서 어젯밤 상당히 늦게 주무셨나 보군."

"예. 왕윤 집에서 열린 연회에 초대받으신 후 아주 기분 좋게 돌아오셨습니다."

"대단한 미인을 데리고 오셨다면서?"

"장군께서도 이미 아셨습니까?"

"으음. 왕윤 댁의 초선이라고 하면 누구나 아는 미인이니."

"태사가 늦게 일어나시는 이유는 바로 그 때문입니다. 어젯밤 그 미인 덕분에 봄밤이 짧음을 탄식하셨겠지요…. 어쨌든 오늘은 날씨가 참으로 좋습니다."

"저기서 기다릴 테니 태사께서 일어나시거든 알려주게."

여포는 저도 모르게 분연히 눈썹을 치켜뜨고 그 자리를 떠났다.

승상부 일각에서 여포는 멍하니 팔짱을 낀 채 기다렸다. 신경이 쓰여 때때로 연못 건너편 누각을 지켜보았다. 후당의 침전은 한낮이 되어서야 창문을 열었다.

"태사께서 방금 기침하셨습니다."

조금 전에 이야기를 주고받던 호위 장군이 알리러 왔다.

여포는 안내도 기다리지 않고 동탁이 머무는 후당으로 저벅저벅 걸어 들어갔다. 그러다가 회랑을 서성이며 안을 들여다보니, 어젯밤 어떤 꿈을 꾸었는지 침실 깊숙한 곳 부용꽃 장막은 헝클어져 있었고 거울 앞에서 입술연지를 바르는 미인의 뒤태가 흘끗 보였다.

2

여포는 넋을 잃은 채 침실 바로 입구까지 다가갔다.

"아…. 초선아."

여포는 울고 싶다는 듯이 가슴을 움켜쥐었다. 7척의 대장부가 영혼을 쥐어뜯긴 것처럼 신음하며 그 자리에 못 박힌 듯 서서 거울에 비친 초선의 모습을 훔쳐보았다.

부글부글 끓어오르는 마음 깊숙한 곳에서 어떤 생각이 떠올랐다.

'초선은 이제 어젯밤부로 처녀가 아니구나! 이 침실에는 아직도 훌쩍이는 울음소리가 남아 있는 듯하다. 아…, 동 태사도 너무하는구나. 초선도 마찬가지다. 아니면… 아… 왕윤이 날 속인 건가. 아니, 동 태사가 요구하면 가녀린 초선이도 어찌 할 순 없었겠지.'

그 순간 여포의 창백한 얼굴이 방 안에 세워둔 거울에 살짝 어른거렸다.

"어머나!"

초선은 화들짝 놀라 뒤돌아보았다.

"…."

여포는 원망이 가득한 눈을 부릅뜨고 초선의 얼굴을 가만히 노려보았다. 초선은 그 순간 비를 머금은 배꽃처럼 부르르 떨었다.

'용서해주세요. 제 본심이 아니랍니다. 가슴을 쓸어내리고… 억누르고 있답니다…. 이렇게 괴로운 제 마음을 헤아려주시겠

지요?'

가련한 처지를 호소하고 매달려 울고 싶다는 듯이 소리 없는 제 마음을 눈빛과 자태로 표현하며 여포에게 하소연했다.

"초선아…. 누가 왔느냐?"

그때 벽 뒤에서 동탁의 목소리가 들려왔다.

여포는 가슴이 철렁하여 발소리를 죽이고 몇 걸음 물러난 후 거기서부터 일부러 성큼성큼 걸어 들어왔다.

"여포입니다. 일어나셨습니까?"

평상시와 다름없는 모습을 꾸며 인사했다.

동탁은 봄밤의 달콤한 꿈에서 아직 깨어나지 못한 얼굴로 그 거대한 몸집을 원앙 침상에 뉘인 채로 있었기 때문에, 갑작스러운 여포의 발소리에 당황하여 몸을 일으켰다.

"누군가 했더니, 여포인가? 누구의 허락을 받고 침실에 들어왔느냐?"

"아, 지금 일어나셨다고 호위 장군이 알려주었기에…."

"대체 무슨 급한 일이냐?"

"아…."

여포는 그 물음에 말문이 막혔다. 침실까지 찾아와 명을 받들 일은 딱히 없었다.

"사실은… 밤새 잠을 못 이루던 차에 태사께서 병환에 걸리신 꿈을 꾸었습니다. 자못 걱정된 나머지 날이 밝기만을 기다려 승상부로 달려왔습니다. 별 탈 없으신 모습을 보니 안심이 됩니다."

"뭣이라?"

동탁은 여포가 횡설수설하자 수상하게 여기며 혀를 찼다.

"눈을 뜨자마자 꺼림칙한 소리를 하는구나. 그런 흉몽을 들려주러 부러 찾아오는 놈이 어딨느냐?"

"송구합니다. 항시 태사의 건강을 염려하고 있다 보니."

"거짓말 마라! 네 모습이 어쩐지 수상하구나. 그 시커먼 눈은 뭐고, 안절부절못하는 그 거동은 또 뭣이냐? 썩 물러나라!"

"예⋯."

여포는 고개를 숙인 채 인사하고 쓸쓸히 모습을 감췄다.

그날 서둘러 집으로 돌아오니 여포 처는 남편의 낯빛이 어두워 보이자 근심하면서 물었다.

"혹시 태사의 기분을 상하게 하신 일이라도 있으십니까?"

"시끄럽다! 동 태사가 뭐라고! 아무리 태사라도 이 여포를 멋대로 부릴 수 있을 것 같으냐? 그리 생각하느냐?"

여포는 큰소리로 꾸짖으며 부인에게 마구 분풀이를 해댔다.

3

여포의 모습은 눈에 띄게 변해갔다.

승상부로 출사하기를 거르거나 느지막이 나갔으며, 밤에는 술에 취하고 낮에는 광분해서 소리치기 일쑤였다. 때로는 온종일 침울해하며 입을 열지 않는 날도 있었다.

"왜 그러십니까?"

부인이 물어도 '시끄럽다'라는 말만 할 뿐이다.

바닥을 쿵쿵 울리며 우리 안에 갇힌 맹수처럼 혼자 방 안을 돌아다니다 눈물로 뺨을 적실 때도 있었다.

이럭저럭하는 사이에 달포가 지나 마음을 괴롭히던 후원의 봄빛도 바래고 연두색 나뭇가지에는 초여름의 태양이 날마다 열기를 더하였다.

"일은 그렇다 하더라도 지금 문안조차 가시지 않는다면 큰 은인인 태사께 등을 돌렸다며 사람들이 의심할지 모릅니다."

여포 부인은 계속해서 달랬다.

근래 들어 동 태사가 중병까지는 아니지만, 병상에서 자리보전하기에 거듭 출사를 권하는 것이다.

"출사도 하지 않고 문안도 가지 않는다면 송구한 일이지."

마음을 다잡고 오랜만에 승상부에 얼굴을 비쳤다.

병상에 누운 동탁에게 문안 인사를 하자, 동탁은 워낙에 여포의 무용을 아끼고 양자처럼 여기는지라 예전에 꾸짖고 내쫓았던 일은 벌써 다 잊었다는 얼굴이다.

"오오, 여포인가. 자네도 요즘 몸이 좋지 않아 쉬고 있다는 소식을 들었네. 몸은 좀 어떤가?"

오히려 환자가 안부를 물었다.

"별일 아닙니다. 이 봄에 술이 조금 과했을 뿐입니다."

여포는 쓸쓸히 웃었다.

문득 옆에 있는 초선을 곁눈으로 바라보니, 그 달포 동안 동탁의 머리맡에 붙어 옷자락도 풀지 않고 성심성의껏 간호한 나머지 얼굴이 수척해진 듯 보이자, 여포는 순간 질투의 불꽃이 타올라 온몸의 피를 불태웠다.

'처음에는 마음에 없이 몸을 허락했더라도, 여인은 시간이 지나면 그 사내에게 마음까지 빼앗기고 마는 것인가.'

여포는 달랠 길이 없는 번민에 사로잡혔다.

동탁은 기침을 했다.

그사이에 여포는 속마음을 들키지 않으려고 침상 아래로 물러났다. 동탁의 등을 쓰다듬는 초선의 새하얀 손을 얼이 빠진 사람처럼 넋 놓고 바라보았다.

그러자 초선은 동탁의 귀에 얼굴을 가까이 갖다 대고 속삭였다.

"잠시 조용히 쉬시는 편이 좋겠어요⋯."

그러고는 이불을 부드럽게 올려주며 함께 자신의 가슴까지 덮으려 했다.

여포의 눈에서 불꽃이 일었다. 온몸은 돌처럼 딱딱하게 굳어 움직일 줄을 몰랐다. 초선은 동탁의 시선을 가린 후 몸을 돌려 한 손으로 소매를 쥐고 눈을 훔쳤다⋯. 하염없이 눈물을 흘리는 사람처럼 보인 것이다.

'괴로워요. 전 괴로워요. 마음에 품은 분과는 이야기도 나누지 못하고 언제까지 이렇게 마음에도 없는 사람과 한방에서 살아야 하는지요. 당신은 무정합니다. 요즘에는 좀처럼 모습을 보여주시지 않으니까요! 모습을 뵙는 것만으로도 남몰래 위로받는 걸요.'

처음부터 소리는 내지 않았지만, 초선의 눈물 한 방울 한 방울과 촉촉이 젖은 속눈썹, 조용히 떨리는 입술은 직접 말하는 것보다 여포의 가슴속 깊이 사무치게 마음을 전달했다.

'그럼⋯, 너는⋯.'

여포의 마음은 타들어갈 것 같으면서도 한편으로는 온몸의 피가 기쁨으로 솟구쳤다. 홀린 듯이 초선의 뒤쪽으로 가까이 다가갔다. 초선의 새하얀 목덜미를 꽉 껴안으려 했으나 병풍 모서리에 칼이 걸려 자기도 모르게 발을 움츠리고 말았다.

"여포, 뭐하는 짓이냐!"

병상에 누워 있던 동탁은 크게 소리치며 몸을 벌떡 일으켰다.

4

여포는 낭패를 보았다.

"아, 그게 아니라⋯."

여포는 당황하여 침상 아래로 물러났다.

"멈춰라!"

동탁은 병도 잊은 채 이마에 시퍼런 힘줄을 세웠다.

"지금 넌 내 눈을 피해 초선이를 희롱하려고 했겠다? 내가 아끼는 아이에게 음탕한 짓을 하려 했겠다?"

"제가 그럴 리가!"

"어째서 병풍 안으로 들어오려 했느냐? 왜 지금까지 거기서 탐욕스러운 눈빛으로 서성였느냐!"

"⋯."

여포는 변명이 궁해져 새파랗게 질린 얼굴을 숙이고 말았다.

여포는 원래 말주변이 없었다. 그렇다고 순발력 있게 재치를 발휘하는 사람도 아니다. 그러니 동탁에게 추궁을 당하자 이러지도 저러지도 못하고 참담히 입술만 깨물 뿐이다.

"괘씸한 놈. 은총을 베풀었더니 거기에 길들어 제 분수도 모르고 아주 꼭대기까지 기어오르는구나. 앞으로 내 방에 한 발자국이라도 들어오면 용서치 않겠다. 아니, 내 명이 있을 때까지 집에서 근신해라. 썩 물러나지 않고 뭐하느냐! 어이, 누가 이 여포를 끌어내라!"

동탁은 머리끝까지 화가 나 호되게 꾸짖었다.

밖에서 무장과 호위병들이 우르르 몰려오는 발소리가 들려왔다.

"다시는 오지 않겠습니다!"

여포는 호위병들이 들이닥치기 전에 제 발로 나가버렸다.

"무슨 일입니까? 대체 무슨 일이 벌어졌습니까?"

여포와 바로 엇갈려 들어온 이유가 물었다.

동탁은 분노가 쉬 가라앉지 않아 길길이 화를 내며 여포가 이 방에서 자신이 총애하는 아이를 희롱하려고 한 죄를, 그 배신을 증오한다는 듯이 침을 튀기며 설명했다.

"이거 곤란하게 됐습니다."

이유는 냉정한 인물이다. 쓴웃음마저 지으며 들었다.

"과연 여포가 괘씸한 짓을 하기는 했습니다. 태사, 천하 위에 군림하시려는 커다란 뜻을 위해서는 소인의 조그마한 죄를 웃으며 용서하는 자비도 필요합니다."

"웃기는 소리."

동탁은 수긍하지 않았다.

"그런 짓을 용서한다면 사기는 떨어지고 주종 관계는 어찌 되겠느냐?"

"허나 지금 여포가 변심하여 다른 곳으로 떠난다면 대사를 이룰 수 없습니다."

"……."

동탁은 이유에게 설득당하는 동안 분노도 조금씩 가라앉았다. 한 사람의 총희(寵姬)보다는 천하가 중요했다. 아무리 초선에게 푹 빠져 있다 할지라도 동탁이 품은 야망은 쉽게 버릴 수 없었다.

"이유, 여포 놈은 도리어 거만하게 돌아갔는데 이를 어찌하면 좋겠는가?"

"마음만 돌리셨다면 걱정하지 않으셔도 됩니다. 여포는 단순한 사냅니다. 내일 여포를 불러 금은을 내린 다음 나긋나긋하게 달래신다면, 단순한 만큼 크게 감격하여 앞으로는 몸을 사릴 겁니다."

이유의 충언을 받아들인 동탁은 다음 날 여포를 불러들였다.

어떤 문책을 받을지 각오하고 왔더니 예상과는 다르게 황금 10근과 비단 20필을 하사하며 타이르는 것이다.

"어제는 내 병 탓인지 신경이 날카로워져서 자네를 나무랐다만, 누구보다 자네를 의지하네. 기분 나쁘게 생각지 말고 다시 예전처럼 내 곁에 머물며 날마다 이곳에 들러 얼굴을 보여주게."

여포는 한층 마음이 괴로워졌다. 주군의 부드러운 말 앞에서 무릎을 꿇고 은혜에 감사하며 묵묵히 물러날 수밖에 없었다.

절영지회(絕纓之會)

1

그 후 시간이 흐르자 동탁이 앓는 병도 씻은 듯이 나았다.

동탁은 다시 그 비대하고 건장한 몸을 뽐내듯 밤낮으로 초선과 유흥을 즐기며 장막 속의 덧없는 꿈에서 헤어날 줄을 몰랐다.

여포도 그 이후로는 전보다 말수가 적어지기는 했지만 날마다 성실히 정무에 임하며 승상부에 출사하는 일도 빠뜨리지 않았다.

동탁이 조정에 나갈 때면 여포가 적토마에 올라타 선두에서 호위했고, 동탁이 전상(殿上)에 있을 때면 여포가 어김없이 극을 든 채 계단 밑에서 지켰다.

그러던 어느 날이다.

천자에게 정사를 아뢰러 동탁이 전상에 올랐을 때 여포는 평소와 다름없이 극을 들고 내문에 서 있었다.

혈기 왕성한 젊은이에게도 나른하게 졸음이 밀려오는 날이었다. 여포는 이곳저곳을 분분히 날아다니는 나비를 보자 졸음이 몰려와서, 눈을 들고 이미 여름에 가까워진 햇볕 아래 반짝이는 신록과 붉은 꽃을 바라보며 번뇌에 사로잡혔다.

'초선이는 무얼 할까….'

문득 여포는 이런 생각이 들었다.

'오늘은 분명 동탁의 퇴청이 늦어질 것이다. 그래, 그 사이에!'

연정의 불길이 치솟자 여포는 가만히 있을 수 없었다.

별안간 어딘가로 뛰어가기 시작했다.

'동탁이 자리를 비운 사이에'라는 일념으로 여포는 혼자서 승상부로 돌아온 것이다. 그리고는 대담하게 훤히 길을 아는 후당으로 숨어들었다.

"초선아…. 초선아."

한 손에 극을 들고 초선을 나지막이 부르며 총희의 방으로 들어가 장막 안을 훔쳐보았다.

"누구세요?"

창가에 기대어 대낮의 후원을 바라보던 초선이 뒤를 돌아보니 여포의 모습이 보였다.

"아아…."

초선은 한달음에 달려가 여포의 가슴에 매달렸다.

"태사께서 아직 조정에서 나오지 않으셨는데 어찌 당신만 돌아오셨나요?"

"초선아, 괴롭구나."

여포는 신음하듯이 말을 내뱉었다.

"이 괴로운 기분을 너는 아느냐? 실은 오늘 태사의 퇴청이 늦어질 것 같아 아주 잠깐이라도 널 보려고 이곳까지 몰래 달려온 것이다."

"그렇게까지 하시면서 이 초선이를 생각해주신 거여요? 아…, 기뻐요."

초선은 여포의 이글거리는 눈을 바라보고 깜짝 놀란 듯이 속삭였다.

"이곳에서는 남의 눈에 띄어 아니 되겠사와요. 곧바로 뒤따라갈 테니 정원 가장 안쪽에 있는 봉의정(鳳儀亭)에서 기다려주세요."

"꼭 오는 거겠지?"

"아이…. 왜 거짓을 고하겠어요?"

"좋다. 봉의정으로 가서 기다리마."

여포는 걸음을 재촉하여 정원으로 향했다. 나무 사이를 달리는가 싶더니 어느새 후원 깊숙한 곳에 있는 한 누각에서 초선을 기다렸다.

초선은 여포가 자리를 비우자 재빨리 공들여 화장하고 저 혼자 슬며시 봉의정으로 걸음을 옮겼다.

인기척 없는 비원(秘園)은 초록빛 버드나무와 주홍빛 꽃으로 가득하여 한껏 무르익은 여름 향기에 젖어 있었다.

초선은 버드나무에서 늘어진 실가지 사이로 가만히 봉의정 부근을 둘러보았다.

여포는 극을 든 채 봉의정 굽은 난간에서 서성이는 중이었다.

2

난간 밑은 연못이다.

봉의정으로 건너가는 붉은 다리에 초선의 모습이 점점 어른거렸다. 꽃을 가르고 버드나무 가지를 살며시 헤치며 나타난 월궁(月宮)의 선녀라 착각할 만큼 그 자태는 빼어나게 고왔다.

"여포 님…."

"오오…."

두 사람은 정자의 벽에 드리운 그늘로 다가갔다. 그러고 나서 한참을 아무 말 없이 그냥 서 있었다. 여포는 온몸의 피가 불타오르는 듯했다. 꿈인지 생시인지 모를 지경이다.

"오…, 초선아, 왜 그러느냐?"

"…."

"초선아…."

여포는 초선의 어깨를 아프지 않게 흔들었다. 여포의 가슴에 얼굴을 묻던 초선이 그사이에 훌쩍훌쩍 울음을 터뜨렸기 때문이다.

"넌 나와 이렇게 만난 게 기쁘지 않은 게냐? 대체 왜 그리 슬피 우느냐?"

"아니어요. 초선은 너무 기쁜 나머지 가슴이 벅차올랐답니다. 여포 님, 제 이야기를 들어주시겠어요? 전 왕윤 어르신의 친자식이 아니랍니다. 가엾은 고아이지요. 절 친딸처럼 아껴주신 그분께서 나중에 반드시 늠름한 영웅호걸께 시집보내주겠다며 언제나 말씀하셨습니다. 그래서였을까요? 장군을 초대하신 날 밤 슬며시 우리 둘을 만나게 해주셨지요. 저는 당신을 처음 뵌 순간 이걸로 평생의 소원이 이루어지는가 싶어 그날 밤부터 꿈까지 꾸면서 고대하였습니다….”

“음…. 으음….”

“그 이후 동 태사가 나타나 마음에 숨기고 있던 연정의 꽃은 산산이 짓밟히고 말았습니다. 태사의 권력을 이기지 못하여 마음에도 없는 밤을 울고 또 울며 지새웠습니다. 이제 이 몸은 예전처럼 깨끗지 않습니다…. 아무리 마음은 이전과 변함없다 한들 더러워진 몸으로는 장군을 아내로서 섬길 수 없으니, 그렇게 생각하면 두렵고 또 분해서….”

초선은 주변에 들릴 듯이 오열하며 여포의 가슴팍에 얼굴을 파묻고 하염없이 울다가 갑자기 소리쳤다.

“여포 님, 부디 이 초선의 마음만큼은 가엾다는 사실을 잊지 말아주시어요!”

그러더니 별안간 난간으로 달려가 연못에 몸을 던지려 했다.

“무슨 짓이냐!”

여포는 화들짝대며 초선을 꼭 안아 붙들었다.

초선은 그 억센 손에서 빠져나가려고 힘껏 버둥거렸다.

“아니어요, 죽게 내버려 두시어요. 살아도 이 세상에서는 당신과 인연이 없고 마음은 날마다 괴롭고 몸은 부덕한 태사의 노리개가 되어 밤마다 박해를 당할 뿐입니다. 후세에 인연이 맺어지기를 바라며 저세상에 먼저 가서 기다리겠습니다.”

“이런이런…. 어리석은 소리를 다 하는구나. 후세를 빌기보다 이번 생을 즐겨야 하지 않겠느냐? 초선아, 조만간 네 뜻을 꼭 이루어줄 터이니 성급하게 죽는다는 생각은 하지 마라."

"예…? 정말이시어요? 지금 그 말씀은 장군의 진심이지요?"

"마음에 품은 여인을 지금 생에 아내로 삼지 못하고서야 어찌 한세상의 영웅이라 불릴 자격이 있겠느냐?"

"만약 그 말이 사실이라면 부디 이 초선의 몸을 구해주시어요. 요즈음은 하루가 1년처럼 길게 느껴진답니다."

"때를 기다려라. 그리 오래 걸리지 않을 것이다. 오늘은 늙은 도적놈을 따라 입궐했다가 잠시 틈을 노려 이곳에 온 것이니, 만약 그 늙은이가 퇴청이라도 하면 바로 들키고 만다. 조만간 기회를 보아 또 만나자꾸나."

"벌써 가시게요?"

초선은 여포의 소매를 붙들고 놓지 않았다.

"장군은 세상에 둘도 없는 영웅이라 들었는데, 어째서 동탁을 그토록 두려워하시고 또 그런 영감 밑에 붙어 계시나요?"

"그런 건 아니다만…."

"저는 태사의 발소리만 들어도 소름이 끼치고 몸이 떨립니다. 아…, 언제까지나 이렇게 있으면 좋겠어요."

홍루(紅淚, 미인의 눈물 – 옮긴이)의 비를 쏟을 듯한 자태로 애처롭게 매달렸다. 그때 조정에서 막 돌아온 동탁이 노기를 띤 얼굴로 저편에서 저벅저벅 걸어오는 게 아닌가.

3

"아니, 초선이도 안 보이고 여포는 또 어디 간 게냐?"

동탁의 눈동자는 질투와 의심으로 이글이글 불타올랐다.

동탁은 조금 전 조정에서 퇴청한 모양이다. 여포의 적토마는 평상시와 같은 곳에 메여 있었지만, 여포의 모습은 그 어디에도 보이지 않았다. 의심을 품은 채 수레에 올라 승상부로 돌아와 보니, 초선의 옷은 횃대에 걸려 있었으나 그 모습은 눈에 띄지 않았다.

"그렇다면….."

동탁은 시녀에게 물어 두 남녀의 그림자를 찾으려고 직접 후원 안쪽까지 발걸음을 한 것이다.

두 사람은 봉의정의 굽은 난간에 웅크리고 앉아 눈물에 젖어 있었다. 초선은 문득 저편에서 다가오는 동탁의 모습이 보이자 황급히 여포 품에서 떨어졌다.

"앗…. 왔어요!"

"큰일이군…. 이를 어쩌지."

여포도 깜짝 놀라 허둥대는 사이에 동탁은 벌써 가까이 달려와 소리를 질러댔다.

"이 미천한 놈! 벌건 대낮에 겁도 없이 거기서 뭔 짓거리를 하느냐!"

여포는 아무 말도 없이 봉의정의 붉은 다리에서 뛰어올라 연못가로 꽁무니를 뺐다. 동시에 스치듯이 동탁은 여포의 극을 잡아챘다.

"이놈, 어디로 내빼느냐!"

여포가 동탁의 팔꿈치를 치는 바람에 동탁은 낚아챈 극을 떨어뜨리는 실수를 범했다. 동탁은 체구가 육중하니 몸을 구부려 줍는데도 굼뜰 수밖에 없었다. 그사이에 여포는 벌써 50보나 멀리 달아나 버렸다.

"괘씸한 노옴!"

동탁은 투박하고도 무거운 몸집을 앞으로 고꾸라뜨리며 소리쳤다.

"게 서라, 이노옴! 서지 않고 무얼 하느냐!"

그때 저편에서 이유가 달려오다가 마주친 동탁의 가슴을 실수로 들이받았다.

동탁은 술통처럼 데굴데굴 구르다가 이윽고 분통을 터뜨리며 꾸짖었다.

"이유! 네놈마저 날 방해해서 저 괘씸한 놈을 도울 작정이냐! 저 음탕한 놈을 어찌 잡지 않는 게냐?"

이유는 급히 동탁의 몸을 부축해 올렸다.

"음탕한 놈이라니 누굴 말씀하십니까? 방금 후원에서 사람 목소리가 들려 무슨 일인지 가봤더니, 여포가 말하기를 태사께서 광분하시어 죄도 없는 자기를 베어 죽이려고 쫓아오니 어떻게든 도와달라기에 깜짝 놀라 달려온 것입니다."

"무슨 바보 같은 소리! 이 몸은 광분 따위 하지 않았느니라. 내 눈을 피해 대낮에 초선이를 희롱하다가 들켜 당황한 나머지 그런 헛소리를 지르고 도망친 것이다."

"어쩐지 평소와는 다르게 창백한 낯빛으로 허둥지둥하는 모습이었습니다.”

“당장 잡아 오너라. 여포의 목을 치겠다.”

“그리 노여워만 하지 마시고 태사께서도 조금 마음을 가라앉히십시오.”

이유는 동탁의 신발을 주워서 그 발 앞에 가지런히 놓았다.

그러고 나서 서원으로 가서 곁에 꿇어앉아 거듭 절을 올리며 사죄했다.

“조금 전 실수였다고는 하나 태사의 존체를 넘어뜨린 죄, 죽어 마땅합니다.”

동탁은 아직 분이 가시지 않은 얼굴을 가로저으며 말했다.

“그런 건 아무래도 좋다. 즉시 여포를 붙잡아 목을 바쳐라.”

이유는 어디까지나 냉철했다. 동탁이 화내며 하는 말을 마치 아이가 투정을 부린다는 듯이 쓴웃음과 함께 흘려듣고는 달래기 시작했다.

“송구합니다만, 좋은 생각이 아닙니다. 여포의 목을 치는 건 태사의 목에 스스로 칼을 겨누시는 행위와 같습니다.”

4

“무엇이 잘못됐다는 말이냐. 어째서 음탕한 놈을 처벌하면 안 된다는 것이냐?”

동탁의 말투는 점점 격해지며 무슨 일이 있어도 여포를 죽이라고 명령했다.

"결코 좋은 방책이 아닙니다."

이유는 완강히 그 뜻을 굽히지 않았다.

"태사의 분노는 사적인 화에 지나지 않지만 제가 간언을 드리는 이유는 사직을 위해서입니다. 옛날에 이런 이야기가 있었습니다."

이유는 옛 고사를 찬찬히 말하기 시작했다.

초(楚)나라 장왕(莊王) 때 일이다. 어느 날 장왕이 초성 안에서 성대한 잔치를 열어 여러 장군의 무공을 치하하는 중이었다.

연회가 한창 무르익었을 때, 별안간 서늘한 바람이 불면서 그 자리에 있던 등불이 일제히 꺼졌다.

"빨리 촛불을 켜라."

장왕은 불을 켜라며 신하들을 재촉했지만, 좌중의 장군들은 도리어 '이대로도 시원하고 좋다'며 흥겨운 듯이 떠들었다.

그러던 중 특별히 장군들을 환대하기 위해 장왕의 총희가 술 시중을 들었는데, 무장 중 어느 한 사람이 총희를 희롱하며 입술을 훔쳤다.

총희는 소리치려다가 꾹 참고 그 무장의 갓끈을 획 잡아 뜯고는 장왕 옆으로 도망쳤다.

그러고는 장왕 무릎에 기대 흐느끼는 목소리로 말했다.

"지금 이 안에 암흑이 된 틈을 노려 소첩을 음란하게 희롱한 자가 있습니다. 빨리 촛불을 켜서 그 무장을 포박해주십시오. 갓끈이 끊어진 자가 바로 그 장본인입니다."

자신의 절개를 강조하는 듯이 과장을 섞어가며 호소했다.

"잠깐, 멈추어라."

장왕은 무슨 생각에서인지 당장 촛불에 불을 붙이려는 신하를 급히 말렸다.

"지금 내 총희가 사소한 일로 하소연을 했다만, 오늘 밤 연회는 처음부터 장군들의 무공을 치하할 목적으로 마련했으니 제공들이 유쾌하다면 나 또한 유쾌하네. 술을 마셔 취기가 오르면 이런 일은 으레 생길 수 있는 법. 오히려 제공들이 오늘 밤 연회를 편안히 즐겨주니 나도 덩달아 기쁘오."

그러더니 이렇게 명령했다.

"지금부터 지위가 높고 낮음을 막론하고 밤새도록 마음껏 마셔보세. 모두 갓끈을 끊게!"

모든 사람이 갓끈을 끊은 후에야 새로이 촛불을 켜게 하니, 총희가 발휘한 기지도 물거품으로 돌아가 결국 누가 여인의 입술을 훔쳤는지 그 진범을 알 수 없었다.

그 후 장왕은 진(秦)나라와 큰 전투를 벌이다 진의 대군에 잡혀 엄중한 포위 속에서 죽을 위기에 처하게 되었다. 그때 한 용사가 난군을 헤치고 달려가 마치 천상에서 내려온 수호신처럼 필사적으로 활약했고, 온몸이 피투성이가 되면서까지 혈로를 뚫은 끝에 왕의 목숨을 구해냈다.

왕은 심각한 부상을 입은 장수를 바라보며 물었다.

"안심해라. 이제 내 목숨은 무사하다. 대체 그대는 누구인가? 무슨 연유로 그렇게까지 죽음을 불사하고 나를 지켜주었는가?"

"저는 수년 전 초성에서 벌어진 연회에서 왕의 총희에게 갓끈을 끊긴 어리석은 자입니다."

부상당한 용사는 빙긋 웃으며 대답한 후 장렬히 숨을 거두었다.

이유는 여기까지 이야기했다.

"그 장수는 장왕의 큰 은혜에 보답한 것입니다. 세상은 이 아름다운 이야기를 절영지회(絶纓之會)라 전합니다. 태사께서도 부디 장왕의 큰 도량을 베풀어주십시오."

동탁은 고개를 숙인 채 묵묵히 들었다.

"생각을 바꿨네. 여포의 목숨은 살려두기로 하지. 더는 화내지 않겠네."

갑자기 깨달은 바가 있는 듯 이유의 충언을 받아들이고 일어섰다.

5

이유는 여포가 근래에 동탁에게 어떤 불만을 품었는지 이미 짐작한 눈치다.

난감하구나!

내심 초선에게 빠져 있는 동탁과 그에 분노하는 여포를 보며 애태우던 차였다.

따라서 '절영지회' 고사를 끌어다 장황하게 충언한 결과,

과연 동탁도 어리석은 자는 아닌지라

"잊겠네, 여포를 용서하지"

라며 석연히 깨달은 모습을 보였다. 이는 태사가 현명하기

때문이고 패업을 이룰 근본이라 여기며 즉시 여포에게도 그 사실을 알린 후 크게 안심하였다.

동탁은 이유를 물리고 곧바로 후당에 들어갔다. 초선은 장막에 매달려 아직도 훌쩍훌쩍 울고 있었다.

"왜 우느냐? 여인에게도 틈이 있었으니 사내가 희롱하는 것이니라. 네게도 절반쯤 죄가 있다."

동탁이 평소와는 달리 크게 꾸짖자 초선은 점점 슬퍼하며 울먹였다.

"태사께서 늘 여포는 내 아들과도 같다고 말씀하셨지요? 그러니 저도 태사의 양자라 여기며 공경하였습니다. 오늘은 무서운 얼굴로 극을 들고 저를 겁박하더니 억지로 봉의정에 끌고 가서 그런 일을 하신 걸요…."

"그래, 곰곰이 생각해보니 네 잘못도 여포 잘못도 아니다. 이 동탁이 어리석었느니라. 초선아, 내가 주선하여 널 여포의 아내로 주어야겠다. 여포는 그토록 널 잊지 못하고 연정을 품지 않았느냐? 너도 그 녀석의 마음을 받아주도록 해라."

동탁이 눈을 감고 결심한 듯 말하자 초선은 몸을 던져 그 무릎에 매달렸다.

"아니 어찌 그런 말씀을 하십니까? 태사께 버림받고 그런 난폭한 노복의 아내가 되라는 말씀이신가요? 싫습니다. 죽어도 그런 모욕은 받지 않을 것입니다."

갑자기 동탁의 칼을 뽑아들고 목에 꽂으려 했기에 동탁은 기겁하여 초선의 손에서 칼을 빼앗았다.

초선은 통곡하며 바닥에 쓰러졌다.

"아…, 이제 알겠습니다. 분명 이유가 여포의 부탁을 받고 태사께 그리하라 진언을 올렸겠지요. 그 사람과 여포는 항상 태사가 계시지 않을 때마다 은밀히 이야기를 주고받으니까요. 그렇군요…. 태사께서는 이제 저보다도 이유와 여포를 아끼시는 겁니다. 저 따위는 이제…."

동탁은 단숨에 초선을 무릎에 안아 올려서 눈물에 젖은 그 뺨과 입술에 자기 얼굴을 가까이 들이밀었다.

"울지 마라, 울지 마, 초선아. 지금 내 말은 농이었느니라. 어찌 널 여포 따위에게 주겠느냐? 내일 미오성으로 가자. 미오성에는 30년 동안 먹을 식량과 수백만 병사가 지킨다. 일이 잘 풀리면 널 귀비로 삼고, 그렇게 안 되더라도 부귀한 집의 부인으로 삼을 테니 일평생 오랫동안 즐기자꾸나…. 싫으냐? 흐음, 싫지 않겠지?"

이튿날,

이유는 격식을 차리고 동탁에게 문안을 올렸다. 어젯밤 여포의 사택을 방문해 은명을 전했더니 여포도 깊이 죄를 뉘우쳤다는 보고를 올렸다.

"오늘은 때마침 길일이니 초선을 여포 집으로 보내면 어떻겠습니까? 여포는 단순하여 쉬이 감격하는 사람입니다. 분명 감동의 눈물을 흘리며 태사를 위해 죽음을 맹세할 것입니다."

그러자 동탁의 낯빛이 험상궂게 변하면서 소리를 빽 질렀다.

"얼토당토않은 소리를 하는구나. 이유, 너 같으면 네 처를 여포에게 줄 수 있겠느냐?"

이유는 예상과 다르게 일이 전개되자 입을 떡 벌리고 말았다.

동탁은 즉시 거마를 준비하라 명하고 주렴이 달린 보석 수레에 초선을 안아서 태우더니 군마 1만을 앞뒤에서 수행하게 하여 아름다운 미오 땅을 향해 흔들흔들 떠났다.

하늘에서 이는 폭풍

1

동 태사가 미오성으로 돌아간다는 소문이 들리자 장안 대로는 그 행렬을 배웅하는 조야의 귀인들과 무릎을 꿇고 배례하는 백성들로 가득 찼다.

"뭐라고?"

집에 있던 여포는 창문을 열어젖히고 길거리의 하늘을 바라보았다.

"오늘은 길일이니 초선을 보내겠다고 이유가 말했거늘!"

요란한 수레와 말굽 소리가 거리에서 들려오는 걸 보니 항간의 소문이 거짓은 아닌 모양이다.

"어이, 말을 가져와! 말을!"

여포는 마구간으로 달려가 소리쳤다.

말에 뛰어오르자마자 무사를 거느리지도 않고 저 혼자 장안 외곽으로 달려갔다. 그곳은 이미 교외와 가까웠는데, 태사가 지나간다는 말을 듣고 벌써부터 채소밭에서 김매던 노파와 논에서 일하던 농사꾼, 지나가던 상인과 떠돌아다니는 광대까지 길가의 풀인 양 엎드려 있었다.

여포는 언덕 기슭에 말을 멈춰 세우고 큰 나무 그늘에 숨어 서성였다. 그사이에 거마 행렬이 꾸불꾸불 지나갔다.

행렬을 보니 화려한 금빛 덮개를 덮은 수레 하나가 주렴을 흔들며 삐걱삐걱 지나갔다. 사방으로 둘러친 비취색 비단 병풍에 그림 같은 여인이 비쳤는데, 다름 아닌 초선이다. 초선은 상심한 사람처럼 공허한 얼굴이다.

초선의 시선이 문득 언덕 기슭을 향했다. 바로 그곳에 여포가 서 있었다. 여포는 이성을 잃고 신음을 내뱉으며 달려올 듯한 기세였다.

초선은 고개를 흔들었다. 두 뺨에 눈물이 영롱하게 반짝였다. 앞뒤의 군마는 말굽으로 밭을 박차며 어느새 초선의 모습을 저 멀리 감추었다.

"…."

여포는 망연히 바라만 보았다. 이유가 한 말은 결국 거짓이었다. 아니, 이유가 거짓말을 한 게 아니라 동탁이 초선을 완강히 놓아주지 않았으리라.

"울고 있었다…. 초선이도 울고 있었느니라…. 어떤 기분으로 미오성에 끌려갔을까."

여포는 정신을 잃을 것만 같았다. 그 때문인지 길가의 농사꾼과 상인, 행객이 여포를 뚫어지게 쳐다보면서 지나갔다. 여포 눈에는 그야말로 핏발이 서 있었다.

"어…, 장군. 이런 곳에서 멍하니 무얼 하십니까?"

누군가 하얀 나귀에서 내려 여포 어깨를 두드렸다.

여포는 멍한 눈으로 뒤돌아보았는데 그 사람의 얼굴을 알아보자 비로소 제정신이 들었다.

"어어, 그대는 왕 사도가 아니시오?"

왕윤은 미소 지으며 말했다.

"어찌 그리 놀란 얼굴을 하십니까? 여기는 제 별장 죽리관(竹裏館) 근처입니다."

"아, 그랬소?"

"동 태사께서 미오로 돌아가신다는 소식을 듣고 문 앞으로 배웅을 나온 김에 한 바퀴 산책이라도 할까 싶어 나귀를 끌고 왔습니다. 장군은 무얼 하러 오셨습니까?"

"왕윤, 무얼 하러 왔느냐고 묻다니 무정하오. 그대가 내 번뇌를 모를 리 없을 텐데…."

"예? 무슨 말씀이신지…."

"잊지 않았을 것이오. 언젠가 귀공은 이 여포에게 초선이를 주겠다고 약속했잖소?"

"물론입니다."

"그 초선이를 늙은 도적놈에게 빼앗겼으니 지금껏 이 여포는 고뇌의 늪에 빠진 게 아니겠소?"

"그렇습니까…?"

왕윤은 급히 고개를 숙이고 병자와 같은 탄식을 내뱉었다.

"태사가 저지른 소행은 금수나 하는 짓입니다. 제 얼굴을 볼 때마다 가까운 시일 내에 여포에게 초선이를 보내겠다며 입버릇처럼 말씀하셨거늘, 아직까지도 지키지 않으시다니…."

"내 기가 막혀서 말도 나오지 않소. 지금도 초선이는 수레 안에서 눈물을 훔치며 떠났소."

"어쨌든 이곳은 길가니…, 잘됐습니다. 여기서 가까운 제 별장으로 가시지요. 차분히 드릴 말씀도 있습니다."

왕윤은 여포를 달래며 하얀 나귀에 올라타 앞장섰다.

2

죽리관은 장안 교외에 있는 한적한 별장이다.

여포는 왕윤의 권유로 죽리관에 있는 방에 들었는데 술잔을 건네도 침울해하며 사그라지지 않는 분노에 고개를 푹 숙였다.

"한잔하시겠습니까?"

"아니오, 오늘은 됐소."

"그렇습니까? 억지로 권하지 않겠습니다. 마음이 즐겁지 않으면 술을 마셔도 공연히 입만 쓰고 가슴만 불타오르지요."

"왕 사도."

"말씀하시지요."

"내 맘을 헤아려주시오…. 이 여포가 이렇게 원통함을 느낀 적은 난생처음이오."

"원통하시겠지요. 제 괴로움도 장군 못지않습니다."

"귀공도 번뇌가 있소?"

"있는 정도가 아닙니다. 모처럼 장군께 시집보내려 한 딸을 동 태사에게 빼앗겨 더럽히고, 장군에 대한 의리를 저버리게 되었습니다. 그뿐 아니라 세간에서 장군더러 자기 아내를 빼앗기는 사람이라고 험담할 걸 생각하니 제가 비난받는 일보다 더 괴롭습니다."

"세간이 나를 비웃는다고?"

"동 태사도 세상의 비웃음거리가 될 테지만 그보다도 온 천하 사람들에게 비웃음을 사고 손가락질 받을 사람은 약속을 지키지 못한 저와 장군이겠지요. 하지만… 저는 이미 다 늙은 몸이니 사람들도 어찌할 도리가 없었으리라 생각하겠지만, 장군은 당대의 영웅이자 젊고 왕성한 분이니 그 얼마나 기개 없는 무사냐며 수군댈 것입니다. 부디… 제 죄를 용서해주십시오."

"아니오! 귀공의 죄가 아니오!"

왕윤의 말에 여포는 분연히 바닥을 박차고 일어섰다.

"왕 사도, 두고 보시오. 맹세컨대 그 늙은 도적을 죽이고 이 치욕을 기필코 씻어버리겠소."

왕윤은 일부러 호들갑스레 말했다.

"장군, 그리 갑작스러운 말씀을 입에 담으시다니…. 만약 그런 말이 밖에 새어 나가기라도 한다면 장군뿐만 아니라 삼족이 모조리 멸할 것입니다."

"됐소. 이미 내 인내심은 바닥났소. 대장부 되는 자가 어찌 답답하게 일평생 늙은 도둑놈 그늘 밑에서 몸을 굽힌 채 살아가겠소?"

"오오, 장군. 방금 제가 분수에 지나친 간언을 했으니 부디 용서해주십시오. 장군은 역시 희대의 영웅이십니다. 평소에 장군의 풍채를 엿보며 옛 한신(韓信) 따위보다 백배는 뛰어난 인물이라고 남몰래 흠모해왔습니다. 한신조차 왕에 봉해졌거늘, 언제까지 고작 승상부 휘하에 계실 리 없다고….”

“으음, 하지만….”

여포는 어금니를 악물고 신음했다.

“이제 와 후회되는 건 늙은 도적놈의 감언이설에 속아 의붓아비와 아들의 약속을 맺은 일이오. 그 약속만 아니었다면 지금 당장에라도 거사를 치르겠지만 적어도 지금은 명색이 의붓아비인지라 이 분노를 삭이겠소.”

“호오…. 장군이 그런 비난을 겁내신단 말입니까? 세상은 추호도 모르는 사실이거늘.”

“무슨 말이오?”

“아무리 그래도 장군의 성은 여(呂) 씨고, 늙은 도적의 성은 동(董) 씨입니다. 제가 듣기론 봉의정에서 그 도적이 장군의 극을 빼앗아 던졌다고 하질 않습니까? 부자지간의 애정이 없다는 사실은 그것만 봐도 알 수 있지요. 게다가 아직까지 늙은 도적이 자기 성을 장군께 내리지 않는 건 의부, 의자라는 미명 아래 장군의 무용을 옭아매려는 생각밖에 없기 때문입니다.”

“아, 그렇군. 난 어찌 이리도 지혜가 얕은 사내인가.”

“아닙니다. 늙은 도적과 맺은 의리에 얽매였기 때문이지요. 지금 천하가 증오하는 그 도적을 죽이고 한실을 구해 만백성에게 선정을 베푸신다면, 장군의 이름은 역사에 불후의 충신으로 길이 남을 것입니다.”

“좋소, 일을 치르겠소. 내 반드시 그 늙은 도적의 목을 베고 말 것이오.”

여포는 칼을 빼 들어 팔꿈치를 쿡 찌르더니 뚝뚝 떨어지는 피를 보이며 왕윤에게 맹세했다.

3

돌아가는 여포를 대문까지 배웅하며 왕윤은 여포의 귓가에 슬며시 속삭였다.

"장군, 오늘 일은 우리 두 사람만의 비밀입니다. 아무에게도 발설하시면 아니 됩니다."

"당연한 말씀이오. 허나 거사는 둘만으로 이룰 수 없을 텐데…."

"심복에겐 털어놓아도 괜찮겠지요. 그래도 이후의 일은 다시 은밀히 만나 논의해야 할 겝니다."

여포는 적토마에 걸터타고 돌아갔다.

뜻대로 되었다!

왕윤은 사라지는 여포의 뒷모습을 바라보며 홀로 득의의 미소를 지었다.

그날 밤 왕윤은 지체 없이 평소에 동지로 지내는 교위 황완과 복야사(僕射士) 손서(孫瑞)를 불러 생각을 털어놓으며 의논했다.

"여포의 손으로 동탁을 죽일 계략이네만, 일을 성사시키려면 뭔가 좋은 방도가 없겠는가?"

손서가 좋은 생각이 떠올랐다는 듯이 말했다.

"천자께서는 얼마 전부터 옥체가 미약하시다가 요즘 들어 겨우 병환이 나으셨습니다. 그러니 조서를 사칭하여 가짜 칙사를 미오성으로 보내는 겁니다."

"뭐라? 가짜 칙사?"

"예. 천자를 위한 일이니 비난받지는 않을 것입니다."

"그래서 칙사가 무슨 말을 하면 되겠는가?"

"천자의 말씀인 양 '짐이 병약하여 제위를 동 태사에게 물려주겠다'고 조서를 꾸며 동탁을 불러들이는 것입니다. 동탁은 기뻐하며 즉시 입궐하겠지요."

"굶주린 호랑이에게 살아 있는 먹이를 보여주는 것이나 다름 없네. 곧바로 덤벼들겠지."

"금문에 힘센 무사들을 대거 잠복시켜두고 동탁이 입궐하는 수레를 에워싼 후 불문곡직 주살하는 것입니다. 여포에게 그 일을 시키면 만에 하나라도 놓치는 일은 없을 줄로 압니다."

"가짜 칙사로는 누굴 보내면 좋겠는가?"

"이숙이 적임자입니다. 저와는 동향 사람인데 천성을 잘 아니 대사를 털어놓아도 염려할 일이 없습니다."

"기도위(騎都尉) 이숙 말인가?"

"그렇습니다."

"그 사내는 예전에 동탁을 받들던 자가 아닌가?"

"근래에 동탁의 노여움을 산 뒤 그 휘하를 떠나 제 집에서 몸을 의탁하고 있습니다. 뭔지는 모르지만 동탁에게 불만이 가득한 사람처럼 침울한 나날을 보내고 있으니 계획을 들으면 기뻐하며 합류할 거고, 동탁도 이전에 아꼈던 사내인 만큼 이숙이 칙사로 찾아온다면 경계심을 풀고 그 말을 믿겠지요."

"제격일세. 즉시 여포에게 연통하여 이숙과 자리를 마련해 보지."

왕윤은 이튿날 밤 여포를 불러 계책을 상세하게 설명했다. 그 말을 들은 여포가 대답했다.

"이숙은 잘 아는 인물이오. 그 옛날 내 진영으로 적토마를 보내서 의부였던 정건양(丁建陽)을 죽이게 한 사람도 그자였소. 만약 이숙이 싫다거나 뭐라 한다면 단칼에 베어버리겠소."

한밤중에 왕윤과 여포는 남의 눈을 피해 손서 집으로 찾아가 그곳에서 식객으로 머무는 이숙을 만났다.

"여어, 오랜만이군."

여포가 먼저 말을 걸었다. 이숙은 뜻밖의 손님을 보자 깜짝 놀라 입이 벌어졌다.

"귀공도 아직 잊지 않았겠지? 오래전 내가 의부 정원과 함께 동탁과 싸우던 시절에 적토마와 금은을 들고 와서는 정원을 배신하고 죽이도록 부추긴 사람은 분명 귀공이었소."

"아, 벌써 까마득한 일이로군. 대체 무슨 일인가? 오늘 밤 갑자기 이리 찾아오다니."

"다시 한번 그 역할을 부탁하기 위해서라네. 이번은 내 쪽에서 동탁에게 보내는 사자일세."

여포는 이숙 곁으로 바싹 다가갔다. 그러고 나서 왕윤에게 자세한 내막을 이야기하게 한 후, 혹여나 이숙이 승낙하지 않는 내색을 보인다면 그 자리에서 베어버리려고 은밀히 칼을 만지작거렸다.

4

두 사람의 음모를 듣자 이숙은 손뼉을 치면서 기뻐했다.

"잘 말씀해주셨습니다. 저도 오랫동안 동탁을 죽이려고 기회만 노렸는데, 좀처럼 마음을 터놓을 사람이 없어 괴로워하던 참입니다. 더없이 잘된 일입니다. 이런 게 바로 하늘의 도움인가 봅니다."

곧바로 맹세를 다지며 일에 가담하기로 결정했다.

그리하여 세 사람은 비밀리에 계획을 논의한 후, 바로 이튿날 이숙은 20여 기를 이끌고 미오성으로 길을 떠났다.

"천자, 이숙을 칙사로 보내셨소."

미오성 문에 이르자 이숙이 고했다.

동탁은 무슨 영문인가 싶어 곧바로 안으로 맞아들였다.

이숙은 공손히 절을 올린 다음 전했다.

"천자께서 점점 옥체가 편찮아지셔서 태사께 제위를 넘기시겠다는 결심을 굳히셨습니다. 부디 천하를 위해 대통을 이어받으시어 구오지위에 오르십시오. 오늘은 칙사로서 천자의 뜻을 전달하러 오는 길입니다."

말을 맺은 후 가만히 동탁의 얼굴을 들여다보니, 그 늙은 얼굴은 희색을 감추지 못하고 순식간에 붉으락 달아올랐다.

"호오…. 거참 생각지도 못한 조서가 내려왔네만, 조신들의 의향은 어떠하던가?"

"백관을 미앙전(未央殿)에 불러 모아 논의를 마치고 이구동성으로 만세를 외쳐서 결정한 일입니다."

그 말을 듣자 동탁은 저도 모르게 활짝 웃었다.

"사도 왕윤은 무어라 했는가?"

"왕 사도는 기쁨을 이기지 못하고 벌써 선위대(禪位臺)를 쌓아 태사의 즉위를 기다리는 모양입니다."

"그렇게 일이 신속히 진행되다니 놀랍구나. 하하하…. 그렇지 않아도 마음에 짚이는 구석이 있었네."

"짚이는 구석이라니, 무엇입니까?"

"얼마 전에 꿈을 꾸었네."

"꿈을요?"

"음. 거대한 용이 구름을 일으키며 내려와 이 몸에 휘감기려는 걸 보고 바로 눈이 떠졌네."

"그 꿈이야말로 길조입니다. 한시라도 빨리 수레를 준비하라 명하시고 조정에 올라 칙서를 받으십시오."

"이 몸이 제위에 오르면 그대를 집금오(執金吾)로 발탁해서 쓰지."

"맹세코 충성을 다하겠습니다."

이숙이 절을 올리는 사이에 동탁은 가신을 향해 거마와 행장을 준비하도록 명했다.

그러고는 동탁은 초선이 지내는 거처로 뛰어가서 재빨리 소식을 전했다.

"언젠가 네게 말하지 않았느냐? 이 몸이 제위에 오르면 널 귀비로 삼아 이 세상의 영화를 다 누리게 해주겠다고. 드디어 그날이 왔구나."

초선은 잠시 눈을 빛냈으나 이내 순진한 표정으로 굉장히 좋아했다.

"어머나, 정말인가요?"

동탁은 이번에는 후당에서 어머니를 불러 소식을 전했다. 동탁의 어머니는 이미 나이가 아흔이 넘은데다가 귀도 먹고 눈도 침침했다.

"어… 뭐라고? 갑자기 어디를 간다고?"

"입궐하여 천자의 제위를 받으러 갑니다."

"누가 말이냐?"

"어머니의 아들이요."

"네가 말이냐?"

"예, 어머니. 어머니도 훌륭한 아들을 두신 덕분에 머지않아 황태후로 공경 받는 몸이 되실 겁니다. 기쁘지 않으십니까?"

"에구머니나. 성가신 일이 생겼구나."

90살이 넘은 노파는 윗입술을 파르르 떨며 오히려 슬프다는 듯이 천장을 올려다보았다.

"아하하. 맥이 빠지는군."

동탁은 조소를 머금고 성큼성큼 방으로 들어가 온갖 치장을 한 후 수천의 정예병을 수레 앞뒤에서 호위하게 하여 미오산을 내려갔다.

인간 등불

1

구불구불한 행렬은 끝도 없이 이어졌다.

깃발에 파묻힌 수레, 백마와 금빛 안장이 빛나는 친위대, 수천 병사가 들고 가는 번쩍이는 창까지…. 그 위풍은 길을 휩쓰는 듯했고 아름다움은 눈이 부실 정도였다.

하필이면 10리쯤 갔을 때 수레가 갑자기 덜컹 크게 흔들리자 그 안에 있던 동탁이 날카롭게 물었다.

"무슨 일이냐?"

"수레바퀴가 부러졌습니다."

가신은 어찌할 바를 몰라 했다.

"뭐라? 수레바퀴가 부러졌다고?"

동탁의 심기는 이내 뒤틀렸다.

"이 길 주변에 사는 백성 놈들이 청소를 게을리하는 바람에 돌멩이가 남아 있었겠지. 본보기로 촌장 목을 베어라!"

기울어진 수레에서 내린 동탁은 소요옥면(逍遙玉面)이라는 다른 수레에 올라탔다.

또다시 6~7리쯤 갔나 싶을 때 이번에는 말이 울부짖으며 길길이 날뛰더니 말고삐를 끊었다.

"이숙, 이숙!"

금빛 주렴 안에서 동탁이 미심쩍다는 듯이 물었다.

"수레바퀴가 부러지고 말이 고삐를 물어뜯다니, 대체 어찌 된 일이냐?"

"신경 쓰시지 않아도 됩니다. 태사가 제위에 오르시니 옛것을 버리고 새것으로 바꾸라는 길조가 아니겠습니까?"

"과연…. 옳은 해석이다."

동탁은 이내 기분이 좋아졌다.

도중에 하룻밤을 머물고 이튿날 다시 도읍 장안으로 향했다. 그날은 희한하게 구름이 짙더니 행렬이 떠날 무렵부터 광풍이 휘몰아치면서 천지가 새카맣게 어두워졌다.

"이숙, 이 천상은 어떤 상서로운 조짐인가?"

동탁은 사사건건마다 마음을 졸였다.

이숙은 웃으며 태양을 가리켰다.

"이야말로 붉은빛과 자줏빛 안개가 내리는 경사스러운 길조가 아니겠습니까?"

주렴 안에서 구름을 올려다보니 과연 그날 태양에 무지갯빛 햇무리가 걸려 있었다.

이윽고 장안 외성을 지나 시가지에 진입하니, 백성들은 처마를 내리고 길바닥에 엎드려 미동도 없이 머리를 조아렸다.

왕성 문밖에서는 백관이 나란히 서서 맞이했다.

"감축하옵니다."

왕윤, 순우경(淳于瓊), 황완, 황보숭(皇甫嵩) 등이 길가에 엎드려 절을 올리며 신하의 예를 갖추었다.

동탁은 의기양양하여 마부에게 명령했다.

"승상부로 가자."

이윽고 승상부에 이르자 이렇게 말했다.

"입궐은 내일 하지. 조금 피곤하군."

그날은 휴식을 취한다고 누구도 들이지 않았지만 왕윤만은 만나서 축하를 받았다.

"모쪼록 오늘 밤은 심신을 편안히 하시고 내일은 목욕재계하시어 천자의 지위를 받으십시오."

왕윤은 그렇게 말한 후 물러났다.

"기분이 어떠십니까?"

왕윤이 떠난 후 누군가 장막 뒤에서 나타났다.

바로 여포다.

동탁은 여포를 보자 마음이 든든해졌다.

"오오, 언제나 나를 지켜주는구나."

"소중한 옥체가 아니십니까?"

"내가 제위를 이으면 자네에게 무엇으로 보답하면 좋을까? 그래, 군마 총독으로 임명해야겠구나."

"황송합니다."

여포는 평상시처럼 극을 들고 동탁의 방 밖에 서서 밤새도록 충실히 호위했다.

2

그날 밤은 과연 동탁도 여인을 침실에 들이지 않고 정결하게 잠을 청했다.

다음 날 천자의 지위를 받게 된다고 생각하니 흥분에 휩싸여 쉽사리 잠을 청할 수가 없었다.

그때 방 밖에서,

누군가의 발소리가 들렸다.

뚜벅뚜벅….

동탁이 몸을 벌떡 일으키며 물었다.

"누구냐!"

"여포가 순찰하는 중입니다."

아직 깨어 있던 이숙이 장막 밖에서 답했다.

"아, 여포였군…."

그 말을 듣자 마음이 탁 놓여 가늘게 코를 골기 시작했는데, 또다시 잠이 깨서는 바깥에 귀를 기울였다.

저 멀리, 깊은 밤거리에서 아이들의 노랫소리가 들려왔다.

푸릇푸릇한 천리초도
눈에는 푸르게 보이나
운명의 바람이 불면 열흘을 넘겨서
살지 못하네

고요한 밤중에 바람을 타고 날아온 노랫소리는 몹시 애절한

가락이었다.

"이숙."

동탁은 그 가사가 귀에서 떠나지 않아 재차 이숙을 불렀다.

"또 잠이 깨셨습니까?"

"저 동요는 무슨 뜻이냐. 무언가 불길한 노래가 아니냐?"

"그럴 것입니다."

이숙은 얼렁뚱땅 해석을 덧붙여 동탁을 안심시켰다.

"한실의 운명이 다했음을 암시하기 때문이지요. 이곳은 장안의 황성입니다. 내일부터 황제가 바뀌니 무심한 동요에도 그 징조가 나타나지 않을 리 없습니다."

"역시. 그런 게로군….'

가엽게도 동탁은 고개를 주억거리며 이내 정신없이 깊은 잠에 빠져들었다.

훗날 돌이켜보건대.

동요의 '천리초(千里草)'는 '동(董)'이라는 글자를, '십일하(十日下)'는 '탁(卓)'이라는 글자를 뜻하는 것이리라.

천리초(千里草)
하청청(何靑靑)
십일하(十日下)
유불생(猶不生)

거리에서 불린 이 노래는 미리 동탁의 운명을 알고 누군가가 비웃으며 암시한 것이었는데, 이숙의 말에 속아 넘어간 그 간웅은 자신이 아니라 한실의 운명을 가리킨다고 생각했던 모양이다.

이튿날, 아침 햇살이 동탁의 머리맡으로 쏟아져 들어왔다.

동탁은 친히 목욕재계를 했다.

의장을 갖추고 전날보다 화려한 행렬을 준비하여 옅은 아침 안개가 흐르는 궐문으로 향했는데, 한 폭의 하얀 깃발을 들고 푸른 도포를 입은 도사가 불쑥 나타나더니 이내 길을 꺾어 사라졌다.

그 하얀 깃발에는 입 구(口) 자 두 개가 나란히 쓰여 있었다.

"저건 뭔가?"

"미치광이 기도사입니다."

동탁의 물음에 이숙이 간단히 답했다.

입 구 자를 2개 합치면 '여(呂)' 자가 된다. 동탁은 문득 여포가 신경 쓰였다. 봉의정에서 초선과 밀회하던 여포의 모습이 떠올라 꺼림칙한 기분이 들었다.

그때 이미 의장의 선두는 북액문(北掖門)에 접어드는 길이다.

3

금문의 규율에 따라 동탁은 의장병을 북액문에 남겨두고 그곳부터는 무사 20명에게 수레를 끌도록 지시한 뒤에 궁궐 안으로 들어갔다.

"앗!"

동탁은 수레 안에서 외마디 비명을 질렀다.

앞을 보니 왕윤과 황완이 칼을 쥐고 궁궐 문 양옆에 서 있는 게 아닌가.

무언가 이상한 낌새를 느낀 동탁은 소리쳤다.

"이숙, 이숙! 왜 저들이 칼을 들고 서 있느냐?"

이숙은 수레 뒤에서 큰 소리로 대답했다.

"염라대왕의 명을 받고 태사를 저승에 보내려고 일찌감치 마중 나와 있는 모양입니다."

"뭐, 뭐라고?"

동탁은 아연실색하여 일어서려는 순간, 이숙은 "이때다!"라며 짧고 크게 외친 후 동탁의 수레를 덜컹덜컹 앞으로 밀었다.

"미오의 역신이 왔다. 나가라, 무사들이여!"

기다렸다는 듯이 왕윤의 고함을 신호로 일제히 움직였다.

"우와아!"

"와아아!"

뛰쳐나온 어림군 용병 100여 명이 수레를 뒤집어엎고 그 안에서 동탁을 끌어냈다.

"이 도적의 수괴야!"

"사악한 놈!"

"천벌을 받아라!"

"네 잘못을 알렸다!"

무수한 창이 동탁의 몸으로 날아와 가슴, 어깨, 머리를 마구 찌르고 베었으나, 본디 용의주도한 동탁은 칼도 뚫을 수 없는 갑옷으로 몸을 단단히 싸맸던지라 피만 흘렸을 뿐 치명상을 입지는 않았다.

거대한 몸집을 땅에 굴리며 동탁은 절규하듯 소리쳤다.

"여포, 여포! 어딨느냐! 이 아비를 위기에서 구해다오!"

"알겠습니다."

여포의 목소리가 들리는가 싶더니 방천화극을 크게 휘두르며 동탁의 눈앞으로 뛰어들었다.

"존명에 따라 역적 동탁을 치겠다!"

여포는 부르짖기가 무섭게 이마 한가운데를 내려찍었다.

검은 피가 안개처럼 사방으로 뿜어져 나와 태양마저 흐려지는가 싶었다.

"윽…. 으윽…. 네놈이…."

극은 빗나가 안타깝게도 오른팔을 송두리째 떨어뜨리는 데 그쳤다.

동탁은 피투성이가 되면서까지 여포를 홱 노려보며 무어라 소리치려고 몸부림쳤다.

"네 악행의 업보다!"

여포는 동탁의 가슴팍을 부여잡고 악을 쓰며 그 목을 푹 찔렀다.

궁궐 안팎은 성난 파도와 같은 공기에 휩싸였는데 이윽고 동탁의 죽음이 알려지자 누가 먼저랄 것 없이 소리쳤다.

"만세!"

문무백관부터 마구간 관리와 위병까지 만세를 외치니, 그 함성과 메아리가 반 시간이나 멈출 줄을 몰랐다.

이숙은 달려가 동탁의 머리를 떨어뜨린 후 칼끝에 꽂아서 높이 처들었고, 여포는 미리 왕윤으로부터 건네받은 조서를 펼쳐 들고 높은 단상에 올라가 큰 소리로 읽었다.

"성천자(聖天子)의 조서에 의거하여 역신 동탁을 죽였도다! 그 외에는 죄가 없으므로 모두 용서하심이라."

동탁, 향년 54세.

천고에 길이 기록될 만한 그날은 한헌제 초평 3년 임신년, 4월 22일이다.

4

간사한 역신을 주살한 기쁨의 만세 소리는 금문 안에서 장안 시가지까지 번져갔지만, 여전히 사람들은 전전긍긍하며 불안에 휩싸여 떨었다.

"이대로 끝나진 않을 거야."

"앞으로 어떻게 되려는가?"

여포는 단언했다.

"오늘날까지 동탁 곁에 붙어서 늘 그 악행을 도운 건 이유라는 비서 놈이오. 그놈은 살려둘 수가 없소."

"맞소. 누가 승상부에 가서 이유를 잡아 오너라!"

왕윤이 명령했다.

"제가 가겠습니다."

이숙은 즉시 병사들을 이끌고 승상부로 향했다.

문으로 들어서기도 전에 승상부 안에서 한 무리의 무사들에게 끌려 나오며 비명을 지르는 가련한 사내가 있었다.

보아하니 이유다.

승상부 부하들은 호소했다.

"평상시부터 미워했던 놈이라 동 태사가 죽었다는 소리를 듣자마자 이렇게 저희 손으로 붙잡아 금문에 넘기려던 참입니다. 부디 저희에겐 불똥이 튀지 않도록 잘 처리해주십시오."

이숙은 피 한 방울 묻히지 않고 이유를 생포했으므로 곧바로 물러나 금문에 바쳤다.

왕윤은 즉시 이유의 목을 베어 형리에게 넘겼다.

"저잣거리에 걸어라."

왕윤이 또다시 입을 열었다.

"미오성에는 동탁의 일족과 평소에 양병하던 대군이 있다. 누가 가서 소탕하겠는가?"

"내가 가겠소."

왕윤의 말에 맨 먼저 나선 사람은 여포다.

그러자 모든 사람이 여포라면 문제없을 것이라 여겼지만, 왕윤은 이숙과 황보숭에게도 병사를 주어 3만여 기가 미오를 향해 떠났다.

미오에는 곽사, 장제, 이각 등의 대장이 1만여 병사를 이끌고 동탁이 없는 성을 철통같이 지켰다.

"동 태사께서는 궁궐에서 비참한 최후를 맞이하셨다."

비보가 전해지자 야단법석을 떨다가 도읍의 공격군이 도착하기도 전에 양주(凉州) 방면으로 도망가버렸다.

여포는 가장 먼저 미오성 안으로 올라갔다.

여포는 아무에게도 눈길을 주지 않았다.

오로지 안쪽으로만 달려갔다.

후원의 장막 안을 둘러보며 혈안이 되어 초선의 모습을 찾아 다녔다.

"초선아, 초선아…."

초선은 후당에 있는 어느 방에 조용히 서 있었다.

"초선아, 기뻐해라."

여포는 달려가 세게 끌어안으며 말 없는 초선의 몸을 흔들었다.

"기쁘지 않은 게냐? 너무 기쁜 나머지 말도 나오지 않느냐? 초선아, 내가 드디어 동탁을 죽였다. 이제부터는 둘이서 보란 듯이 살 수 있다. 자, 어디 다치기라도 하면 큰일이다. 널 장안으로 데리고 가마."

여포는 갑자기 초선의 몸을 거칠게 안아 들고 후당에서 달리기 시작했다. 성안에는 이미 황보숭과 이숙이 이끄는 병사들이 밀어닥쳐 저항도 하지 않는 사람들에게 살육, 횡포, 방화, 약탈 등 온갖 폭력을 저질렀다.

금은주옥과 곡식, 그 밖의 재물에 시선을 빼앗긴 아군의 인간들이 여포 눈에는 어리석어 보일 뿐이다.

여포는 초선만을 꺼안고 난군 속을 달려가 금빛 안장에 태운 뒤 단숨에 장안으로 돌아갔다.

5

미오성 깊숙한 곳에는 초선 외에도 양가의 미녀들이 800여 명 잡혀 와 지냈다.

어지러이 핀 백화(百花)는 폭풍처럼 밀려든 병사에 짓밟혀 이리저리 흩어지고 찢기며 혼란이 극에 달했다.

황보숭은 부하 병사들이 싸우고 약탈하도록 내버려둔 채 더욱 엄명을 내렸다.

"동탁 일족은 나이를 불문하고 남김없이 죽여라!"

"살려주시게."

구순이 넘은 동탁의 노모는 비틀거리며 황보숭 발밑에 엎드렸으나, 한 병사가 뛰어드는가 싶은 찰나에 이미 그 목은 떨어지고 말았다.

겨우 반나절 만에 주살된 일족의 수는 남녀 1500여 명을 웃돌았다.

금고를 열어보니 창고가 10개나 되었으며, 그 안에는 황금 23만 근, 백은 89만 근이 쌓여 빛났다. 다른 창고 안에도 황금 비단, 비취와 진귀한 보석 등이 산을 무너뜨려서 옮기듯 끊임없이 성 밖으로 꺼내져 쌓였다.

"모조리 장안으로 옮겨라."

왕윤은 장안에서 명령을 내렸다.

곡물은 절반은 백성에게 나누어주고, 절반은 관이 운영하는 창고에 넣도록 지시하였다.

곡물만 해도 800만 석이라는 어마어마한 양이다.

장안에 사는 백성들은 활기에 넘쳤다.

동탁이 죽자 하늘의 상서로운 징조인지 아니면 자연의 우연한 일치인지, 며칠 동안 자욱했던 검은 안개가 맑게 개면서 바람은 잦아들고 땅은 온화한 빛으로 가득 찼으며 오랜만에 밝은 태양이 모습을 드러냈다.

"앞으로 이 세상은 좋아질 거야."

백성들은 정신없이 환호했다.

성 안팎에 사는 백성은 남녀노소 가릴 것 없이 축제를 즐기듯 술통을 열고, 떡을 빚고, 처마에 색색의 주렴을 달았으며, 신에게 등불을 올린 후 길가에 나가서 밤낮으로 춤을 추며 노래했다.

"평화가 찾아왔도다."

"어진 정치가 펼쳐지리라."

"앞으로 두 발 뻗고 잘 수 있겠구나."

그런 희망 일색인 말로 제각기 노래하고 징을 두드리며 순회했다.

그러고 나서 길거리에 아무렇게나 널브러져 있는 동탁의 송장에 모여들어 소란스레 떠들었다.

"동탁이다, 동탁이야."

"이때까지 우리를 괴롭힌 장본인이다."

"나쁜 놈."

동탁의 머리는 발에서 발로 걷어차였고, 머리가 없는 시체 배꼽에는 촛불이 꽂혔으며 사람들은 그 광경을 보며 손뼉을 쳤다.

생전에 남보다 갑절이나 살이 쪘던 동탁 몸에서는 기름이 끊임없이 흘러나오는지, 배꼽에 켜놓은 촛불은 밤새도록 타오르며 아침이 될 때까지 꺼지지 않았다.

그리고.

동탁의 아우 동민과 조카 동황도 손발이 잘린 채 저잣거리에 내놓였다.

이유는 동탁의 심복이었던 만큼 평소에 남들의 미움을 곱절이나 받아서인지 그 최후는 누구보다 끔찍했다.

이렇게 해서 처벌도 일단락되자 왕윤은 어느 날 도당에 백관을 불러 모으고 환희에 찬 성대한 잔치를 열었다.

그때 한 사람이 나타나 알렸다.

"동탁의 썩은 시체를 안고 길가에서 통곡하는 자가 있다고 합니다."

즉시 붙잡아 오라는 명령을 받들고 끌려온 사람을 보니 시중 채옹(蔡邕)이다. 사람들은 화들짝 놀라고 말았다.

채옹은 충과 효를 겸비한 선비자 희대의 재주 있는 학자라 불렸다. 그러한 채옹도 단 한 가지 큰 실수를 저질렀다. 바로 동탁을 주인으로 모신 것이다.

사람들은 채옹의 인물됨을 아까워했으나 왕윤은 채옹을 하옥함으로써 용서를 베풀지 않았다. 그사이에 채옹은 옥중에서 누군가에게 목이 졸려 죽고 말았다. 그자뿐이겠는가! 그 밖에도 아까운 인물이 얼마나 희생당했는지는 알 길이 없다.

6

도당의 축하연에도 얼굴을 내밀지 않은 장군이 한 사람 있었다.

바로 여포다.

가벼운 병이 있다는 이유로 거절했으나 아무래도 병은 아닌 듯했다.

장안 백성들이 이레 밤낮에 걸쳐 광란의 춤을 추고 술 단지를 두드리며 동탁의 죽음을 축하할 때, 여포는 문을 닫은 채 혼자서 통곡하였다.

"초선아, 초선아…."

여포는 집 후원을 미친 사람처럼 헤매며 소리쳤다.

작은 누각 안에 틀어박혀서 그곳에 누워 있는 초선의 싸늘한 몸을 안아 올리고 얼굴을 비볐다.

"왜 죽은 게냐…."

초선은 아무 말이 없었다.

초선은 화염에 휩싸인 미오성에서 여포 손에 이끌려 이곳 장안으로 온 뒤 여포 자택에 숨겨졌는데, 여포가 재차 전장에 나간 사이 홀로 후원 누각에 들어가서는 아름답게 자결했다.

'이제 초선도 내 것이다. 정식으로 내 아내가 되었다.'

이윽고 돌아온 여포의 꿈은 산산조각이 나고 말았다.

"왜 죽음을 택하였느냐."

초선이 자결한 이유를 여포는 알 수 없었다.

"초선이는 그토록 날 마음에 품고 있었거늘. 내 아내가 되기만을 손꼽아 기다렸거늘…."

여포는 당혹스러웠다.

초선은 아무 말도 없었다.

그 죽은 얼굴에는 아무런 미련도 없는 듯했다.

해야 할 일을 다 끝냈다는 듯이,

입술 근처에는 미소의 여운까지 남아 있는 듯이 보였다.

초선의 육체는 한때 짐승 우두머리의 산 제물로 바쳐졌지만, 지금은 온전히 그녀만의 몸으로 되돌아와 있었다. 타고난 아름다움은 죽은 후에 더욱 진주처럼 빛났다. 시체라는 느낌은 조금도 없이 마치 살아 있는 사람처럼 아름다웠다.

여포의 애착은 결코 식지 않았다. 외곬의 단순한 성격은 그 애착에서도 드러났다.

어제도 오늘도 여포는 물 한 방울 마시지 않았다. 밤에도 후원 누각에서 잠들었다.

달빛은 흐렸다.

늦봄에 피는 꽃도 어두웠다.

수심을 이기다 못해 여포는 초선의 가슴에 얼굴을 묻은 채 얼마간 잠이 들었다. 문득 눈을 떠 보니 깊은 밤의 기운이 그윽했고 어두운 창밖에 달빛이 비쳤다.

"어, 뭐지?"

여포는 초선의 몸에 숨겨진 거울 주머니를 발견하고 아무 생각 없이 열어보았다. 그 속에는 초선이 어릴 적부터 지니고 다닌 듯한 부적과 사향이 들어 있었다. 복사 꽃잎에 시를 적은 종이도 자그마하게 접혀 있었다.

시를 적은 종이는 사향이 스며들어 아름다운 꽃잎이 개화할 때처럼 향기가 은은하게 났다. 초선이 쓴 글씨로 보이는 우아한 글자가 보였다. 여포는 그 시를 다 이해할 수는 없었지만 몇 번이고 읽는 사이에 그 의미만은 어렴풋이 알게 되었다.

여인의 살갗은 연약하다고 하나
거울 대신 칼을 품은 순간
칼은 정의감에 불타게 하네
나는 스스로 가시덤불에 들어가네
부모보다 큰 은혜에 보답하러
그 길이 나라를 위한 일이라고 하니
악기를 버리고 춤추는 손에 비수를 숨긴 채
짐승에게 다가가 마침내 독배를 올렸네
좌우에 그리고 마지막 한 잔으로 나를 쓰러뜨렸네
들리네, 지금 이 죽은 귀에
장안 백성이 노래하는 평화의 환호
나를 부르는 천상의 가릉빈가 소리

"아…앗. 그럼…?"

여포도 비로소 깨달았다. 초선이 품은 진정한 목적이 무엇이었는지를.

여포는 초선의 시체를 안아 들고서 느닷없이 달리더니 후원에 있는 낡은 우물에 확 던져버렸다. 그때를 끝으로 다시는 초선을 떠올리지 않았다. 천하의 권력을 쥐면 초선 정도의 미인은 얼마든지 얻을 수 있다고 마음먹은 모습이었다.

돌고 도는 대권

1

　서량(감숙성甘肅省 난주蘭州) 지방으로 어마어마한 수의 패잔병이 흘러들었다.

　바로 미오성에서 도망친 대군이다.

　동탁의 옛 신하 중 사대 장군이라 불리는 이각, 장제, 곽사, 번조는 함께 뜻을 모아 사자를 장안으로 보내어 순종을 맹세했다.

　"항복하니 용서를 바랍니다."

　그러나 왕윤은 단호히 사자를 내쫓았다.

　"용서할 수 없다."

　그날로 토벌 명령을 내렸다.

　서량의 패잔병은 두려움에 벌벌 떨었다.

　그때 모사라 불리는 가후(賈詡)가 입을 열었다.

　"동요하지 마시오. 지금은 단결해야 할 때요. 만약 여러분이 한 사람씩 흩어진다면 시골 말단 관리의 힘으로도 붙잡을 수 있을 것이오. 마땅히 힘을 합치고 섬서(陝西) 지방의 백성들을 규합하여 장안으로 쳐들어가야 하오. 일이 잘 풀리면 동탁의 원수를 갚는 동시에 조정을 우리 손에 넣게 될 것이고, 만약 실패한다면 그때 도망가도 늦지 않으리다."

"과연."

네 장군은 그 주장을 따르기로 했다.

그러던 중 서량 일대에 각종 유언비어가 떠돌아 백성들은 공황에 빠졌다.

"장안의 왕윤이 대병을 보내서 지방 백성들까지 몰살할 거라는군."

불안해하는 사람들의 마음을 이용해 네 장군은 선동하기 시작했다.

"앉아서 죽음을 기다리지 말고 우리 군과 함께 맞서 싸우자!"

모여든 잡군을 받아들이니 14만이라는 대군을 이루었다.

기세를 타고 밀어닥치는 도중에 동탁의 사위 중랑장(中郎將) 우보(牛輔)도 패잔병을 5000명 이끌고 합류했다.

점점 기세가 드높아졌다.

허나 막상 적과 가까이에서 대치하자 네 장군이 이끄는 군대는 곧바로 기세가 꺾이고 말았다.

"안 되겠다."

명성이 자자한 여포가 왔다는 소식을 들었기 때문이다.

"여포에겐 당할 수 없다."

싸우기도 전에 포기하고 말았다.

그렇게 한 번은 물러났지만 모사 가후가 야간 기습을 하라기에 한밤을 노려 불시에 적진을 쳤다.

적은 예상외로 나약했다.

그 진영의 대장은 여포가 아니라 동탁을 주살할 때 미오성에 가짜 칙사로 찾아갔던 이숙이었던 것이다.

방심하던 이숙은 병사의 태반을 잃고 30리나 패주하는 꼴사나운 형국을 보였다.

"이게 뭐하는 짓이냐! 첫 싸움에서 전군의 사기를 떨어뜨린 죄는 가볍지 않다!"

후진의 여포는 노발대발하여 이숙을 베어버렸다.

이숙의 목을 군문에 내걸고 그 즉시 여포가 직접 진두에 서서 눈 깜짝할 사이에 우보 군을 격파했다.

우보는 새파랗게 질린 얼굴로 도망친 후 심복 호적아(胡赤兒)에게 속삭였다.

"여포가 나왔으니 도저히 이길 수 없다. 이럴 바에야 차라리 금은을 훔쳐서 도망치는 게 어떻겠느냐?"

"좋은 생각입니다. 저도 목숨이 붙어 있을 때 도망가는 편이 좋지 않을까 생각했습니다만…."

그리하여 우보는 부하 네댓만을 이끌고 날이 밝아오기 전에 진지에서 도망쳤다.

어찌하면 좋은가! 그 주인 밑에 그 부하라고, 호적아는 도중에 강 부근까지 오자 강을 건너는 우보를 별안간 등 뒤에서 베어 목을 떨어뜨렸다.

그러고 나서 여포 진영으로 달려가 항복했다.

"우보의 목을 바치오니 절 거두어주십시오."

슬프게도 그 패거리 중 하나가 호적아가 우보를 죽인 이유는 금은에 눈이 멀어 빼앗기 위해서였다며 슬쩍 고자질했다.

"우보의 목만으로는 거두어줄 수가 없구나. 네 목도 마저 내놓아라."

여포는 호적아를 꾸짖고 그 자리에서 바로 목을 베었다.

2

우보의 죽음이 알려졌다. 우보를 죽인 호적아도 여포에게 죽임을 당했다는 소문이 순식간에 퍼졌다.

"이렇게 된 이상 죽기 아니면 살기로 싸울 뿐이다!"

적의 사대 장군도 각오를 단단히 다졌다.

"여포와 정면으로 부딪쳐서는 어차피 승산이 없다."

이각은 여포가 용맹만 있을 뿐 지모가 부족하다는 점을 노려, 일부러 패하고서는 도망치고 또 싸우다 도망치는 작전으로 전투를 질질 끌면서 여포 군을 산협으로 유인한 뒤 진퇴양난에 빠지게 했다.

그사이에,

장제와 번조는 길을 우회하여 장안으로 밀어닥쳤다.

"장안이 위험하오. 빨리 퇴각해서 막으시오."

왕윤으로부터 몇 번이나 급사가 찾아왔지만, 여포는 옴짝달싹할 수도 없었다.

산협의 험한 길을 빠져나와 군사를 물리려고 하면 그 즉시 이각과 곽사의 병사가 늪지, 봉우리, 계곡 그늘 등 여기저기서 쏟아져 나와 싸움을 걸어왔기 때문이다.

원하지 않는 전투였으나 맞서지 않으면 궤멸하고 맞서 싸우면 끝이 없었다.

결국, 진퇴유곡에 빠져 하염없이 몇 날 며칠을 허비하는 중이었다.

한편.

장안으로 쳐들어간 장제와 번조 군은 갈수록 기세등등해졌다.

"동탁의 원수를 쳐라!"

"조정을 우리 손에 넣는다!"

밀물 같은 기세로 밀고 들어가 성 밑까지 바싹 다가갔다.

허나 거기에는 철벽이라는 외성이 버티고 있을 줄이야. 그 어떠한 대군도 외성은 뚫을 수 없겠다며 낙담할 때, 장안 시중에 숨어서 목숨을 부지하던 수많은 옛 동탁파의 잔당들이

'때가 왔다'

며 백일하에 나타나 각 성문을 안에서 열어젖혔다.

"하늘이 도우셨구나."

서량 군은 뛸 듯이 기뻐하며 성안으로 우르르 몰려들었다. 그 모습은 마치 봇물이 터져 쏟아져 나오는 탁류와 같았다.

잡군이 대거 섞인 폭병들이 한번 장안 시가지에 들어서니 갖가지 난행을 저질렀다.

바로 얼마 전까지 술 단지를 두드리며 평화가 왔음을 노래하고 집집마다 춤을 추며 기뻐하던 민가에서는 다시 폭병의 홍수에 휩쓸려 소용돌이치는 검광 아래에서 아비규환이 되어 달아났다.

어디까지 지주받은 민중이란 말인가.

무정한 하늘은 불길에서 피어오른 검은 연기로 해를 감추고 달을 숨겼으며, 암담한 지상을 그저 비참하게 내려다보았다.

변고를 들은,

여포는 큰일이다 싶어 그제야 산협의 소규모 전투를 버리고 되돌아왔다.

때는 이미 늦었다….

여포가 성 밖 10여 리까지 달려와서 보니 장안의 밤하늘은 온통 새빨갰다.

하늘로 높이 치솟는 화염은 이미 그 밑에 가득한 적병의 절대적인 세력을 가늠케 했다.

"아뿔싸!"

여포는 신음을 내뱉었다.

불꽃이 이는 하늘을 망연히 바라본 채 잠시 망연자실해 있었다.

이제 끝났다. 과연 천하의 여포도 지금은 어찌할 도리가 없었다. 손 쓸 엄두조차 나지 않는 상황이다.

'그렇다면 일단 원술에게 가서 몸을 의탁하고 훗날을 도모해야겠다.'

이렇게 결심한 여포는 군을 해산시키고 겨우 100여 기만을 남겨둔 채, 방향을 돌려 맥없이 달아나기 시작했다.

얼마 전에는 사랑하는 초선을 여의고 지금은 패권을 다툴 땅을 잃은 여포의 뒷모습에서는 여느 때와 같은 늠름한 용맹을 찾아볼 수 없었다.

호걸은 안타깝게도 사려가 부족하다. 도덕이 결여되는 경우가 많았다. 하늘은 이 희대의 용맹한 사내의 말로를 대체 어디로 끌고 가려는 것일까?

3

소란스러운 소리가 멀리서 들려왔다.

밤은 음산했고,

한낮은 요란했다.

궁중의 깊숙한 곳에서 헌제는 창백한 얼굴로 오도카니 앉아 있었다.

장안 거리에서 춤을 추는 화마와 피의 마귀가 두 눈에 생생히 보이는 듯한 심정이었으리라….

"황궁에 위기가 닥쳤습니다."

시종이 벌벌 떨면서 말했다.

잠시 후에는 가신이 아뢰었다.

"서량 군이 밀물처럼 금문 아래까지 들어왔습니다."

"음…. 으음…."

'이번에는 조정으로 쳐들어오겠지'라며 이미 단념한 듯이 헌제는 눈을 감은 채 고개만 끄덕일 뿐이다.

사실 모든 조신이 지금 이 상황을 어떻게 타개해야 좋을지 난처해했다.

그때 시종 중 어느 한 사람이 주청을 올렸다.

"서량 군도 천자의 위대함은 알 것입니다. 이제 황제께서 친

히 선평문(宣平門) 망루에 오르셔서 서량 군을 제지하신다면
이 난국도 가라앉으리라 사료되옵니다."

헌제는 발걸음을 옮겨 선평문 위로 올라갔다. 피에 취해 날
뛰던 성 밑의 광기 어린 병사들도 금문 망루 위에 아름답게 펼
쳐진 천자의 황개를 이내 알아보았다.

"천자다!"

"천자가 출어하셨다!"

그러고는 망루 아래로 시끄럽게 하나둘 모여들었다.

"진정하라! 진정해!"

이각과 곽사는 서둘러 아군을 가라앉히고 폭병을 진압한 후
선평문 밑으로 왔다.

"그대들은 무엇을 위해 짐의 허락도 없이 함부로 장안에 난
입했는가?"

헌제는 문루 위에서 큰소리로 힐문했다.

그러자 이각은 허공을 가리키며 외쳤다.

"폐하. 죽은 동 태사는 폐하의 충성스러운 부하이자 사직의
공신이었습니다. 그런데 왕윤 무리에 까닭 없이 모살되고 시체
는 길가에서 능욕을 당했습니다. 그런 고로 동탁을 따르는 저
희 옛 신하들이 복수를 꾀하고자 왔습니다. 모반의 뜻은 결코
없습니다. 지금 폐하 소매 밑에 숨어 있는 그 가증스러운 왕윤
을 내어주신다면 즉시 금문에서 철수하겠습니다!"

그 목소리를 듣자 전군이 와아 하고 천둥처럼 함성을 질러
헌제의 대답을 촉구했다.

헌제는 옆을 바라보았다.

그곳에는 왕윤이 우뚝 서 있었다.

왕윤은 새파래진 입술을 악문 채 눈앞의 대군을 노려보았는데, 헌제의 눈이 자신을 향한 걸 눈치채고는 단숨에 일어섰다.

"이 한 몸 어찌 아까워하리."

그러더니 문루 위에서 몸을 던져 뛰어내렸다.

빽빽이 늘어서 있는 창과 극 위로 왕윤의 몸이 떨어졌다.

어찌 당해낼 수 있으랴.

"앗, 이놈이다!"

"괴수다!"

"주인의 원수다!"

달려든 창칼은 즉시 왕윤의 몸을 갈기갈기 짓이겼다.

흉악한 서량 군은 요구가 받아들여졌음에도 여전히 물러나지 않았다. 이참에 천자를 시해하고 단숨에 대사를 치르자는 등 제각기 험한 말을 입에 올렸다.

"그런 무모한 일을 저질러도 아마 민중이 복종하지 않을 것이네. 서서히 천자의 세력을 깎아내린 후에 일을 진행하는 편이 현명하겠지."

번조와 장제가 내놓은 의견에 따라 군사들은 겨우 진정되는 듯했지만, 여전히 물러나지 않자 황제는 거듭 일깨웠다.

"어서 군마를 물려라!"

그러자 성 밑의 난폭한 장병들은 관직을 요구하고 나섰다.

"황실에 공을 세운 저희 신하들에게 아직 훈작의 명령이 없으시니 기다리는 것입니다."

4

궐문에 군마를 늘어세운 채 관직을 달라고 강요하는 폭병들의 외침에 황제도 분명 야비한 행위라고 생각은 했겠지만, 그렇다고 뾰족한 수가 없었다.

폭병들의 요구는 원하는 대로 받아들여졌다.

이에 따라 이각은 거기장군(車騎將軍)에, 곽사는 후장군(後將軍)에, 번조는 우장군(右將軍)에 임명되었다.

장제는 표장군(驃將軍)이 되었다.

필부의 몸에서 일약 의관을 갖추고 조당에 서게 된 것이다. 천하의 대권은 동탁 한 사람의 손바닥에서 굴러떨어져 난동 속에서 조롱당하더니 이렇듯 다시 순식간에 네 사람의 손바닥으로 옮겨갔다.

갑자기 출세한 자라면 응당 시의심을 품게 되는 법이다. 이들 넷은 헌제 측근까지 밀정을 붙여두었다.

이러한 조정이 백성들의 평화와 질서를 오랫동안 이끌어갈 리는 만무했다.

과연.

그로부터 얼마 지나지 않아 서량 태수 마등과 병주(幷州) 자사 한수(韓遂) 두 사람은 10여 만의 대군을 모아 '조묘의 도적을 소탕하겠다'고 주창하며 장안으로 밀어닥쳤다.

"이제 어찌하면 좋겠는가?"

이각 등 네 장군은 모사 가후에게 의논했다.

가후는 소극(消極) 전술을 권했다.

장안 외성의 경비를 단단히 하여 보루 위에 다시 보루를 쌓고 도랑을 한층 깊게 팠으며, 아무리 공격군이 떠들썩하게 쳐들어와도 '상대하지 말라'고 일축하며 오로지 수비에만 신경을 썼다.

100일이나 지나자 공격군은 의기를 상실하였다. 군량과 말먹일 풀이 바닥나고 장기간 진을 치는 동안 사기는 떨어졌으며, 설상가상으로 우기까지 겪고 나자 어마어마한 병자가 속출한 것이다.

때를 엿보던 장안의 병사는 일제히 사문을 열고 공격군을 짓밟았다. 참패한 서량 군은 뿔뿔이 흩어져 도망쳤다.

그때 난군 속에서 병주의 한수는 우장군 번조에게 추격당해 목숨이 위태로운 상황에 놓였다.

한수는 절체절명의 위기 속에서 옛 우정을 상기시키며 소리쳤다.

"번조, 번조! 귀공과 난 동향 사람이 아닌가?"

"여기는 전장이다. 국란을 평정하는 데는 사사로운 친분도 우정도 없다."

"내가 싸우러 온 이유도 나라를 위해서네. 귀공이 우국지사라면 같은 우국지사의 마음을 알 게 아닌가? 난 자네에게 죽어도 좋네만 전군의 추격은 거두어주게."

번조는 한수의 외침을 듣자 문득 인정에 사로잡혀 군사들을 되돌렸다.

이튿날 장안의 성안에서는 승리를 축하하는 큰 연회가 열렸는데, 그 석상에서 네 장군 중 이각이 나서더니 번조 뒤로 돌아가서 갑자기 그 목을 베어버렸다.

"이 배신자!"

동료 장제는 깜짝 놀란 나머지 바닥에 주저앉아 벌벌 떨었다. 이각은 장제를 일으켜 세우며 자초지종을 밝혔다.

"자네에겐 아무런 과실도 없네. 번조는 어제 전장에서 적군 한수를 고의로 살려주었기에 처벌한 것이지."

번조가 한 일을 숙부에게 밀고한 건 다름 아닌 이각의 조카 이별(李別)이다.

"제군들, 이렇게 된 것이오."

이별은 숙부를 대신하여 번조가 저지른 죄를 석상에 있는 장병들에게 큰 소리로 연설했다.

마지막으로 이각은 장제의 어깨를 두드리며 안심시켰다.

"지금 내 조카가 말한 대로 번조는 형벌에 처했지만, 귀공은 내 심복이니 전혀 의심치 않네."

그러고는 번조 군의 지휘권을 장제에게 넘겨주었다.

가을비 내릴 무렵

1

"요즘 연주(兗州, 산동성 서남북)의 조조는 현명한 사람을 맞아들이고 무사들을 모아서 그중에 유능한 자에게는 후한 대우를 한다질 않는가?"

각 주를 떠도는 무사들 사이에서는 이런 소문이 자자했다.

소문을 접한 많은 용사와 학자들이 연주에 뜻을 두고 찾아갔다.

이곳 산동의 천지는 한동안 잠잠했으나 지난해부터 장안이 소란스럽다는 풍문은 이따금 들려왔다.

"이번에는 이각, 곽사라는 자가 군권과 정권을 장악하였다더군."

"서량 군은 처참히 패하여 재기 불능에 빠졌다지 뭐야."

"이각이란 사내도 조정을 마구 뒤흔드는 정도인 걸 보면 동탁 못지않게 재주 있는 인물인 모양이군."

나라가 큰 만큼 도읍에서 벌어진 소동도 딴 세상 이야기처럼 떠들었다.

그 무렵 청주(靑州, 제남 동쪽) 지방에서 또다시 황건적이 봉기하기 시작했다. 중앙이 혼란스러워지면 그에 응답이라도 하듯 이 도적들은 어느새 벌 떼처럼 일어나는 것이다.

"도적들을 토벌하라."

조정에서 조조에게 토벌령을 내렸다.

조조는 현 조정에서 군사와 정권을 제멋대로 움직이는 새로운 세력을 내심 인정하지 않았다.

그렇지만 조정이라는 이름하에 내려온 명령이니 복종하기로 했다. 계기가 무엇이든 군마를 움직이는 건 일보 전진하는 기회라고 여겨 명을 받들기도 했다.

조조가 이끄는 정예병은 삽시간에 지방에서 날뛰는 도적들을 소멸했다. 조정은 조조가 세운 공을 치하하여 '진동장군(鎭東將軍)'이라는 관작을 수여했다.

그 봉작이 주는 혜택보다도 조조가 얻은 실리가 훨씬 값진 것이다.

오랜 토벌전에서 항복해온 적군 30만과 민간에서 뽑은 강한 젊은이들까지 총 100만에 가까운 군대를 새롭게 얻었다. 물론 제북과 제남 땅은 비옥했으므로 군사들을 양성할 군량과 재화는 넉넉했다.

때는 초평 3년 11월이다.

제국의 재능 있고 용맹한 무사들이 점차 조조 휘하로 하나둘 모여들었다.

"그대는 나의 장자방(張子房)일세."

조조가 인정한 인물인 순욱(荀彧)도 그즈음 합류했다.

순욱의 나이는 불과 스물아홉이었다. 순욱의 조카 순유(荀攸)도 병학에 관한 재능을 인정받아 행군교수(行軍敎授)로 쓰였으며, 그 밖에도 산중에서 불러 맞아들인 정욱(程昱)이라든지, 초야에 숨어 있던 대현인 곽가(郭嘉) 등을 후하게 예우했기에 조조 주위에는 뛰어난 인재가 빛나는 별처럼 꾀어들었다.

그중에서도 전위(典韋)는 자신이 기르던 무사 수백 명을 데리고 와서 받아주기를 청했다. 전위 키는 1장에 육박했으며 눈은 수없이 갈고닦은 거울과도 같았다. 싸울 때는 항상 무게 80근짜리 철극을 양손에 들고 사람을 마치 풀 베듯 베어버린다며 자신 있게 말했다.

"농담이겠지."

조조는 믿지 않았다.

"한번 보여드리지요."

전위는 말을 달려 호언장담을 눈앞에서 증명했다. 때마침 바람이 거세게 불어 병영 안에 있던 큰 깃발이 쓰러지려고 하자 수십 명의 병사들이 달라붙어 깃대가 쓰러지지 않도록 낑낑댔다. 힘이 강풍에 미치지 못하여 '아앗, 안 돼' 하며 야단법석을 떨었다.

"다들 비켜라."

전위는 달려가 한 손으로 그 깃대를 일으켜 세웠을 뿐만 아니라 아무리 바람이 깃발을 찢을 듯이 몰아쳐도 양손을 쓰는 법이 없었다.

"으음…. 옛 악래(惡來)에도 뒤지지 않는 사내로군."

조조도 혀를 내두르면서 즉시 전위를 불러 하얀 비단 전포와 명마를 주었다.

악래란 옛날 은(殷)나라 주왕(紂王)의 신하로서 괴력으로 이름을 떨친 사내다. 조조가 악래에 버금간다고 한 이후로 이는 전위의 별명이 되었다.

2

'내가 여태까지 부모님께 불효막심했구나.'

어느 날 조조는 문득 고향에 계신 아버지가 떠올랐다.

조조의 늙은 아버지는 그 무렵 이미 고향 진류에 없었다. 낭야(琅琊)라는 시골에 은거한다는 소식만 들었을 뿐이다.

산동 일대에 지반이 생기고 일신의 안정도 얻게 된 조조는 늙은 아버지가 계속 마음에 걸렸다.

"내 아버지를 모시고 와라."

조조는 태산(泰山) 태수 응소(應劭)를 사자로 삼아 즉시 낭야로 보냈다.

마중 나온 조조 부친 조숭은 마치 꿈이라도 꾸는 듯이 기뻐했고, 동시에 주위 사람들에게 입에 침이 마르도록 아들 자랑을 늘어놓았다.

"내 뭐랬나. 그 아이의 숙부와 일가친척도 조조가 어렸을 적부터 앞날이 걱정되는 불량아라고 극구 악담하지 않았나? 근데 뭔가, 그 녀석이 장래가 있다며 너그럽게 용서해준 사람은 나뿐이었지. 역시 내 눈은 틀림이 없었어."

집안이 영락했다 해도 일가족 40여 명에 하인이 100여 명이나 있었다. 가재도구를 수레 100여 승에 나누어 실은 후 조숭일가는 즉시 연주로 떠났다.

때는 한가을이다.

〈풍림정거(楓林停車)〉라는 남화(南畵)의 제목에 꼭 맞는 여정이었다.

"이런 시를 지었는데 어떤가? 우리 아들을 만나면 꼭 들려줘야겠군."

조조 부친은 이따금 단풍 아래에 수레를 세우게 한 뒤 풍류를 즐겼다.

도중에 서주(강소성江蘇省 서주)까지 오자 태수 도겸이 직접군 경계까지 마중 나와 기다렸다.

"오늘 밤은 부디 저희 성에서 머무시지요."

조숭 일행을 서주성에 맞아들이고 이틀에 걸쳐 융숭하게 환대하였다.

"일국의 태수가 늙은이인 날 이렇게 대우할 리 없다. 이게 다 조조가 훌륭한 덕이지. 생각해보면 난 아주 좋은 아들을 뒀어."

조숭은 성안에 있는 동안에도 자식 자랑을 하느라 여념이 없었다.

사실 이곳 태수인 도겸은 일찍부터 조조의 명성을 흠모하여기회만 된다면 조조와 친분을 맺고 싶어 했지만 좀처럼 호기가찾아오지 않았다. 그런데 조조 아버지가 일가를 이끌고 영내를지나 연주로 이동한다는 소식을 듣고는 '때마침 좋은 기회가왔다'며 몸소 마중을 나왔고, 그 일행을 성안에 머무르게 하여 정성껏 환대한 것이다.

'도겸은 좋은 사람인 듯하구나.'

조조의 늙은 아버지는 그 인물에 감복했다. 도겸이 온후한 군자라는 사실은 조숭뿐 아니라 누구나 인정하는 바였다.

은혜에 감사를 표하고 조숭 일행은 사흘째 아침에 서주를 떠났다. 도겸은 특별히 부하 장개(張闓)에게 군사 500명을 붙여주며 부탁했다.

"무사히 가시도록 잘 모셔드려라."

화비(華費)라는 산중까지 오자 변덕스러운 가을 하늘이 갑자기 흐려지면서 온통 먹구름으로 뒤덮였다.

시퍼런 번개가 번쩍이는가 싶더니 후드득후드득 굵은 빗방울이 떨어졌다. 나뭇잎은 산바람에 휘감기고 산봉우리와 골짜기도 안개가 자욱하여 스산한 날씨로 변해버렸다.

"지나가는 비다. 어딘가 비를 피할 곳이 없겠느냐?"

"저기 절이 있습니다."

"그쪽으로 피해라."

말도 수레도 사람도 비에 쫄딱 젖은 채 산속 그늘로 숨어들었다.

그사이에 날이 어둑어둑해졌으므로 장개는 병졸들에게 명령을 내렸다.

"오늘 밤은 이 절에 묵을 테니 승려에게 본당을 내어달라고 해라."

장개는 평상시 부하들로부터 인망이 없는 사내였으므로 물에 빠진 생쥐 꼴이 되어버린 병사들은 불만에 가득 찬 표정을 지었다.

3

차가운 가을비는 깊은 밤까지 쓸쓸히 이어졌다.

어두운 복도에서 자던 장개는 무슨 생각이 들었는지 벌떡 일어나서 부대장을 인기척 없는 곳으로 불러내어 속삭였다.

"초저녁부터 병사들이 온통 불만스럽다는 얼굴을 하고 있지 않으냐?"

"어쩔 수 없습니다. 평소에 처우도 얄팍한데다 이런 하찮은 명령이나 받고 저 늙은이를 연주까지 호송한들 아무런 공적도 안 된다는 걸 아니까요."

부대장은 당연하다는 듯 말했다.

"그래, 맞는 말이다. 무리도 아니지."

꾸짖을 줄 알았던 장개는 오히려 선동했다.

"우리는 본디 황건적 무리에서 실컷 자유롭게 살던 몸이다. 도겸에게 정복당한 뒤로 마지못해 섬겼으나, 일개 사관이라고 해봤자 삯도 적고 궁핍해서 병사들이 불평하는 것도 당연하다⋯. 차라리 예전처럼 누런 두건을 머리에 두르고 마음껏 들판에서 날뛰어보면 어떻겠느냐?"

"지금은 이미 다 늦은 상황이 아닙니까?"

"에이, 모르는 소리! 돈만 있으면 문제없다. 다행히 우리가 호위하고 온 늙은이 일족은 돈도 제법 있는 듯하고 수레 100승에 실은 가재도 있잖느냐? 그것들을 빼앗아 산채로 들어가자."

이런 음모가 오가는 사실도 모른 채 조숭은 살찐 애첩과 함께 절의 방 안에서 깊은 잠에 빠져 들었다.

삼경(三更)에 가까운 한밤중이다.

"무슨 일이지?"

갑자기 절 주변에서 함성이 일자 늙은 아버지 옆방에서 자던 조조 친아우 조덕(曹德)이 잠옷 차림으로 복도로 뛰쳐나갔는데, 장개는 다짜고짜 칼을 휘둘러서 조덕을 베어버렸다.

으아악!

비명이 사방에서 들려왔다.

"사, 살인자다!"

조숭 애첩은 울부짖으며 방의 담장을 넘어 도망치려고 했지만, 피둥피둥한 몸으로 굴러떨어진 애첩을 장개 수하가 창으로 찔러 죽였다.

호위병은 폭도로 변하여 순식간에 살육을 저질렀다.

조숭은 뒷간에 숨었지만 이내 발각되어 갈기갈기 베였고 나머지 식구들과 하인 등 100여 명 모두 피의 연못 속에 매장당하고 말았다.

조조의 명을 받고 파견되어 온 사자 응소는 갑작스러운 흉변에 몹시 놀라서 몇 안 되는 부하와 함께 탈출했으나, 저 혼자 살아남은 데에 대한 후환이 두려워 조조에게 돌아가지 못하고 원소를 의지하여 도망쳤다.

처참한 밤이 지나고 날이 밝아왔다.

부슬부슬 내리는 가을비 속에 산중에 있던 절은 불길에 휩

싸였다. 그러고는 장개 일당이 이끄는 흉악한 병사들은 100여
승의 재물과 함께 흔적도 없이 자취를 감췄다.

조조는 변고를 듣자마자 노발대발했다.

"아버님은 물론 내 일가친척을 몰살한 도겸이야말로 불구대
천(不俱戴天)의 원수다."

조조는 눈꼬리를 치켜뜨고 분노했다.

조조는 어디까지나 도겸 때문에 아버지가 변을 당한 것이라
여기고 앙심을 품었다.

젊은 시절 그릇된 의심으로 여백사 일가를 몰살하고도 죄책
감을 느끼지 않던 조조였으나, 지금 그때와 비슷한 흉변이 신
변에 닥치니 그 잔학함을 증오하지 않을 수 없었다. 그 끔찍한
참상을 듣고 어찌 통곡하지 않으리….

"서주를 쳐라!"

그날로 대군 동원령이 내려졌다. 대군의 머리 위에서는 보수
설한(報讐雪恨, 원수를 갚고 한을 씻는다는 뜻 – 옮긴이)이라 쓴 깃
발이 휘날렸다.

4

조조가 복수를 위한 대군을 일으켜 서주를 공격할 것이라는
소문이 각 주로 퍼져나갔을 무렵, 조조의 진문을 찾아온 자가
있었다.

"꼭 만나뵙게 해주십시오."

그자는 진궁이었다.

진궁은 일찍이 조조가 도읍에서 도망치던 길에 만나 함께 뜻을 터놓고 장래를 맹세한 사이였으나, 머지않아 그 성품을 알고, '이 사람은 왕도(王道)에 따라 진정으로 나라를 근심하는 영웅이 아니다. 오히려 이 어지러운 나라에 점점 재앙을 몰고 올 패도(覇道)의 간웅'이라며 두려움을 느낀 후 조조를 버리고 모습을 감춘 적이 있었다.

"자네는 지금 무얼 하며 지내는가?"

조조가 묻자 진궁은 조금 멋쩍다는 듯이 대답했다.

"동군의 종사(從事)라는 하찮은 직분에 있습니다."

그러자 조조는 벌써 상대의 본심을 파악했다는 듯이 빈정거리는 웃음을 띠었다.

"그렇다면 서주의 도겸과는 친분이 있겠군. 아마 자네는 그 지기를 위해 날 달래러 왔겠지만 아마 자네가 하는 간청도 이 조조의 원한과 분노를 누그러뜨릴 수는 없을 것이네. 그런 줄 알고 편히 놀다 가시게."

"말씀하신 것처럼 그 이유로 찾아왔습니다. 소생이 아는 도겸은 세상에 드문 의인이요, 군자입니다. 부군께서 처참한 변을 당하신 건 단언컨대 도겸의 잘못이 아니라 장개가 벌인 짓입니다. 소생은 까닭 없는 전란으로 어진 군자가 고통을 당하고 동시에 장군의 명성에 흠집이 생길 걸 염려하니 슬퍼서 견딜 수가 없습니다."

"말도 안 되는 소리!"

조조는 그때까지 지었던 미소를 거두고 큰소리로 꾸짖었다.

"아버지와 아우의 원한을 갚는 게 어찌 내 명성을 실추시킨단 말이냐. 자네는 내가 역경에 빠졌을 때 날 버리고 도망간 자가 아니더냐. 남에게 유세하고 다닐 자격이 있다고 생각하는가?"

진궁은 얼굴을 붉히며 물러났지만, 도겸에게 일이 실패했음을 보고할 용기가 없어 진류 태수 장막에게로 도망쳤다.

이리하여 '보수설한'이라 쓰인 큰 깃발은 조조의 분노 아래 휘날리며 도겸의 쓸개를 도려내어 고기를 씹고야 말겠다는 기세로 서주성을 향해 야금야금 나아갔다.

이 맹군은 분묘를 파헤치거나 적과 내통할 우려가 있는 자를 가차 없이 죽이며 지나가서인지 민심은 극도의 공포에 휩싸였다.

서주의 늙은 태수 도겸은 여러 장수를 불러 모으고 이야기했다.

"조조 군에게는 도저히 대적할 수 없소. 조조의 원한을 산 건 이 사람이 부덕하기 때문이오. 난 기꺼이 사로잡혀 조조의 성난 칼에 이 목을 바치려 하오. 그렇게 백성들과 병사들의 목숨을 애원하겠소."

"그럴 수 없습니다. 태수를 죽게 내버려 두고 어찌 저희만 살 수 있겠습니까?"

장수들 대부분은 반대하며 계책을 논의한 끝에 북해(산동성 수광현壽光縣)에 급사를 보내어 공자 20대손이자 태산 도위 공주(孔宙)의 아들인 공융에게 도움을 요청했다.

때마침 황건의 잔당이 집결하여 각지에서 소란을 일으키는 중이었다. 북평의 공손찬도 국경으로 토벌을 나갔는데, 그 휘하에 있던 유비는 서주 소식을 듣고 어진 군자라 불리는 도겸을 의(義)로써 돕겠다는 뜻을 공손찬에게 전했다.

하지만 공손찬은 반대하며 유비를 말렸다.

"그만두는 게 어떻겠는가. 그대는 조조에게 아무런 원한도 없을뿐더러 도겸에게 입은 은혜도 없지 않은가?"

현덕은 의가 사그라진 지금이야말로 의를 천명할 때라고 생각했다. 구태여 떠나겠다고 청한 후 막료 조운을 빌려 총 5000명 병사를 이끌고 조조의 포위를 돌파하여 서주에 입성했다.

"요즘 세상에 귀공 같은 의인이 있었구려."

태수 도겸은 손을 덥석 잡고 현덕을 맞이하며 기쁨의 눈물을 흘렸다.

생사의 갈림길

1

서주성 병사들의 사기는 되살아났다.

고립무원 속에서 고전하던 서주 병사들은 생각지도 못한 유현덕의 원조에 힘입어 몇 번이나 환성을 질렀다.

"저들의 함성을 들어주시오."

늙은 태수 도겸은 기쁨에 온몸을 떨며 현덕을 상좌에 앉힌 후 즉시 태수의 패인(牌印)을 풀었다.

"오늘부터 이 도겸을 대신하여 귀공이 서주 태수로서 성주 자리에 앉아주시오."

"천부당만부당한 말씀이십니다."

현덕은 깜짝 놀라 극구 사양했다.

"아니오. 내 들은 바에 의하면 귀공의 선조는 한의 종실이라 하질 않소? 귀공은 천자의 정통 핏줄을 이어받았소. 천하의 난을 진정시켜 왕강(王綱, 왕권이 집행되는 제도와 질서 – 옮긴이)을 바로 하고 사직을 도와 만민을 다스릴 자질이 충분하오. 이 늙은이는 아무런 재주도 없소. 공연히 태수 자리에 연연한다면 다음 시대의 여명을 늦추기만 할 뿐이오. 난 지금 위치에서 물러나고 싶소. 그 자리를 안심하고 맡길 만한 인물은 귀공 이외에는 없소이다. 부디 이 사람의 뜻을 헤아려 승낙해주시오."

도겸이 하는 말에는 진심이 담겨 있었다. 소문으로 듣던 것처럼 사심이 없는 훌륭한 태수다. 세상을 근심하고 백성을 사랑하는 의인이다.

"저는 태수를 돕고자 온 사람입니다. 젊은 혈기는 있을지 몰라도 태수와 같은 덕망은 갖추지 못했습니다. 덕이 얕은 자를 태수로 우러르는 건 민중의 불행입니다. 난의 불씨가 될 것입니다."

현덕은 한사코 사양하며 받아들이지 않았다.

장비와 관우는 현덕의 뒤쪽 벽에 시립하였는데, 무척 애가 탄다는 듯이 서로의 얼굴을 바라보았다.

"저렇게 답답하게 사양만 하시다니…. 큰형님은 너무 정직해서 도무지 요즘 사람 같지가 않소. 옳다구나 하고 받아들이면 될 것을…."

늙은 태수의 소망과 현덕의 겸양이 끝까지 간격을 좁히지 못할 듯하자 곁에 있던 가신 미축(糜竺)이 나섰다.

"그 문제는 후일로 미루시면 어떻겠습니까? 아무래도 지금은 성 밑에서 적의 대군이 들끓는 상황이니."

"맞는 말이네."

그 말에 수긍한 두 사람은 곧바로 회의를 열어 대책을 강구했고, 우선은 안전하게 외교책으로 호소해보기로 했다. 이에 따라

현덕은 조조에게 사자를 보내 화해를 권고하는 글을 전했다.

"뭐라…? 사사로운 복수는 뒤로 미루고 나라의 위기를 먼저 구하라고? 유비 따위가 훈계하지 않아도 이 조조에게는 큰 뜻이 있다. 불손한 놈 같으니."

조조는 현덕이 쓴 글을 갈기갈기 찢으며 크게 소리쳤다.

"저 사자를 베어버려라!"

때마침 조조의 본거지인 연주에서 잇따라 파발마가 찾아와 소식을 전했다.

"큰일입니다! 장군이 계시지 않은 틈을 노려 여포가 연주로 들이닥쳤습니다!"

여포가 어째서 빈 둥지를 노리고 조조의 본거지를 공격해온 것일까?

여포도 도읍에서 밀려난 사람 중 하나다.

이각, 곽사 등의 무리에게 중앙 대권을 빼앗기고 장안을 떠난 여포는 한때 원술에게 몸을 의탁했지만, 그 후 또다시 여러 주를 떠돌다가 진류의 장막을 의지한 채 오랫동안 그곳에서 머물렀다.

그러던 어느 날, 여포가 누각 밖에 있는 툇마루에서 말을 끌고 성 밖으로 놀러 가려던 때에 그 옆으로 다가와 들으라는 듯이 비아냥거리는 사내가 있었다.

"아아, 요즘은 천하의 명마도 공연히 살만 찌는군그래."

2

'별소리를 다 하는 놈이군.'

여포는 수상한 얼굴로 그 사내의 풍채를 가만히 노려보았다.

그자는 진궁이다.

얼마 전 도겸의 부탁으로 조조의 침략을 막아보겠다고 세객 (說客, 자기 의견 또는 자기 소속 정당의 주장을 선전하며 돌아다니는 사람 - 옮긴이)이 되어 찾아갔으나, 조조에게 퇴짜 맞고 그 사실을 부끄럽게 여겨 서주로 돌아가지 않고 그대로 장막의 휘하에서 숨어 지내는 형편이다.

"어째서 내 말이 공연히 살만 찌고 있다며 한탄하는 것인가. 쓸데없는 참견이 아닌가?"

"아닙니다. 안타까워서 말씀을 올린 것입니다."

진궁은 정중하게 말을 이었다.

"말은 천하의 명마인 적토마요, 그 주인은 3살배기까지 이름을 안다는 영웅인데 천하가 무너지고 군웅이 서로 싸우는 이 시기에 남의 집에서 허송세월을 보내며 채찍을 놀린다는 사실이 참으로 안타깝기 그지없습니다."

"그런 말을 하는 자넨 대체 누군가?"

"진궁이라는 이름 없는 방랑자입니다."

"진궁…? 예전에 중모현 관문을 지키다 조조가 도망칠 때 그를 돕기 위해 관직을 버리고 달아난 그 현령인가?"

"그렇습니다."

"이야, 내 미처 알아보지 못했군. 지금 자네는 내게 수수께끼 같은 말을 했네만, 대체 무슨 뜻인가?"

"장군은 이 명마를 끌고 평생 식객이나 유랑객 생활을 하며 만족하실 생각입니까? 그것부터 먼저 물읍시다."

"그렇지 않네. 나 역시 뜻은 있지만 좋은 때가 오지 않아…."

"때는 바로 눈앞에 있잖습니까? 지금 조조는 서주를 공격하러 출정을 나가서 연주에는 몇 안 되는 병력만 남아 있을 뿐입니다. 이때 연주를 습격한다면 아무도 없는 들판을 취하듯이 방대한 영토가 일약 장군의 손에 들어올 것입니다."

여포의 얼굴에 혈색이 돌았다.

"아, 그렇군. 잘 말해주었네. 자네가 해준 그 한마디가 내 나태함을 일깨웠네. 좋아, 그 말대로 하지."

그러고 나서의 일이다. 연주는 병사들이 날뛰는 거리로 변했으며 허를 찌르고 침입한 여포 세력은 조조의 본거지를 점령한 후 더욱 기세를 몰아 복양(濮陽, 하북성 개주開州) 방면까지 병란을 넓히는 중이다.

"내 불찰이다!"

조조는 입술을 잘근 깨물었다.

자신의 불찰이었다고 후회한들 때는 이미 늦었다.

"어찌하면 좋단 말인가…."

서주를 공격하려던 진중에 연주 소식을 접한 조조는 진퇴무로에 빠져 잠시 망연자실했다.

허나 본디 조조는 명석한 사내다. 배짱이 두둑한 인물이기도 하다. 당혹스러운 순간에서 벗어나 곧바로 날카로운 기지가 발동하면서 이내 평소와 다름없는 얼굴로 돌아왔다.

"아까 성안에서 온 현덕의 사자를 아직 죽이지 않았겠지? 죽여서는 안 된다. 빨리 그자를 데리고 오너라."

그러더니 현덕이 보내온 사자에게 손바닥 뒤집듯이 말을 바꾸었다.

"곰곰이 생각해보니 귀서(貴書)의 뜻에는 일리가 있소. 그 의견에 따라 이 조조는 미련 없이 퇴각을 단행하겠소. 부디 잘 전해주시오."

조조는 사자를 정중히 성안으로 돌려보내는 동시에 썰물이 빠져나가듯이 즉시 연주로 물러났다.

우연의 일치기는 했지만, 현덕이 쓴 글이 신통한 효력을 발휘하자 서주성 병사들의 기쁨은 말할 것도 없었고, 늙은 태수 도겸은 재차 현덕에게 서주를 물려주려고 애가 탔다.

"부디 이 사람 대신 서주후(徐州侯) 봉작을 받아주시오. 내 자식은 유약하여 나라의 중임을 감당할 수 없소."

현덕은 끝끝내 사양했다. 결국, 근교에 있는 소패(小沛)라는 한 마을을 받기로 하고 서주성을 나와 소패에서 병사를 기르며 멀리서나마 서주 땅을 지켰다.

3

채찍을 빠르게 휘둘러 조조는 대군을 이끌고 연주로 돌아갔다.

조조는 난관에 부딪치면 부딪칠수록 장렬한 의지와 강인함이 불타오르는 성격이다.

'여포 따위 대수롭지 않다.'

이미 기세는 상대편을 집어삼키고 있었다. 빼앗긴 연주를 탈환하는 일에 어찌 시일을 허비하겠느냐는 듯이 단단히 벼르며 나아갔다.

군을 둘로 나눠서 한쪽은 휘하의 조인을 두어 연주를 포위했고 조조는 복양으로 돌진했다. 복양을 점령한 여포가 그곳에 있으리라 짐작했기 때문이다.

"잠시 쉬어라."

복양에 다다르자 조조는 군마를 한숨 돌리게 한 후 새빨간 석양이 서녘으로 저물 때까지 움직이지 않았다.

조조는 휘하의 조인이 당부한 말을 문득 떠올렸다.

"여포의 용맹은 이 근방에서 누구도 당할 자가 없습니다. 게다가 요즘 여포 곁에는 예의 진궁이 붙어 있으며 그 밑으로 문원(文遠), 선고(宣高), 학맹(郝萌)이라는 용맹한 장수들이 있다고 합니다. 용의주도하게 접근하지 않으면 생각지도 못한 근심이 생길지 모릅니다."

조조는 그 말을 가슴속에서 되뇌었지만, 특별히 두려운 마음은 들지 않았다. 여포에게 용맹은 있을지 몰라도 지혜는 없다. 책사 진궁은 대수롭지 않은 방랑자인데다가 자신에게 등을 돌린 비겁한 배신자다. 똑똑히 본때를 보여주겠다고 다짐할 뿐이다.

한편.

여포는 조조의 내습 소식을 듣고 등현(藤縣)에서 태산으로 험한 길을 넘어 되돌아왔다.

'조조 따위 별것 아니다.'

여포 역시 상대를 얕보며 진궁이 하는 조언을 무시한 채 총
군 500여 기를 이끌고 대치했다.

"놈의 서쪽 요새가 허술하구나."

조조는 날카로운 눈으로 꿰뚫어 보았다.

그리하여 깊은 밤중에 산길을 넘어 이전, 조홍, 우금, 전위 등
을 이끌고 불시에 공격했다.

여포는 그날 들판에서 벌어진 전투에서 조조 군에 대승을 거
두었던 터라 승리감에 도취되어 서쪽 요새가 위험하다는 진궁
의 충고를 무시한 채 잠들어 있었다.

복양성 안은 혼란에 빠졌다. 서쪽 요새는 순식간에 함락되어
조조의 깃발이 꽂혔다. 하지만 여포는 벌떡 일어나서 지휘하기
시작했다.

"요새는 나 혼자서 탈환하겠다. 너희는 쳐들어온 적군 놈들
을 물 샐 틈 없이 수비하라!"

여포의 병사들은 순식간에 질서를 되찾고 북을 울리며 올가
미를 씌우듯 포위했다.

험한 산길을 넘어 깊숙이 쳐들어온 공격군은 처음부터 병력
이 많지 않았을뿐더러 이곳 지리에도 어두웠다. 한번 점령한
요새가 도리어 조조에게는 위험한 땅이 되었다.

난군 속에서 밤이 지나고 날이 밝아왔다. 주변을 둘러보니
믿었던 아군도 태반이 흩어졌거나 죽어 있는 게 아닌가.

"아뿔싸."

사지에 몰렸다는 사실을 뒤늦게 깨달은 조조는 즉시 요새를

버리고 달아났다.

그리고 나서 남쪽을 향해 달리니 그곳 들판은 온통 적뿐이다. 동쪽으로 도망치려고 보니 그곳 숲도 적병으로 뒤덮여 있는 게 아닌가.

"사면초가다."

조조의 말 머리는 갈 곳을 잃고 방황했다. 다시 지난밤에 넘어온 북쪽 산지로 달리는 수밖에 없었다.

"조조가 저쪽으로 도망친다!"

여포 군은 끈질기게 추격했다. 물론 여포도 그 안에 있었다.

도망치던 조조는 성안 사거리에서 길을 잃고 헤매며 채찍이 부러질세라 휘둘렀다. 그때 또다시 전방에 모여 있던 적의 그림자 속에서 딱따기 소리가 높이 울리면서 조조의 몸 하나를 향해 화살이 팔방에서 질풍처럼 날아들었다.

"이제 끝장이다. 날 구해다오! 아군은 아무도 없느냐!"

천하의 조조도 무심코 비명을 지르며 자신에게 날아오는 화살을 마구잡이로 쳐냈다.

4

그때, 저편에서 누군가 와아아 부르짖는 소리가 들렸다.

소리가 들려오는 쪽을 보니 양손에 무게 80근이나 되는 창을 꼬나들고 적의 한복판을 헤치면서 달려오는 자가 있었다. 말도 사람도 피를 뒤집어쓰고 있어서 마치 불꽃이 날아오는 것처럼 보였다.

"주군, 주군! 말에서 내리십시오. 얼른 땅에 바싹 엎드려 잠시 적의 화살을 피하십시오!"

화살이 쏟아지는 가운데서 쩔쩔매는 조조를 향해 달려오자마자 큰 소리로 주의를 주었다.

누군가 했더니 바로 얼마 전에 부하가 된 악래 전위였다.

"오오, 악래인가."

조조는 급히 말에서 뛰어내려 악래가 말한 대로 땅에 엎드렸다. 곧이어 악래도 말에서 내렸다. 양손에 들고 있던 극을 풍차처럼 휘휘 돌리며 화살을 하나둘 떨어뜨렸다. 그러면서 적군을 향해 당당하게 걸어가서 소리쳤다.

"그렇게 물렁물렁한 화살이 이 악래의 몸에 맞을 줄 아느냐!"

"건방진 놈. 쳐 죽여라!"

50여 기의 적들이 한데 뭉쳐서 달려왔다.

악래는 당당히 맞서 싸워 적의 단검을 10자루나 빼앗았다. 악래가 휘두르는 극은 이미 톱니처럼 닳아서 내던져 버리고 단검 10자루를 몸에 찬 뒤 조조를 돌아보았다.

"적들이 흩어졌습니다! 지금입니다. 이쪽으로 오십시오."

말에 타지 않은 악래가 조조의 말고삐를 잡고 달리기 시작했다. 부하 두셋도 뒤따라왔다.

이내 조조 일행을 노린 화살 비가 쏟아졌다. 악래는 투구에 달린 가리개를 기울여 그 밑으로 고개를 푹 집어넣고 앞장서서 돌진했다.

"어이, 병사들!"

한 무리의 적군이 가까이 다가오는 걸 본 악래는 뒤쪽에 있는 부하들에게 소리쳤다.

"난 이대로 있을 테니 놈들이 열 발자국 앞까지 접근하면 알려라!"

그러더니 화살이 어지럽게 쏟아지는 한가운데 서서 잠을 자는 오리처럼 투구 가리개에 얼굴을 파묻었다.

"열 발자국입니다!"

뒤에서 부하가 알렸다.

"왔느냐!"

그 순간 악래는 손에 쥐고 있던 단검 중 한 자루를 획 던졌다.

제 손으로 잡겠다고 달려오던 적 하나가 안장 위에서 공중제비를 돌며 쿵 굴러떨어졌다.

"열 발자국입니다!"

또 뒤에서 외쳤다.

"맞아라!"

단검이 공중을 가르며 날아갔다.

적의 기마병이 보기 좋게 떨어졌다.

"열 발자국입니다!"

칼은 그 즉시 날치처럼 반짝이며 휭 날아갔다.

그렇게 단검 10자루가 적 10명을 찔러 죽이자, 남은 적은 두려움에 떨며 흙먼지 속으로 꽁무니를 빼고 달아났다.

"우스운 놈들."

악래는 다시 조조의 말고삐를 잡고 도망치는 적군 속으로 돌진했다. 그러곤 적의 무기를 빼앗아 휘두른 끝에 한쪽의 혈로를 뚫어냈다.

산기슭까지 오자 수십 기를 데리고 도망쳤던 휘하의 하후돈을 만났다. 아군 사상자는 전군의 절반 이상을 넘었다.

비참한 패전이다. 아니, 오히려 조조가 살아남은 게 기적이라고 해도 과언이 아니다.

"그대가 아니었다면 난 죽은 목숨이나 다름없었을 것이네."

조조는 악래에게 고마운 마음을 전하였다. 밤이 되자 폭우가 쏟아졌다. 넘어가야 할 산협은 급류로 변해버렸다.

진영으로 돌아간 뒤 악래 전위는 이날의 공을 인정받아 영군도위(領軍都尉)에 올랐다.

5

이곳에서 여포는 연전연승했다.

실의에 빠진 유랑 생활을 이어오던 일개 떠돌이 무사가 순식간에 복양성 주인이 되었다. 앞서 조조를 맘껏 혼쭐낸 복양성 병사들의 사기는 한층 드높아졌다.

"이 땅에 전(田) 씨라는 부호가 있습니다. 아십니까?"

모사 진궁이 돌연히 말을 꺼냈다. 여포도 진궁의 지모를 중히 여기게 되었으므로 무슨 계책이 있는지 물었다.

"전 씨 말인가? 그자는 유명한 부호가 아닌가? 종으로 부리는 동복만 수백 명에 달한다고 들었네."

"그렇습니다. 그 전 씨를 은밀히 불러들이십시오."

"불러서 군자금을 내놓으라고 하란 말인가?"

"그런 시시한 이유가 아닙니다. 영내 부호에게 돈을 착취하는 건 자신의 곳간을 성급히 집어삼키는 일이나 매한가지입니다. 대사만 성공한다면 금은보화는 그쪽에서 알아서 성문으로 들고 올 것입니다."

"그럼 전 씨를 불러서 뭘 하란 말인가?"

"조조의 목숨을 취하는 것이지요."

진궁은 나지막한 목소리로 은밀히 설명했다.

그로부터 며칠이 지나자,

한 백성이 삶은 닭을 꾸러미로 싼 뒤 장대 끝에 매달고 어깨에 짊어진 채 조조의 진문 근처를 어슬렁거렸다.

"수상한 놈이다!"

붙잡힌 백성은 엎드려 절하며 말했다.

"이 닭을 대장께 바치고 싶습니다."

"네놈은 밀정이렷다?"

다짜고짜 조조 앞으로 끌려온 백성은 태도를 바꾸었다.

"사람들을 물려주십시오. 사실 전 밀사입니다. 장군께 해가 될 밀사는 아닙니다."

근신만을 남겨둔 채 졸병들은 물러나도록 했다. 그자는 닭 꾸러미를 찌르던 대나무 마디를 갈라 그 안에서 밀서 한 장을 꺼내어 조조에게 바쳤다.

밀서를 보니 성안에서 으뜸가는 집안이자 부호로 알려진 전 씨가 보내온 서찰이다. 거기에는 여포가 저지르는 포학무도한 학정을 규탄하는 성안 백성들의 원망이 줄줄이 적혀 있었다.

이런 인물이 성주로 있는 한 저희는 타국으로 도망갈 수밖에 없다고도 쓰여 있었다.

밀서의 요점은 이러했다.

'지금 복양성은 빈 성을 지키는 병력밖에 없습니다. 여포는 여양(黎陽)에 나가 있습니다. 즉시 장군의 군대를 이끌고 와주십시오. 저희는 때를 노려 내응하고 성안을 교란시키겠습니다. 의(義) 자를 크게 쓴 백기를 성벽 위에 세울 테니 이를 신호로 단숨에 복양 병사들을 섬멸하시기를 바랍니다. 때는 바로 지금입니다.'

조조는 만면에 화색을 띠며 기뻐했다.

"하늘이 내게 설욕할 기회를 주시는구나. 복양은 이제 내 손안에 있다!"

밀사를 치하하고 승낙한다는 답변을 들고 돌아가게 했다.

"위험합니다."

책사 유엽(劉曄)이 말렸다.

"만약을 위해 군을 셋으로 나눠 한 부대만 앞으로 내보내십시오. 여포는 꾀 없는 사내지만 진궁은 무시할 수 없습니다."

조조도 그 의견을 받아들여 셋으로 나눈 군사를 이끌고 천천히 적의 성 밑까지 접근했다.

"오오, 보이는구나."

조조는 득의의 미소를 지었다.

아니나 다를까, 크고 작은 적의 깃발이 나부끼는 성벽 위의 일각 서문 주변에 한 폭짜리 흰 깃발이 펄럭였다. 이마에 손을 얹고 들여다볼 필요도 없이 그 깃발에는 명백히 '의(義)' 자가 크게 적혀 있었다.

6

"이미 일의 절반은 성취한 거나 다름없다."

조조는 좌우를 둘러보며 충고했다.

"하지만 밤이 깊어질 때까지는 한숨 돌리면서 적당히 응하되, 적이 도발해도 깊숙이 들어가지는 마라."

성 아래에 있는 가게들은 모조리 문을 닫고 백성들은 피신해서인지 마을은 대낮인데도 한밤처럼 고요했다. 조조의 군마는 여기저기에 모여서 식량과 식수를 구하거나 야간에 있을 총공격을 위한 준비를 했다.

예상했던 대로 성안 병사들은 기습해왔다. 거리거리마다 소규모 병사들이 충돌하여 일진일퇴를 반복하는 동안에 이윽고 해는 저물었다.

땅거미가 진 혼잡한 틈을 타서 한 백성이 조조가 있는 본진으로 달려왔다. 잡아다 힐문하니 밀서를 보였다.

"전 씨가 보낸 사람입니다."

그 말을 들은 조조는 곧바로 밀서를 가져오도록 한 다음 펼쳐보았다. 틀림없는 전 씨가 쓴 필적이다.

초경의 별이 빛날 무렵
성 위에서 징이 울릴 것이니

그때를 놓치지 말고 즉시 전진하십시오.

민중이 귀군의 말굽과 창을 기다린 지 오래된바

즉각 철문을 안에서 열고

온 성을 장군께 바치겠습니다.

"좋아, 때는 무르익었군."

조조는 밀서에 쓰인 계책에 따라 곧바로 총공격을 위한 배치
에 들어갔다.

하후돈과 조인이 이끄는 두 부대는 성문에 주둔시키고 선봉
으로는 하후연, 이전, 악진을 세웠으며 중군에는 전위를 포함
한 네 장군이 에워싸도록 했다. 자신은 그 한가운데에 대장기
를 꽂고 지휘에 나서는 중후한 진형을 갖춘 후 서서히 내성의
정면을 향해 나아갔다.

그러나 성안 분위기에서 무언가 수상한 정적을 느낀 이전이
조조에게 충언했다.

"일단 저희가 성문으로 들어가서 적을 건드려볼 테니 대장께
서는 잠시 진군을 멈추고 기다리십시오."

조조는 못마땅한 표정을 지었다.

"전기(戰機)란 때를 놓치면 일순간에 승산을 잃게 되는 법이
다. 전 씨가 보내는 신호에 맞추지 못하면 모든 전선이 흐트러
진다."

조조는 이전의 충고를 받아들이지 않았을 뿐 아니라 오히려
말을 세차게 몰아 선봉에 섰다.

달은 아직 뜨지 않았지만 온 하늘에 가득한 별은 초저녁인데

도 찬란하게 반짝였다. 다그닥다그닥 조조를 뒤따르는 군마의 말발굽이 성문으로 가까이 다가가자 서문 근처에서 소라고둥이 내는 음산한 소리가 꼬리를 끌며 길게 울려 퍼졌다.

"앗, 무슨 소리지?!"

공격군의 여러 장군은 전진을 살짝 망설였으나 조조는 이미 성문 다리 위를 달리며 뒤돌아서 소리쳤다.

"전 씨의 신호다! 뭘 주저하느냐! 이땔 놓치지 말고 전군 진격하라!"

그 순간 정면에 보이는 성문이 안쪽에서 여덟 팔(八) 자로 활짝 열리는 게 아닌가. 과연 전 씨가 보내온 밀서는 거짓이 아니었다고 생각한 장군들도 기세를 몰아 성문 안으로 우르르 몰려들었다.

"와아아…!"

일순간,

어둠 속에서 함성이 일었다. 적인지 아군인지 분간이 되지 않았을뿐더러 성난 파도처럼 돌격하였기에 갑자기 말을 세우고 뒤돌아볼 틈도 없었다.

그러자 어디에서라고 할 것 없이 빗발치듯 돌멩이가 쏟아졌다. 돌담의 그늘과 성안의 관청 등에서 일제히 무수한 횃불이 밝혀졌는데 그 수가 몇천에 달하는지 셀 수조차 없었다.

"어, 어, 어떻게 된 거지?"

무언가 잘못됐다고 생각하는 사이에 횃불이 날아들었다. 군마 위로, 땅으로, 투구로, 소매로 불비가 쏟아졌다.

"큰일이다. 함정에 걸렸다. 퇴각하라!"

조조는 기겁하여 후방을 향해 목이 터져라 소리쳤다.

7

적의 계략에 걸려들었다는 사실을 알아챈 조조가 말 머리를 돌린 찰나, 어디선가 우레 같은 포성이 쿵 하고 울렸다.

조조를 뒤따라 돌진한 전군은 즉시 혼란에 빠졌다.

"무슨 일이야?"

"빨리 비켜!"

성난 말과 성난 말, 병사와 병사가 방향을 잃고 우왕좌왕할 때 후군 부대는 뒤에서 끊임없이 밀고 들어왔다.

"퇴각하라!"

"뒤로 물러나라!"

혼란은 쉽게 가라앉지 않았다.

빗발치는 돌과 횃불이 그쳤나 싶을 때 성안의 사문이 일제히 입을 열더니 그 안에서 튀어나온 여포 군이 동서 양쪽에서 협공을 펼쳤다.

"공격군 놈들을 몰살하라!"

얼빠진 조조 병사들은 그물에 걸린 물고기처럼 무기력하게 전멸했다. 죽은 자와 사로잡힌 자를 이루 헤아릴 수 없었다.

"내 실수다!"

과연 조조도 당황하여 분연히 입술을 깨물고 북문으로 도망치려 했으나 그곳도 적군으로 뒤덮여 있었다. 남문으로 나가려니 남문은 온통 불바다였다. 서문을 향해 달리려고 하자 양쪽에서 매복병이 나타나 앞다투어 함성을 질렀다.

"주군, 주군! 여기 혈로를 뚫었습니다. 빨리 오십시오!"

조조를 부른 사람은 바로 악래 전위였다. 전위는 이를 악물고 눈을 부릅뜬 채 적의 무리를 쓰러뜨린 후 주군을 위해 성문 다리를 끊어 퇴로를 만들었다.

조조는 쏜살같이 달려나가 성 밑에 자리한 마을로 향했다. 맨 뒤에 남아 있던 악래도 뒤를 쫓았지만 이미 조조의 모습은 보이지 않았다.

"이런…. 주군!"

악래가 찾아다닐 때 누군가 달려온 아군이 있었다.

"전위 아닌가?"

"이전인가? 혹 주군을 뵙지 못했는가?"

"나도 주군이 염려되어 찾던 중이라네."

"어디로 가신 걸까…."

두 사람은 병사를 둘로 나눠 팔방으로 수색했으나 좀처럼 보이지 않았다.

어디를 둘러봐도 화염과 시커먼 연기, 적병뿐이다. 조조 본인도 남쪽으로 달리는지 서쪽으로 향하는지 알지 못했다. 다만 끝없는 난군의 포위와 화염의 미로만 펼쳐져 있었다. 그 속에서 아무리 애를 써도 빠져나올 수 없을 정도로 정신이 없었다.

그때 저편에 보이는 어두운 사거리에서 한 무리의 햇불이 밤안개를 새빨갛게 적시며 꺾어져 들어오는 게 보였다.

가까이 다가가 볼 것도 없이 틀림없는 적군이다.

"아뿔싸!"

조조는 당황했으나 뒤돌아서 달리면 되려 의심을 받으리라 생각했다. 배짱을 내밀어 그대로 지나가는 정공법을 선택했다.

어찌 알았겠는가? 병사들의 횃불에 둘러싸여 창이 부딪치는 소리를 내며 걸어오는 사람은 다름 아닌 적장 여포다. 예의 무시무시한 방천화극을 옆으로 차고 왼손에 적토마의 말고삐를 쥔 채 여유롭게 오는 모습이 조조의 두 눈에 크게 들어왔다.

가슴이 철렁 내려앉았지만 때는 이미 늦었다. 조조는 고개를 돌리고 얼굴을 손으로 가린 채 태연하게 지나갔다.

그러자 여포는 무슨 생각이 났는지 극을 뻗어 조조가 쓴 투구 끝을 탁 하고 가볍게 쳤다. 자기편 장군과 착각한 모양인지 이렇게 물었다.

"어이, 조조가 어디로 도망쳤는지 모르는가?"

"예. 저도 조조를 추적하는 중입니다. 누런 털의 준마를 타고 저편으로 달려갔다기에…."

조조는 목소리를 변조하여 대답하고 방향을 가리킨 후 그쪽으로 쏜살같이 말을 달렸다.

8

'흠, 수상한데…?'

뒷모습을 바라보던 여포가 낌새를 눈치챘을 때, 이미 조조의 그림자는 온 거리에 자욱한 연기 속으로 사라져 보이지 않았다.

"아아, 아슬아슬했다."

조조는 정신없이 달린 끝에 말을 멈춰 세우고 중얼거렸다. 호랑이 굴에서 빠져나왔다는 건 그야말로 이런 상황을 두고 하는 말이라 생각했다.

대체 여기는 어디일까? 동쪽일까, 서쪽일까…. 그 앞에 놓인 상황은 여전히 오리무중이다.

그렇게 헤매는 사이에 겨우 자기를 찾던 악래와 조우했다. 악래의 비호를 받으며 각 거리에서 혈로를 뚫어 동쪽으로 난 큰길로 이어지는 성의 외문까지 도망쳤다.

"아아, 이곳도 나갈 수 없는가!"

조조는 저도 모르게 탄성을 질렀다. 말도 발굽으로 땅만 찰 뿐 앞으로 나아가지 못했다.

그도 그럴 것이 큰길로 빠져나가는 성문은 지금 활활 타오르는 길이다. 긴 성벽은 한 줄기 화염 길로 변했고 불의 열기는 천지도 태워버릴 듯한 기세였다.

"이를 어찌하면 좋단 말인가…."

열풍에 겁먹은 말이 길길이 날뛰었다. 안장과 투구에도 불똥이 튀겨 후드득 내려앉았다.

"악래, 돌아가는 수밖에 없겠구나…."

조조는 절망적인 목소리로 뒤돌아보며 한숨을 쉬었다.

악래는 불보다 새빨간 얼굴로 눈꼬리를 치켜뜨며 앞을 노려보았다.

"돌아갈 길은 없습니다. 이 문이 생사의 갈림길입니다. 제가 먼저 뚫고 지나갈 테니 바로 붙어서 따라오십시오."

성문은 온통 화염에 휩싸였다. 성벽 위를 보니 산더미 같은 장작과 나뭇가지에 불이 옮겨붙어 불타는 중이다. 그야말로 지옥문이다. 그 아래를 통과하는 건 구사일생을 바라는 곡예보다 위험한 일이다.

그러나 활로는 오직 이곳뿐이다.

악래가 타던 말의 엉덩이 쪽에서 휙 하고 매서운 소리가 들렸다. 동시에 악래는 말과 함께 불길에 휩싸인 문으로 뛰어들었다. 그 모습을 본 조조도 극을 휘둘러 불꽃을 떨치며 화염 속으로 거침없이 달려들었다.

순간, 숨이 콱 막혔다.

귓구멍에 난 털까지 타들어가는 느낌이 들었을 때는 조조의 가슴이 성루 맞은편으로 빠져나가기 일보 직전이었다.

그 순간,

성루 위 한 귀퉁이가 불에 타서 내려앉기 시작했다. 이 무슨 참변인가! 불에 휩싸인 거대한 들보가 그 자리에서 번갯불처럼 무너져 내렸다. 바로 조조가 탄 말의 엉덩이를 덮쳤기에 말은 다리를 접질리면서 땅바닥에 쓰러졌고, 내팽개쳐진 조조 몸 쪽으로 들보가 굴러왔다.

"앗!"

벌러덩 넘어진 조조는 맨손으로 불기둥을 받아쳤다. 물론 손바닥과 팔꿈치에 중화상을 입었다. 온몸에서 탄내 나는 연기가 메스껍게 피어올랐다.

"으…, 으윽…!"

조조는 손발로 떠받치고 몸을 젖힌 채 화염 밑에서 정신을 잃고 말았다.

계속해서 조조를 부르는 사람이 있었다. 얼마나 시간이 지났을까…. 희미하게 의식이 돌아왔을 때는 누군가의 말 위에 걸쳐진 상태였다.

"악래인가…."

"그렇습니다. 안심하십시오. 드디어 적진에서도 아주 멀어졌습니다."

"난 살았는가?"

"온 하늘에 가득한 별이 보이시지요?"

"보인다…."

"생명에는 지장이 없습니다. 상처도 화상뿐이니 분명 아물 겁니다."

"아아…. 별하늘이 점점 뒤로 흘러가는구나."

"뒤에서 쫓아오는 건 아군의 하후연이니 심려치 마십시오."

"그래…."

조조는 말을 맺자마자 급작스레 고통으로 몸부림쳤다. 안도와 함께 반신에 입은 화상의 고통이 사무쳤기 때문이다.

9

날은 희붐히 밝아왔다.

뿔뿔이 흩어졌던 장군과 병사들도 하나둘 아군 요새로 돌아왔다. 어느 얼굴과 모습에도 참담한 패배의 피와 진흙으로 뒤

범벅되어 초라해 보였다.

더구나 살아 돌아온 사람은 전군의 절반이 채 못 되었다.

악래와 하후연에게 구조된 조조가 말안장에 얹힌 채 요새로 돌아오자 전군의 사기는 묘지처럼 적막히 가라앉았고, 상실의 빛이 짙게 깔린 진영에는 깃발마저 아침 이슬에 젖어서 축 늘어졌다.

"뭐라? 장군이 부상을 입으셨다고?"

"중상인가?"

"용태는 어떠신가?"

소식을 전해 들은 막료의 장교들은 조조가 옮겨진 진막 안으로 우르르 몰려들었다.

"쉿…."

"조용히 해라."

진막 안에서 제지를 당하자 장교들은 왠지 모를 섬뜩함을 느끼며 입을 다물었고 이내 엄숙한 침묵이 흘렀다.

치료하러 온 의원이 조용히 돌아갔다. 의원 얼굴에도 근심이 서려 있었다. 그 모습을 보는 것만으로도 막료들은 가슴이 미어졌다.

그때 갑자기 장막 안에서 조조의 웃음소리가 들려왔다.

"와하하. 아하하."

평상시보다 쾌활한 목소리였다.

깜짝 놀란 일동이 누워 있는 조조 주변을 에워싸고 용태를 엿보았다.

오른쪽 팔꿈치부터 어깨, 허벅지까지 반신이 심한 화상으로 문드러진 듯했다. 붕대를 칭칭 감은 모습이다. 얼굴 반쪽도 약을 바르고 하얀 복면을 쓴 것처럼 한쪽 눈만 내밀었다. 머리카락도 옥수수염처럼 타버렸다.

"이제 괜찮으니 심려치 마라."

한쪽 눈으로 막료들을 둘러보며 조조는 억지웃음을 지어 보였다.

"생각해보면 결코 적이 강했던 건 아니다. 난 불에 졌을 뿐이다. 불에는 이길 수 없지, 암 그렇고말고. 제군들, 그렇잖은가? 다소 경솔했다. 아무리 실수였다곤 하나 필부 여포 따위가 내세운 계략에 빠진 건 면목이 없구나. 나 또한 여포에게 계략으로써 빚을 갚아줄 생각이다. 다들 두고 보아라."

조조는 몸을 조금 비틀려고 했지만 움직이지 않았다. 가까스로 고개만 돌리며 지시했다.

"하후연."

"예!"

"자네에게 내 장례식을 맡기겠다. 장례를 지휘하라."

"어찌 그런 불길한 말씀을 하십니까?"

"아니다, 계책이다. 오늘 새벽 끝내 조조가 숨을 거뒀다고 알려라. 소식을 듣자마자 여포는 이때다 싶어 성을 나와서 공격해올 것이다. 임시로 매장한다는 소문을 퍼뜨리고 내 가짜 관을 마릉산(馬陵山)에 묻어라."

"예…."

"마릉산 동서 쪽에 병사들을 매복시키고 적을 유인한 뒤 원형 진 속에 가둬서 마음껏 섬멸하는 것이다. 알겠는가?"

"알겠습니다."

"제군들 생각은 어떤가?"

"훌륭한 책략입니다."

막료들은 그 자리에서 상장(喪章)을 달았다. 장군기 깃대 끝에도 조장(弔章)을 매달았다.

조조가 죽었다!

소식이 전해졌다. 정말 그럴듯한 사실처럼 복양성까지 흘러들었다. 그 소식을 들은 여포는 무릎을 치며 기뻐했다.

"됐다. 내 강적이 이걸로 제거되었구나."

만에 하나를 위해 염탐꾼을 풀어 확인해보니, 상중인 적진은 시들어버린 들판처럼 적막하고 아무 소리도 들리지 않는다고 했다.

여포는 마릉산에서 치를 장삿날을 노리고 복양성을 나와서 단숨에 적을 매장시키려 했다.

어찌 짐작이나 했겠는가! 그건 여포를 꾀어내 저세상으로 보내려는 거짓 장례였다.

높고 낮은 구릉 일대의 그늘에서 갑자기 울려 퍼진 북과 나팔 소리가 여포 군을 단숨에 무너뜨렸다.

여포는 간신히 목숨만 부지한 채 도망쳤다. 1만에 가까운 희생자와 함께 체면을 마릉산에 버리고 달아났다. 이때 넌더리가 날 정도로 당한 여포는 복양성을 단단히 걸어 잠그고 좀처럼 성 밖으로 나오지 않았다.

소와 메뚜기

1

굴에서 나오지 않는 호랑이를 잡을 수는 없다.

"이제 그 꾀에는 속지 않는다."

조조는 갖은 방법을 강구하여 여포를 도발했으나 여포는 복양성에서 한 발자국도 움직이지 않았다.

이에 따라 양 전선에서는 정찰병과 소부대가 밤낮없이 조촐한 싸움을 반복했지만 막상 전투다운 전투로 이어지지는 않았으며, 그렇다고 이 부근이 평온하다고 말할 수도 없었다.

아니, 세상의 어지러운 흉상은 이곳 한 군데만 있는 문제가 아니다. 땅이 있는 곳, 인간이 사는 곳이라면 어디서나 피비린내 나는 바람이 휘몰아치는 중이다.

이러한 지상에 또다시 전쟁 이상으로 백성들을 괴롭히는 사건이 일어났다.

구름 한 조각 없이 화창한 어느 날,

먼 서쪽 하늘에서 까만 솜덩어리 같은 게 공중에 떠서 몰려오는 게 아닌가. 이윽고 질풍 구름처럼 삽시간에 하늘 전체로 퍼졌다.

"메뚜기다! 메뚜기 떼다!"

백성들은 소리쳤다. 메뚜기 떼의 습격이라는 말을 듣자 백성들은 망연자실 통곡하며 가래와 괭이도 집어 내던지고 벌집 같은 오두막 안으로 숨어들었다.

"아아, 어쩔 수 없다."

백성들은 부들부들 떨며 절망과 포기가 섞인 신음만 내뱉을 뿐이다.

메뚜기 떼는 몽고바람을 타고 날아오는 황사보다 무수히 많았다. 하늘을 온통 뒤덮은 구름이라 착각할 만큼, 그 요충(妖蟲)의 그림자 때문에 대낮은 금세 어두컴컴해졌다.

지상도 마찬가지로 메뚜기가 홍수를 이루었다. 눈 깜짝할 사이에 벼 이삭을 갉아먹어 먹을 벼가 한 톨도 남지 않자 요충들의 질풍은 즉시 다음 지방으로 옮겨 갔다.

뒤에서 날아오는 메뚜기들은 먹을 벼가 없었다. 결국 굶주린 놈들끼리 서로 물어뜯어 몇만인지 몇억인지 모를 곤충 사체가 푸른 벼 한 포기 남지 않은 지상을 처참히 뒤덮었다.

그런 무시무시한 광경은 곤충 세계에서만 벌어지는 게 아니다. 급기야 인간도 서로 물어뜯기 시작했다.

"먹을 게 없다!"

"살길이 없어!"

비통한 유랑민은 식량을 찾아 동서 쪽으로 길을 하나둘 떠났다.

식량과 먹을거리를 생산하는 백성들을 잃은 군대는 이제 군대로서의 제 역할을 할 수 없었다.

군대도 '먹을 것'을 위해 바삐 움직여야 했다. 게다가 산동 지방에서는 그해 메뚜기가 뿌린 재앙으로 물가가 폭등에 폭등을 거듭한 끝에 돈 100관(貫)을 내도 쌀 1곡(斛)을 구하기 어려운 지경에 이르렀다.

'이거 안 되겠구나.'

일이 이 지경에 이르자 조조도 달리 손쓸 방법이 없었다.

전쟁은커녕 병사도 기를 수 없었다. 조조는 부득이하게 진영을 접고 잠시 다른 주에 숨어서 의와 식을 절약하며 대기근을 견딘 후 앞날을 도모하는 수밖에 없다고 단념했다.

마찬가지로 복양에 있는 여포에게도 이 재앙이 피해 갈 리 없었다.

"조조 군도 드디어 포위를 풀고 물러났습니다."

"으음, 그런가."

보고를 듣고도 여포의 찌푸린 미간은 어지간해서는 풀리지 않았다.

그러고는 군량을 담당하는 관리에게 엄명을 내렸다.

"가능한 한 아껴서 조금씩 오랫동안 먹여라."

자연스레,

양쪽에서 벌였던 지리한 전쟁은 막을 내렸다.

메뚜기가 인간의 전쟁을 멈춘 것이다.

그러나,

다시 봄이 오고 여름이 돌아오는 법이다. 대지는 푸릇푸릇한 곡물과 벼 이삭을 길러낼 것이다. 메뚜기는 매년 습격해오지 않지만, 인간들 사이에서 벌어지는 전쟁은 대지가 열매 맺는 힘을 가지고 있는 한 영원히 끊이지 않으리라.

2

한편, 서주 태수 도겸은 죽기 전에 누구에게 이 땅을 물려줘야 할지 날마다 병상에서 고민하였다.

"역시 유현덕 외에는 달리 없다."

도겸 나이는 벌써 칠순에 가까웠다. 게다가 이번에는 병이 깊어 스스로 위중하다는 사실을 느끼는 차였다. 허나 서주의 앞날이 밝지 못하니 도무지 번뇌를 떨칠 수 없었다.

"자네들 생각은 어떠한가?"

머리맡에 서 있던 중신 미축과 진등(陳登)에게 무거운 눈을 들어 올리고 물었다.

"올해는 메뚜기 떼가 뿌린 재해로 조조가 군을 거두었지만, 내년 봄이면 다시 권토중래(捲土重來, 땅을 말아 일으킬 것 같은 기세로 다시 온다는 뜻으로, 한 번 실패하였으나 힘을 회복하여 다시 쳐들어옴을 이르는 말. 당나라 두목의 〈오강정시烏江亭詩〉에 나오는 말로, 항우가 유방과 벌인 결전에서 패하여 오강 근처에서 자결한 것을 탄식한 말에서 유래 – 옮긴이)하여 올 것이네. 그때 하늘이 도와 여포가 재차 조조의 배후를 친다면 모르겠지만 늘 그런 기적이 따를 리는 만무하고. 이 상태로 가면 내 운명도 언제 다할지 모르니 지금 확실한 후계자를 정해두고 싶구나."

"지당한 말씀이십니다."

미축은 늙은 태수의 의중을 헤아리는지라 조심스레 말을 꺼냈다.

"다시 한번 유현덕을 불러들이셔서 간곡히 설득해보시면 어떻겠습니까?"

도겸은 중신의 동의를 얻자 다소 힘을 얻은 듯했다.

"즉시 사자를 보내게."

현덕은 부름을 받은 즉시 소패에서 달려와 태수를 문안했다.

도겸은 고목 같은 손을 뻗어 현덕 손을 쥐었다.

"그대가 승낙해주지 않는다면 난 마음 놓고 죽을 수가 없소. 부디 이 세상을 위해, 한조의 성지를 지키기 위해 서주 땅을 받아 태수가 되어주시오."

"감사한 말씀입니다만 그렇게는 할 수 없습니다."

현덕은 여전히 거절했다. 그러면서 '태수께는 두 아드님이 계시지 않습니까?' 하고 까닭을 말하려 했으나, 그 말을 듣고 중병을 앓는 환자가 재주 없는 못난 자식에 대해 흥분하여 이야기하면 안 되기에 현덕은 다만 완강히 고개를 저었다.

"전 그럴 그릇이 못 됩니다."

그사이에 도겸은 끝내 숨을 거두고 말았다.

서주에서는 상을 알렸다. 성안에 사는 모든 사람이 상복을 입고 애도에 잠겼다. 장례가 끝나자 현덕은 소패로 돌아갔는데 곧바로 미축과 진등이 대표로 현덕을 찾아왔다.

"태수께서 생전에 바라시던 뜻이니 부디 서주의 영주가 되어

주십시오."

현덕에게 여러 차례 간청했다.

다음 날, 소패 관아 문밖으로 백성들이 단합하여 와글와글 모여들었다. 현덕은 무슨 일인가 싶어 관우와 장비를 이끌고 나가 보니, 몇백이나 되는 민중들이 현덕의 모습이 나타나자 일제히 땅에 엎드려 한목소리로 호소했다.

"오오, 현덕 님. 저희 백성은 매년 전쟁의 화를 당하고 올해는 메뚜기 피해마저 입었습니다. 이제 이 땅에 오직 소망이 하나 있다면 좋은 영주님이 부임하셔서 어진 정치를 펼쳐주시는 것 밖에는 없습니다. 만일 다른 사람이 태수가 된다면 저희는 암흑에서 암흑으로 헤매게 될 뿐입니다. 목을 매달아 죽는 자가 속출할지도 모릅니다."

그중에는 통곡하는 자도 있었다.

그 가련하고 굶주린 백성을 보자 유비도 결국 뜻을 굽혔다. 즉시 태수의 패인을 받아 소패에서 서주로 자리를 옮겼다.

3

유현덕은 이제 비로소 한 주의 태수라는 지위에 올랐다.

현덕은 명분 없는 난폭한 군대나 악랄한 책모를 이용하여 하늘의 뜻을 거스르면서까지 강제 찬탈을 한 것이 아니라, 지극히 자연스레 찾아온 운명을 받아들인 것이나 다름없었다.

가난한 탁현의 한 마을에서 몸을 일으켜 오늘까지, 절개와 의리를 지키고 풍운에 임하면서도 무공을 서두르지 않았으며 악명 또한 남기지 않았다. 그리고 '우리 형님은 시절을 타고나지 못했다'며 항상 관우와 장비를 안타깝게 했던 일이, 지금 와서 보니 오히려 먼 길을 우회한 게 아니라 실은 더 가까운 정도(正道)였다.

그리하여 서주목이 된 유현덕은 가장 먼저 선대 태수인 도겸의 위패를 모시고 황하 부근에서 성대한 장례식을 치렀다.

그 후 도겸이 쌓은 덕행과 유업을 공공연히 밝히고 조정에 아뢰었다.

미축, 진등, 손건(孫乾) 같은 옛 신하를 등용하여 크게 선정을 베풀었다.

이렇게 '메뚜기 기근'과 전쟁으로 풀뿌리까지 메말라버린 영토를 다스리며 민력을 회복하려 힘쓰자 백성 눈에도 희망이 생생히 되살아나기 시작했다.

이때 백성이 입을 모아 유비를 칭송한다는 소식을 듣고 놀라워한 자가 있었다.

"뭣이라? 유현덕이 서주를 취했다고? 그 현덕이 서주 태수 자리에 앉은 것인가?"

매우 의외라는 듯이, 경멸스럽다는 듯이 말한 사람은 바로 조조다.

조조는 그 새로운 소식을 접하자 놀라움과 함께 분노를 표출했다.

"죽은 도겸이 내 돌아가신 아버지 원수라는 사실은 현덕도 알 것이다. 그 원수를 아직 갚지도 못했거늘 하물며 화살 반 개의 공도 없는 필부 주제에 서주 태수가 되다니…. 이는 말도 안 되는 처사다."

조조는 언젠가 자신이 갖겠다고 기정사실화한 영토에 생각지도 못한 인물이 들어서 선정을 베풀자, 계획에 차질이 생겼을 뿐 아니라 감정적으로도 마뜩지 않았던 것이리라.

"나와 서주 사이에 있었던 복잡한 사정을 알면서도 서주목에 부임했으니, 그와 더불어 이 조조의 원한을 사게 되리라는 각오하에 벌인 짓이겠지. 이렇게 된 이상 유현덕을 죽이고 도겸의 시체를 파헤쳐서 돌아가신 아버님의 한을 풀어드려야겠다!"

조조는 즉시 출격 준비를 명령했다.

그러자 순욱이 조조를 극구 말렸다.

처음 부름을 받았을 때 조조로부터 '그대는 나의 장자방'이라는 말을 들은 인물이다. 순욱은 간언했다.

"지금 머무는 이 땅은 천하의 요충지이자 주군께는 중요한 근거지입니다. 연주성은 여포에게 빼앗기지 않았습니까? 더구나 연주를 포위하면 서주로 향할 병력은 부족해집니다. 서주를 총공격한다면 연주의 적은 더욱 지반을 다질 뿐입니다. 서주를 취하지도 못하고 연주를 탈환하지도 못한다면 주군은 장차 어디로 가시렵니까?"

"허나 식량도 없는 기근의 땅에 붙어 있는 것도 좋은 방책이 아니다."

"바로 그 점입니다. 지금은 동쪽 지방인 여남(汝南, 하남성 여남)과 영주(穎州) 일대에서 군마를 키우는 게 상책입니다. 그 지방에는 아직도 황건의 잔당이 허다하니 그 초적들을 쳐서 적의 식량을 빼앗고 아군 병사를 살찌운다면 조정의 평판도 좋아지고 백성도 환영할 것입니다. 이것이야말로 일석이조입니다."

"좋다. 여남으로 가자."

조조는 결단력 있는 사내다. 남의 충언을 들으면 즉시 받아들이는 게 큰 장점이다. 조조가 이끄는 군마는 어느새 동쪽으로, 동쪽으로 움직이기 시작했다.

4

그해 12월, 조조 원정군은 진(陳)의 땅을 공격해 여남 영천(하남성 허창許昌) 지방을 휩쓸었다.

조조가 온다!

조조가 온다!

'조조'라는 이름은 겨울바람처럼 산야에 울려 퍼졌다.

이곳에 있는 황건의 잔당 하의(何儀)와 황소(黃邵) 두 우두머리는 양산(羊山)을 중심으로 수년간 백성들의 고혈을 빨아먹는 상태였다.

"뭐라? 조조가 공격해온다고? 조조한테는 연주라는 지반이 있잖은가. 대체 뭘 위해 온단 말이냐? 쳐부수어라!"

황건 잔당은 양산 기슭에 몰려나가서 기다렸다.

싸우기 전, 조조는 명령했다.

"악래, 적의 동태를 살피고 오너라."

"알겠습니다!"

악래 전위는 달려갔다가 이내 돌아와서 보고했다.

"대략 10만은 되어 보입니다. 전부 여우나 개의 무리와 같아 질서와 대오도 제대로 갖추지 못했습니다. 정면에 센 활을 늘 어놓고 잠시 화살 바람을 퍼부으십시오. 제가 기회를 엿보다가 오른쪽 날개에서 쫓아버리겠습니다."

전투 결과는 악래가 말한 그대로 되었다. 도적군은 무수한 사체를 버리고 팔방으로 도망치거나 떼로 몰려와 항복하는 등 지리멸렬했다.

"아무리 새 없는 고을의 박쥐라지만, 10만이나 되는 놈들 속 에 쓸 만한 놈은 하나쯤 있을 법도 한데…."

조조를 둘러싼 맹장들은 양산 위에 서서 호탕하게 웃었다.

그 이튿날 한 무리의 표범 같은 병졸들을 이끌고 진두를 찾 아온 거한이 있었다.

말에도 타지 않은 이 사내는 키가 7척이 넘었는데, 쇠몽둥이 를 겨드랑이에 낀 채 두 눈을 치켜뜨고 칠흑 같은 수염을 산바 람에 휘날리며 소리쳤다.

"이놈들, 내가 누구라 생각하느냐. 이 근방에서 이름 높은 절 천야차(截天夜叉) 하만(何蔓) 님이시다. 조조는 어딨느냐? 진짜 조조가 왔다면 여기 나와서 한판 겨뤄보자!"

"누가 가서 상대해주어라."

조조는 가소롭다는 듯이 웃으며 분부했다.

"예, 제가 가겠습니다."

부장 이전이 나가려 하자 조홍이 자신에게 양보하라며 나섰 다. 조홍은 부러 말에서 내린 후 칼을 들고 기세등등하게 하만에게 다가갔다.

"진짜 조 장군께서는 네놈 같은 멧돼지와는 상대하시지 않는다. 각오해라!"

조홍이 칼로 공격하려 들자 하만은 흥분하여 큰 칼을 휘두르며 다가왔다.

이 거한은 용맹이 절륜하여 조홍도 위태위태했지만, 도망가는 시늉을 하다가 갑자기 무릎을 꿇고 칼을 뒤로 후려쳐 보기 좋게 하만의 몸을 두 동강 내면서 겨우 물리쳤다.

그사이에 이전은 말을 달려 적의 대장 황소를 말 위에서 생포했다. 적장 하의는 수하 200~300명을 이끌고 갈피(葛陂) 둑으로 곧장 도망쳤다.

그때 갑자기,

한쪽 산골에서 깃발도 들지 않은 이상한 군대가 우르르 튀어나왔다. 선봉에 선 장사는 순식간에 길을 막고 하의를 말에서 떨어뜨렸다.

"어떤 놈이냐!"

말에서 공중제비를 돌며 떨어진 하의는 창을 다시 들었으나 그 장사가 재빨리 덮쳐 하의를 결박했다.

하의를 따르던 적병은 두려움에 떨며 장사 앞에서 항복을 애원했다. 그 장사는 수하와 항복한 병사들을 합쳐 의기양양하게 산골로 되돌아가려 했다.

이 사실은 모른 채 하의를 쫓아온 악래 전위가 그 무리를 발견하고는 불러 세웠다.

"멈춰라! 도적 우두머리 하의를 어디로 데려가느냐? 이쪽으로 넘겨라."

장사는 순순히 응하지 않았고, 그 즉시 두 호걸 사이에서 용호상박을 겨루는 기마전이 펼쳐졌다.

5

'이 장사는 대체 누구일까.'

악래 전위는 싸우며 문득 생각했다.

도적 우두머리를 생포해서 어디론가 끌고 가려는 걸 보면 도적은 아니다.

자신에게 덤비는 걸 보면 아군은 더더욱 아니다.

"잠깐 멈춰라!"

악래는 극을 거두며 외쳤다.

"무익한 싸움은 그만두는 게 어떻겠는가? 자네는 황건적 잔당은 아닌 모양이로군. 적장 하의를 조조 장군님께 바쳐라. 그러면 목숨만은 살려주지."

그 말을 들은 장사는 웃음을 터뜨렸다.

"조조는 또 뭐하는 놈이냐? 너희에겐 대장일지 모르지만, 우리에겐 아무런 은고(恩顧)도 없는 사람이다. 기껏 내 손으로 잡은 하의를 생판 모르는 조조에게 넘길 이유는 없다."

"네놈은 대체 어디에서 온 누구냐?"

"나는 초현(譙縣) 허저(許褚)다."

"도적이냐, 야인(野人)이냐?"

"천하의 농민이다."

"이놈, 감히 평민 주제에."

"내가 잡은 하의가 그렇게 탐나면 내 손에 든 이 보검을 빼앗아보아라. 그러면 하의를 넘겨주마."

악래 전위는 도리어 허저에게 조롱당하자 화가 머리끝까지 치솟았다. 악래는 양손에 극을 들고 각기 휙휙 휘두르며 죽일 기세로 달려들었다. 그러나 허저가 휘두르는 칼은 공격을 잘 막아냈고 오히려 악래를 쩔쩔매게 할 정도의 여유와 날카로움을 과시했다.

악래는 여태껏 자신을 두렵게 할 정도의 강적을 만난 적이 없었기에 초반에는 '이 사내는 제법이군' 정도로 얕잡아보며 싸웠다.

형세는 차츰 악래에게 불리해졌다. 악래가 지친 기색을 내비치자 갑자기 허저는 더욱 기세를 올렸다.

"이렇게 나온다면!"

악래도 비로소 진지해지며 난생처음으로 진땀을 삐질삐질 흘려가며 싸웠다. 허저는 조금도 흐트러지지 않았다. 더욱 용맹한 함성을 지르며 칼을 번쩍였고 몇 번이나 악래의 머리카락을 닿을락 말락 스쳤다.

이렇게 두 호걸이 벌이는 전투는 진시부터 오시까지 이어졌는데, 승패가 갈리기도 전에 말이 먼저 기진맥진하여 일몰과 동시에 승부는 비긴 채로 끝나고 말았다.

나중에 온 조조는 이 싸움을 고지에서 바라보다가, 악래가 돌아오자 이렇게 말했다.

"내일은 거짓으로 패한 시늉을 하고 도망쳐라."

이튿날 싸움에서 악래는 조조가 내린 지시대로 30합을 맞붙다가 갑자기 허저에게 등을 보이며 달아났다.

조조도 일부러 군을 5리쯤 물렸다. 그렇게 상대를 우쭐하게 만들고 난 연후에 다음 날 또다시 악래를 진두에 내보냈다.

허저는 악래의 모습을 보자마자 말을 몰고 달려왔다.

"잘도 꽁무니를 빼더구나, 비겁한 놈. 질리지도 않고 또 나왔느냐?"

악래는 당황한 척하며 아군에게는 덤비라고 명령한 후 저 혼자 앞장서서 도망쳤다.

"이놈! 오늘은 놓치지 않겠다!"

허저는 감쪽같이 조조가 세운 계략에 걸려들었다. 1리쯤 쫓아갔나 싶을 때 미리 조조의 명령으로 파놓은 커다란 함정에 말과 함께 쿵 떨어지고 말았다.

그와 동시에 사방에서 튀어나온 매복병이 함정 주위에 몰려들어 허저의 몸을 노리고 갈퀴와 쇠스랑 등을 마구 쑤셔 넣었다.

덫에 걸려든 허저는 즉시 조조 앞으로 끌려갔다.

6

마치 통나무나 멧돼지라도 끌어내듯 병사들이 소란스레 갈퀴와 쇠스랑으로 허저의 몸을 땅으로 끌어 올리자 조조는 크게 호통을 쳤다.

"멍청한 녀석들! 밧줄에 묶인 사람 하나를 포박해오면서 왜 이리 소란이냐?"

그러고는 부장과 병사들에게 뜻밖의 명을 내렸다.

"너희는 사람 보는 눈이 한참 없구나. 무사를 예우할 줄도 모르는 놈들이다. 어서 그 밧줄을 풀어라."

무리도 아니다. 조조는 이틀 전 허저와 악래가 화려한 불꽃을 튀기며 저물녘까지 싸우는 모습을 보면서 내심 '훌륭한 인재를 찾았다'고 생각했으며 허저를 자기 막하에 두어야겠다고 점찍어두어서였다.

조조에게 적이라는 낙인이 찍히면 죽은 목숨이었겠지만 반대로 인정을 받으니 그 예우는 어느 장군 못지않았다.

조조는 무사를 사랑할 줄도 알았지만 한번 증오하면 그 감정은 남보다 몇 배나 거셌다. 허저 경우에는 처음 보자마자 유쾌한 녀석이라며 호의를 품었고 '죽이기엔 아깝다. 어떻게든 내 부하로 삼아야겠다'는 결심을 하도록 만든 인물이기도 했다.

"그자에게 자리를 내주어라."

조조는 끌고 온 부하에게 명령하고 직접 다가가서 허저를 묶은 결박을 풀어주었다.

생각지도 못한 인정에 허저는 의외라는 듯이 조조의 얼굴을 바라보았다. 조조는 정식으로 허저의 혈통을 물었다.

"초현 출생으로 이름은 허저, 자는 중강(仲康)이라 합니다. 지금까지 남에게 내세울 만한 이렇다 할 이력은 없습니다. 산채에서 사는 까닭은 이 지방 도적들이 부린 폐해로 편히 농사를 짓지 못할 뿐만 아니라 식량을 빼앗기고 목숨도 위험에 처해서였습니다. 그래서 결국 마을에 사는 늙은이와 아이들, 일족을 이끌고 산속에 요새를 지은 다음 도적에게 대항하였습니다."

허저는 그간에 이런 일도 있었다며 고심을 이야기했다.

적군이 습격해와도 자신이 데리고 있는 부하들은 선량한 백성이므로 도적들과 같은 무기가 있을 리 없다. 따라서 항상 요새 안에 돌팔매를 쌓아두고 도적이 공격해오면 그 돌멩이를 던져서 막았다. 자랑은 아니지만, 자기가 던지는 돌은 백발백중이어서 근래에는 도적도 두려워하여 차츰 공격이 끊어졌다.

한번은 이런 일도 있었다.

요새 안에 쌀이 떨어져 무슨 수를 써서라도 쌀을 구해야겠다고 생각하던 차에, 다행히도 소 두 마리가 있어 도적에게 거래를 제안했다. 그러자 도적 쪽에서 흔쾌히 승낙하며 쌀을 들고 왔기에 그 자리에서 소를 건넸는데, 도적의 수하가 소를 끌려고 해도 좀처럼 움직이지 않다가 겨우 절반쯤 갔나 싶을 때 갑자기 소가 날뛰어 요새로 되돌아오는 게 아닌가.

그래서 소꼬리를 양손에 쥐고 날뛰는 소를 뒤따라오게 하여 도적이 모여 있는 근처까지 끌고 갔더니 도적들은 혼비백산하여 소를 받지도 않았으며, 다음 날은 기슭에 친 진까지 허물고 어딘가로 떠났다.

"아하하, 제 자랑을 조금 했습니다만 그런 연유로 오늘까지 마을 사람들의 목숨을 어떻게든 무사히 지켜왔습니다. 하지만 귀군의 힘으로 도적을 소탕해주신다면 저 같은 파수꾼은 없어져도 마을 늙은이도, 아이들도 논밭으로 돌아가 괭이를 쥘 수 있겠지요. 여한은 없습니다. 장군, 부디 제 목을 베어주십시오."

허저는 주눅도 들지 않고 시종일관 웃는 얼굴로 이야기했다.
조조는 죽이는 대신 은혜를 베풀었다. 물론 허저는 황송해하며
그날부터 조조 부하가 되었다.

어리석은 형, 현명한 아우

1

타지에 나간 원정군은 바람 부는 대로 움직였다. 메뚜기 떼처럼 옮겨 다녔다.

근래에 풍문을 들으니 조조의 옛 본거지 연주는 여포의 수하인 설란(薛蘭)과 이봉(李封)이라는 두 장군이 굳게 지키는데, 군기는 몹시 어지러워졌고 군사들은 성 밑에서 약탈과 못된 짓만 일삼으며 성안의 장군들은 가혹한 세금을 짜내어 향락에만 빠져 있다는 것이다.

'지금이라면 칠 수 있다.'

확신이 든 조조는 군의 방향을 돌려 칼을 들고 연주를 가리켰다.

"우리 고향으로 돌아간다!"

군사들은 목적지인 연주를 향해 폭풍처럼 밀고 들어갔다.

이봉과 설란은 설마 했던 조조 군을 두 눈으로 보자 놀라 당황하면서도 말을 끌고 나왔다.

"장군 휘하에 들어온 이후 첫 출전이니 저 두 장수를 맨손으로 잡아서 바치겠습니다."

신참 허저는 조조 앞으로 나와서 결의를 다지고는 곧바로 달려갔다.

그사이 허저는 설란과 이봉에게 싸움을 청하며 나아갔다. 그런데 성가셔졌는지 허저는 이봉을 단숨에 베어버렸다. 덜컥 겁을 먹은 설란이 도망치자 조조 뒤에서 여건(呂虔)이 화살을 획 날렸다. 화살은 설란의 목덜미를 관통하여 허저가 손쓰기도 전에 말에서 굴러떨어졌다.

이리하여 연주성은 다시 조조 손아귀로 되돌아갔다.

"이 기세로 복양도 친다!"

조조는 만족하지 않고 여포의 아성을 공격했다.

"성에서 나가면 불리합니다."

여포의 모사인 진궁은 농성하자고 주장했지만,

여포는 바보 같은 소리라며 듣지 않았다.

예의 천성이 드러났다. 더구나 조조를 다루는 방법도 알았다. 단숨에 격멸하여 연주를 탈환하지 않으면 백년대계를 그르칠 것이라는 생각에 온 성안의 병사를 투입하여 살벌한 대진을 펼쳤다.

여포의 용맹은 여전히 녹슬지 않았다. 오히려 세월이 흐를수록 말을 타고 싸우는 기술은 신의 경지에 이르러 그야말로 만부부당이다. 오로지 전쟁을 위해 신이 창조한 불사신인 듯했다.

"오, 내게 걸맞은 호적수를 발견했군."

허저는 뛰어난 적장 여포를 발견하자 영웅 정신까지 투철해졌다.

"내가 저놈을 치겠다!"

여포를 노리고 달려들었다.

여포는 허저를 상대도 하지 않았다. 허저는 이를 악물고 여포 앞으로 끈질기게 쫓아갔다. 그러고는 극을 어울렸으나 승패는 갈리지 않았다.

"이놈!"

거기에 악래 전위가 소리치며 달려들었으나 두 호걸이 협공해도 여포의 방천화극은 아직 여유가 있었다.

그때 하후돈을 비롯한 조조 휘하의 맹장이 여섯이나 모여들었다. 오늘이야말로 여포를 놓치지 않겠다는 기세다. 여포는 위험을 느꼈는지 재빨리 한쪽을 격파하기가 무섭게 적토마에 채찍을 가하여 도망쳤다.

그러고 나서 복양성 아래까지 달려왔다. 그 순간 여포는 깜짝 놀라며 말을 우뚝 세울 수밖에 없었다. 이게 어찌 된 일인가? 눈을 휘둥그레 떴다.

성문에 놓인 다리가 올라가 있는 게 아닌가. 누가 명령을 했단 말인가. 여포는 노발대발하여 해자 건너편을 향해 큰 소리로 외쳤다.

"문을 열어라! 다리를 내리란 말이다! 이 멍청한 놈들!"

그러자 성벽 위에서 몸집이 작은 사내가 불쑥 나타났다. 한때 여포를 위해 조조 진영으로 거짓 밀서를 보내어 조조 군에 치명적인 피해를 입힌 이 땅의 부호 전 씨였다.

"그렇게는 안 됩니다, 여 장군."

전 씨는 이를 드러내며 성벽 위에서 조소를 던졌다.

"어제의 아군도 오늘의 적이 아니겠습니까? 전 처음부터 분명히 제게 이득이 되는 쪽에 붙겠다고 밝혔지요. 본디 무사가 아닌 몸인지라 오늘부터는 조 장군의 아군이 되기로 했습니다. 아무래도 저쪽 형세가 유리해 보이니까요. 하하하⋯."

2

"문을 열어라! 성문을 열지 못하겠느냐! 이 발칙한 천민 놈. 네놈을 당장!"

여포는 어금니를 악물며 온갖 욕을 퍼부었지만 달라지는 건 없었을 뿐 아니라 성벽 위에 선 전 씨는 한층 야유를 퍼부었다.

"이제 이 성은 네놈 게 아니다. 조조 장군께 헌상했느니라. 그 추잡한 얼굴을 치우고 늦기 전에 어디로 도망이나 가거라. 참 딱한 일이지만, 허허."

이로운 냄새를 맡고 찾아온 아군은 또다시 이로운 냄새가 나는 곳으로 떠난다. 소인을 이용하여 얻은 공은 소인의 배신으로 단숨에 무너지고 말았다. 여포는 고래고래 소리치며 사납게 욕을 퍼부었지만, 결국 그곳에서 머뭇거리다가는 조조 군에게 잡히기만을 기다리는 꼴이다. 어쩔 수 없이 정도(定陶, 산동성 정도)를 향해 도망치기 시작했다.

"전 씨를 이용해서 곁을 준 건 내 잘못이기도 하다."

진궁은 자책이 들었는지 급히 복양성 동문으로 가서 안에 있는 전 씨와 교섭을 했고, 여포 가족들을 넘겨받은 다음 뒤를 쫓았다.

성지를 잃으면 그 즉시 따르는 병사 수도 으레 급감하는 법이다.

'이런 대장을 따라가봤자….'

가망이 없다고 단념한 채 뿔뿔이 흩어지는 것이다. 전 씨 같은 사람은 비단 그 사람뿐이 아니다. 수많은 전 씨가 모여들기도 하고 흩어지기도 하는 세상이다.

일단 패배하고 떠돌이군의 신세로 전락하면, 대장과 막료 입장에서는 결국 그렇게 되는 쪽이 편했다. 수십만이라는 대군을 먹이고 입힐 수 없기 때문이다. 아무리 약탈을 한다 해도 한 마을에 1000~2000명이나 되는 군이 몰려들면 그 즉시 마을 곳간은 메뚜기 떼가 지나간 것처럼 변해버린다.

여포는 우선 정도까지 도망갔으나 거기에도 정착할 수 없었기에 진궁에게 의논했다.

"이렇게 된 이상 원소를 의지하여 기주로 가보는 게 어떻겠는가?"

진궁은 고개를 갸웃거릴 뿐 바로 찬성하지 않았다. 각지에서 여포를 바라보는 시선이 그리 곱지 않다는 사실을 알기 때문이다.

따라서 먼저 사람을 보내 원소의 마음을 슬쩍 떠보는 동안, 원소는 그 소식을 듣고 모사인 심배에게 의견을 물었다.

심배는 솔직히 대답했다.

"받아주면 안 됩니다. 여포는 천하 호걸이지만 반면에 승냥이와 이리 같은 성질을 지녔습니다. 만약 여포가 세력을 되찾고 연주를 빼앗는다면 다음에는 이 기주를 노리지 말라는 법도 없습니다. 오히려 조조와 힘을 합쳐 여포 같은 난적을 죽이는 편이 기주가 평안해지는 길입니다."

"참으로 일리가 있는 말이다."

원소는 즉시 부하 안량에게 병사 5만을 주어 조조 군에 협력하도록 배치하고 조조에게 친선의 뜻을 담은 서찰을 보냈다.

여포는 어찌할 바를 몰랐다.

역경에 처한 유랑군은 정처 없이 걸었다.

"그래, 얼마 전 도겸 뒤를 이어 서주 태수가 된 유현덕을 의지해야겠구나. 어떤가…, 진궁?"

"좋습니다. 서주의 새로운 태수는 세상 평판이 좋은 모양입니다. 그쪽만 저희를 받아준다면 서주로 가는 것만큼 좋은 방책은 없습니다."

이에 따라 여포는 현덕에게 사자를 보냈다.

"저런…. 여포도 당대의 영웅이거늘."

유비는 여포 일족이 자기 영지로 찾아와 인정을 청하겠다는 기별을 받고는 관우와 장비를 데리고 몸소 맞이하러 나가려고 채비했다.

"말도 안 됩니다."

가신 미축은 앞길을 가로막으며 강력히 반대했다.

3

미축이 진언했다.

"여포의 인품은 이미 잘 아시겠지요. 원소마저 거절하지 않았습니까? 서주는 지금 태수께서 부임하신 이후 위아래로 단결하여 평온하게 국력을 기르는 중입니다. 무슨 이득이 있기에 굶주린 이리를 받아들인단 말입니까?"

곁에 있던 관우와 장비도 '그 말이 맞다'고 동의하는 표정으로 끄덕였다.

현덕도 수긍은 했지만 이렇게 말하면서 그 말에 따르지 않았다.

"과연 여포의 인물됨은 결코 바람직하지는 않네. 지난날 여포가 조조의 배후를 찔러 연주를 공격하지 않았다면 그때 서주는 조조에게 철저히 무너졌을 것일세. 물론 여포가 서주를 의식하고 베푼 인정은 아니지만 난 하늘의 도움에 감사하네. 오늘 여포가 궁지에 몰린 새가 되어 내게 자비를 구하는 것도 하늘의 뜻이라고 생각하네. 이 불쌍한 새를 내치는 건 나로서는 불가능한 일이네."

"허…. 그렇게 말씀하신다면 할 수 없습니다만…."

미축도 입을 다물고 말았다.

"참 난처하오. 우리 형님은 사람이 너무 좋아서 탈이라니까. 교활한 놈은 그 약점을 이용할 거요. 하물며 여포 따위를 마중하러 가다니…."

장비는 관우를 돌아보고 투덜거리며 마지못해 따라나섰다.

현덕은 수레에 올라 성 밖 30리 너머까지 친히 여포를 마중 나
갔다.

유랑 중인 무장을 대하는 예의치고는 실로 정중한 것이었기
에 과연 여포도 황송해하며 수레에서 나오는 현덕을 보자 서둘
러 말에서 내렸다.

"나 같은 사람을 위해 어찌 이렇게 환대해주시는 것이오? 어
떻게 호의에 보답해야 할지….."

"아닙니다. 전 장군의 무용을 존경하는 사람입니다. 뜻을 잃
고 유랑하는 처지가 되셨다는 말을 들으니 슬픔을 견딜 수가
없습니다."

여포는 유비의 겸양을 듣자 순식간에 기분이 좋아져 가슴을
활짝 폈다.

"부디 헤아려주시오. 천하의 그 누구도 손대지 못한 조묘의
대역적 동탁을 죽이고 다시 이각 일파의 난을 입어 이 몸이 한
조에 바친 충성도 물거품으로 돌아갔소. 허무하게 지방으로 밀
려 나와 여러 주를 떠돌며 군사를 양병해보려 했지만, 도량이
작은 제후들이 받아주질 않아 지금도 이렇게 남아의 뜻을 이룰
천지를 찾아다니는 길이라오."

여포는 자조하며 현덕 손을 부여잡고 친근함을 드러냈다.

"어떻소? 앞으로 내가 귀공의 힘이 되고, 귀공 또한 내 힘이
되어 함께 대사를 이루고 싶은데….."

유비는 그 말에 대답하지는 않고 일찍이 선대 태수인 도겸
에게 물려받은 '서주 패인'을 소매 안에서 꺼내 여포에게 내밀
었다.

"장군, 이걸 드리겠습니다. 도 태수 서거 이후 이 땅을 다스릴 사람이 없기에 부득이하게 제가 대신하였습니다만, 장군이 뒤를 이어주신다면 더할 나위 없이 기쁠 것입니다."

"아니, 내게 이 패인을?"

여포는 뜻밖이라는 표정을 짓는 동시에 무의식중에 커다란 손을 뻗어서 '그렇다면 사양할 이유가 없지'라는 듯이 덥석 받으려고 했으나, 문득 현덕 뒤를 보니 두 사람이 눈을 부릅뜨고 자기를 노려보는 것이다.

"하하하."

아무렇지 않은 듯 웃으며 손사래를 쳤다.

"무슨 말씀인가 했는데 서주 땅을 양보하시다니…. 너무도 뜻밖이라 내 말문이 막혀버렸소. 난 본디 무사 외길을 걸어온 사람이라 주를 다스릴 재간이 없소. 자, 그만하시오."

여포가 얼버무리자 곁에 있던 모사 진궁도 함께 사양했다.

4

유현덕은 여포 일행을 국빈으로 성안에 맞아들이고 밤에는 연회를 열어 융숭히 대접했다.

여포는 이튿날 그에 대한 답례를 하고 싶다며 사람을 보내 자기 객사로 현덕을 초대했다.

관우와 장비는 번갈아가며 현덕에게 고했다.

"나가실 생각입니까?"

"가야겠네. 모처럼 호의를 보였는데 거절할 수 없잖은가?"

"어딜 봐서 호의입니까? 여포 속내에 이 서주를 빼앗으려는 꿍꿍이셈이 훤히 보입니다. 거절하시는 편이 좋습니다."

"아니네. 난 끝까지 정성으로 사람을 대하고 싶네."

"그 정성이 통하는 상대라면 좋겠습니다만⋯."

"통하느냐 통하지 않느냐는 사람에 따라 다르니 내 마음대로 할 수 있는 게 아니지. 내 진심을 따를 뿐일세."

현덕은 수레를 준비하도록 명했다.

관우와 장비도 하는 수 없이 여포가 머무는 객사로 따라갔다. 물론 여포는 꽤나 기뻐하며 더없는 환대를 베풀었다.

"아무래도 객지살이하는 신세라 준비가 변변치 않소."

여포는 미리 양해를 구하고 후당에 벌인 연회석으로 옮겨갔는데 평소에 검소한 현덕 눈에는 놀라우리만치 호사스러워 보였다.

연회가 무르익자 여포는 처를 불러 현덕에게 소개했다.

"인사드려라."

여포 부인은 아리따운 미인이다. 손님에게 거듭 절을 올리고 청초히 남편 곁으로 돌아갔다.

여포는 기분이 좋아져 이렇게 말했다.

"불행히도 산동을 떠나 역경에 처한 몸으로 세상의 각박함을 뼈저리게 느꼈는데 어제오늘은 참으로 유쾌하구려. 존공이 베푸는 따뜻한 정에 깊이 감격했소. 일찍이 서주가 조조 대군에 둘러싸여 위기에 빠졌을 때 내가 그 배후지인 연주를 공격한 덕분에 서주는 적의 포위에서 무사할 수 있지 않았소? 그때 만일 이 여포가 연주를 치지 않았다면 지금의 서주는 없었을 것이오. 내 입으로 말하면 생색내는 것처럼 들리겠지만, 그 점을 귀공이 잊지 않았다니 기쁠 따름이오. 역시 평소에 선행을 해둘 필요가 있나 보오."

현덕은 미소를 지으며 그저 고개만 끄덕였는데, 이번에는 현덕의 손을 덥석 쥐면서 마음을 내려놓는 듯했다.

"우연히도 그 서주에 몸을 의탁하여 현제(賢弟, 아우뻘이 되는 사람을 높여 이르는 말 - 옮긴이)의 신세를 지게 될 줄이야. 이것도 무슨 인연이 아니겠소?"

취기가 오르자 여포는 차츰 스스럼없이 말하기 시작했다.

시종일관 못마땅한 얼굴로 조용히 홀짝이던 장비는 갑자기 술잔을 바닥에 내팽개치더니 칼을 뽑아 들었다.

"뭐라고? 다시 한번 말해보아라!"

장비가 무슨 이유로 화를 내는지 전혀 짐작되지 않았는데, 서슬이 퍼런 그 얼굴에 깜짝 놀란 여 부인은 비명을 지르며 남편 뒤로 숨었다.

"이놈 여포야. 넌 지금 우리 큰형님이자 주군 되시는 분께 뻔뻔하게 현제라고 불렀다만, 이분은 한나라 천자의 혈통을 이어받은 귀하신 몸이다. 네놈은 평범한 필부의 사내가 아니더냐? 무례한 놈! 밖으로 나오너라!"

술에 취한 장비에게 이 정도의 말은 노래를 부르는 것이나 매한가지였지만, 그 손에는 칼이 들려 있었기에 이 상황이 익숙지 않은 사람들은 아연실색하고 말았다.

5

"이게 무슨 짓이냐!"

유비는 큰소리로 장비를 꾸짖었다.

관우도 당황하여 장비를 말리며 벽 쪽으로 되밀었다.

"그만두지 못하느냐! 예가 어딘 줄 알고!"

하지만 장비는 멈추지 않았다.

"그런 말 마시오! 어딘 줄 아니까 용서할 수 없는 것이오. 어디서 굴러먹던 놈인지도 모르는 녀석이 우리 주군인 의형께 허물없이 현제라고 부르며 아우 취급을 하다니⋯. 내 참을 수가 없소!"

"알겠다, 알겠으니 그만해라."

"그뿐이 아니오. 아까부터 가만히 듣자니, 여포 놈이 제 사사로운 야망을 채우려고 연주를 공격해놓고서 마치 은혜라도 베푼 양 생색내질 않소. 이쪽이 겸손하게 저자세로 나가니 기어오르는 것이오!"

"그만하라질 않았느냐? 네가 그렇게 나오니 아무리 진심일지언정 늘 술김에 하는 소리라고 오해를 받는 게다."

"술김에 하는 말이 아니오!"

"그렇다면 입 다물어라!"

"으아⋯. 부아가 치미는군."

장비는 분연해하며 겨우 자리로 돌아갔지만 아무래도 분노가 가시지 않는지 홀로 큰 잔에 술을 따라 연거푸 마셨다.

유비는 당혹스러운 얼굴로 웃으며 사죄했다.

"이거 모처럼 초대해주셨는데 추태를 보였습니다. 용서해주시지요. 제 아우 장비는 성미가 대쪽 같은 사내라 술을 마시면 기운이 지나치게 넘칩니다. 하하하….."

창백해져 있던 여포는 유비가 웃는 얼굴을 보이자 안심하며 억지로 쾌활한 척했다.

"아니오, 아니오. 전혀 아무렇지도 않소. 술이 들어가서 그러는 걸 테니….."

'뭐라고?'

여포가 하는 말을 들은 장비는 당장에라도 덤빌 듯한 눈빛을 여포에게 쏘았으나, 유비 얼굴을 보자 혀를 차고 입을 다물었다.

술자리는 싸늘해져서 흥이 돌아오지 않았다. 여 부인도 겁을 먹고 언제부턴가 모습을 감춘 지 오래다.

"날도 저물었으니 물러나겠습니다."

유비는 적당히 예를 올리고 문을 나왔다.

손님을 배웅해야 하는 여포도 문밖으로 따라나섰다. 그러자 한발 먼저 나와 있던 장비가 말 위에서 창을 가로든 채 갑자기 여포 앞으로 튀어나와 소리쳤다.

"자, 별빛 아래에서 나와 300합이 될 때까지 싸워보자! 300합까지 극을 어울러도 승패가 갈리지 않는다면 목숨만은 살려주지!"

유비는 깜짝 놀라서 장비가 휘두르는 난폭함을 질타했다.

"적당히 하지 못하겠느냐!"

관우 역시 유비와 함께 있는 힘껏 말리며 날뛰는 말의 고삐를 잡아 장비를 강제로 끌고 갔다.

이튿날 여포는 의기소침한 얼굴로 유비의 성을 찾아왔다.

"귀공의 두터운 정은 충분히 알겠지만 아무래도 아우들께서는 날 이상한 사람으로 보는 듯하오. 결국 인연이 없는 게 아니겠소? 그러니 내 다른 곳으로 떠나려고 오늘은 작별 인사를 하고자 찾아왔소."

"그러시면 제 가슴이 미어집니다…. 아무래도 이렇게 떠나시는 건 아닌 듯싶습니다. 아우가 저지른 무례함은 제가 사죄드릴 테니 일단 잠시 머무시는 동안 천천히 군마를 기르십시오. 비록 좁은 땅이지만 소패는 물도 좋고 식량도 풍부합니다."

현덕은 한사코 만류했다. 그러고 나서 이전에 머물던 소패의 거처를 여포에게 제공했다. 그것도 아주 정중하게 권유했다. 여포도 어차피 의지할 곳이 없는 처지였으므로 일족과 군마를 이끌고 유비가 베푸는 호의에 기대어 소패에 머물기로 결정했다.

독과 독

1

한 푼의 돈을 훔치면 도적이 되지만 한 나라를 취하면 영웅이라 불린다.

당시 장안의 중앙 조정도 엉터리였지만 이 세상의 평판도 그에 못지않게 기이했다.

조조는 본거지였던 연주를 잃고 설상가상으로 메뚜기 기근의 화를 입는 바람에 어쩔 수 없이 여남과 영천 방면을 정벌하여 지방 도적들을 상대로 이른바 살상을 횡행하며 곤경을 견디었는데, 그 소식이 장안으로 흘러들어 가자 조정에서는 '난적을 평정하여 지방을 평온하게 한 공에 따라 건덕장군(建德將軍) 비정후(費亭侯)에 봉한다'며 상을 내렸다.

그리하여 조조는 또다시 지방에서 세력을 되찾고 그 명성은 안팎으로 퍼졌으며, 중앙 조정에서는 여전히 하루살이 같은 정책만 집행할 뿐이다.

수도 장안은 몇 해 전 혁명의 병화(兵火)로 그 태반이 불탄 데 이어 올해는 흉악한 재상 동탁이 죽음으로써 명예를 일신하는가 싶었는데, 그 후에는 이각과 곽사라는 인물이 나타나 정사를 가로채고 사리사욕을 채우면서 악정을 남발하는 등 조금도 자숙하는 기색을 보이지 않았다. 이에 민중들은

'동탁 하나가 죽었나 했더니 어느새 조정에는 동탁이 둘이나 생겼다.'

며 탄식을 터뜨렸다.

그렇다고 어느 누구도 큰 목소리로 말하는 자는 없었다. 사마(司馬) 이각, 대장군(大將軍) 곽사는 백관을 복종시키는 절대적인 권력으로 부상했다.

어느 날, 태위 양표라는 자는 주준(朱雋)과 함께 은밀히 헌제에게 주청을 올렸다.

"이대로 가다 간 이 나라 앞날이 염려되옵니다. 들은 바에 따르면 조조는 지금 지방에서 20여 만의 병사를 거느리며 그 휘하에는 훌륭한 무장과 모사가 별처럼 모여 있다고 합니다. 조조를 이용해서 사직에 둥지를 튼 간사한 무리를 소탕하는 게 어떻겠습니까? 나라를 근심하는 저희 조신은 물론 온 백성들이 지금의 악정을 개탄합니다."

넌지시 황제에게 두 간신의 주살을 권한 것이다.

황제는 눈물을 흘리며 괴로워했다.

"그대들이 말하지 않아도 잘 알지. 짐이 그 두 도적으로 인해 괴로움에 시달린 지 이미 오래되었으니, 하루하루 감내와 인욕의 나날을 보내네…. 만약 그 두 도적을 칠 수만 있다면 천하의 백성과 함께 내 마음도 청명해질 텐데…. 안타깝게도 달리 방

책이 없지 않은가?"

"아닙니다. 폐하께서 뜻을 굳혀주시기만 한다면 방책이 아예 없는 건 아닙니다."

"그 방책이 무엇인가?"

"일찍부터 신은 마음속에 계획을 하나 품고 있었습니다. 곽 사와 이각은 서로 양립하는바, 계략을 써서 두 도적이 서로 헐 뜯고 등을 돌리게 한 다음 조조에게 밀서를 내려 주살하는 것 입니다."

"뜻대로 되겠는가?"

"자신 있습니다. 곽사 처는 질투가 심하기로 유명하니 그 심 리를 이용하여 먼저 곽사 집 안에 이간책을 쓸 계획입니다. 분 명 실패하지는 않을 겁니다."

황제의 의중을 확인한 후 양표는 비책을 가슴에 품으며 집으 로 돌아갔다. 양표는 돌아가자마자 처를 불렀다.

"요즘 곽사 영부인과는 종종 만나는가? 여인끼리 하는 모임 이 자주 있다던데…."

양표는 부인 어깨에 두 손을 올리며 평상시와 달리 상냥하게 말을 꺼냈다.

2

양표 처는 수상히 여기며 남편에게 빈정거렸다.

"당신이 오늘따라 웬일이시어요?"

"뭐가 말이오?"

"평소 같으면 이리 제 비위를 맞추실 리 없으니까요."

"하하하⋯."

"도리어 미심쩍습니다."

"그런가?"

"제게 부탁하실 일이 있지요?"

"과연 내 아내구려. 실은 짐작한 대로 당신이 힘을 써줘야 할 일이 있소."

"무슨 일이죠?"

"곽사 부인은 당신 못지않게 질투가 많다질 않은가?"

"어머⋯. 언제 제가 질투를 했다고 그러세요?"

"그러니까, 당신이 아니라 곽사 부인이 말이오."

"그런 질투심 많은 부인과 똑같이 보시면 참을 수 없지요."

"당신은 양처지. 늘 감사하오."

"거짓말만 하신다니까, 호호호."

"농담은 이만하고⋯. 언제 곽사 부인을 찾아가 당신 입으로 그 질투심에 불을 지펴주지 않겠소?"

"남의 집 부인을 시샘하게 만드는 게 무슨 도움이 된단 말인 가요?"

"이 나라를 위해서요."

"에이, 또 농을⋯."

"사실이오. 나아가서는 한실을 위해서며, 작게는 당신 남편 인 이 양표를 위해서이기도 하지."

"모르겠네요. 어째서 그런 시시한 일이 조정과 당신께 도움이 된다는 것인지요."

"귀를…, 귀를 이리 가까이 대보시오."

양표는 목소리를 한껏 낮추고 천자와 나눈 밀의와 의중의 비책을 처에게 털어놓았다.

양표 처는 눈을 동그랗게 뜨고 처음에는 망설였지만, 남편의 부릅뜬 눈 속에 비친 단단한 결심을 감지했다.

"한번 해 보지요, 뭐."

양표는 그 말이 끝나기가 무섭게 주의를 단단히 주었다.

"한번 해 보다니? 그런 무른 각오로는 안 되오. 일을 그르치면 우리 일족은 파멸하고 말 것이오. 악독한 여인이 되었다 생각하고 한 치의 실수 없이 일을 처리해야 하오."

이튿날.

양표 처는 치장을 곱게 하고 아름다운 가마에 올라타 대장군 곽사 처를 만나러 갔다.

"이런이런…, 언제나 귀한 선물을 주시는군요."

곽사 처는 우선 진귀한 선물에 대한 예를 표한 후 손님이 입은 옷과 화장을 칭찬했다.

"참으로 고운 옷이로군요."

"별말씀을 다 하십니다. 저희 양반은 제 의복 같은 것엔 조금도 신경 써주지 않는답니다. 그보다도 영부인의 머릿결은 손질을 잘하셔서 그런지 정말 고우셔요. 입바른 말이 아니라 언제 뵈어도 이렇게 진심으로 산뜻하며 아름답다고 생각하는 분은 그리 없답니다. 그런데도 남정네들이란…."

"어머…, 부인께선 어찌 제 얼굴을 보며 눈물을 흘리십니까?"

"아무것도 아닙니다…."

"이상하시지 않습니까. 무언가 연유가 있으시지요? 숨기지 말고 털어놓아 보세요. 어서요. 제게 말 못 할 일이 무에 있다고…."

"음…. 저도 모르게 눈물을 흘렸네요. 부인, 용서하세요."

"대체 무슨 일입니까?"

"그럼 말씀드릴 테니 비밀을 꼭 지켜주셔야 합니다. 꼭이요."

"당연하지요. 아무한테도 말하지 않겠습니다."

"실은 그게…. 부인 얼굴을 보니 아무것도 모르시는 것 같아 가여운 마음이 들었습니다."

"예? 제가 가엾다니요? 어째서 제가 가엽단 말인가요? 예?"

곽 부인은 안달이 나서 양표 처에게 대답을 재촉했다.

3

양표 처는 짐짓 동정 어린 눈빛을 보이며 마치 두려운 이야기라도 꺼내듯이 목소리를 낮추었다.

"정말 부인께선 아무것도 모르시는지요?"

곽 부인은 이제 양표 처가 입으로 친 올가미에 걸려들었다.

"아무것도 모릅니다. 저희 바깥양반과 관련 있는 일인가요?"

"그렇습니다. 부인…, 부디 부인의 마음속에만 묻어주세요. 부인께서도 그 아름답다고 소문난 이 사마의 젊은 부인을 아시지요?"

"이 사마님과 저희 바깥양반은 문경지우와도 같은 사이라서 저도 그 부인과는 친하게 지냅니다만…."

"그러니 부인은 사람이 너무 좋아서 탈이라고 세상 사람들이 안타까워하는 겁니다. 그 이 부인과 댁의 곽 장군께서는 이미 예전부터 그게… 아주… 그러니까…."

"예? 저희 남편과 이 부인이?"

곽사 처는 낯빛이 확 바뀌며 온몸을 벌벌 떨었다.

"저…, 정말인가요?"

"부인. 사내란 응당 그런 법이니 절대로 부군을 원망하시면 아니 됩니다. 다만 전 이 부인이 알미울 따름입니다. 부인이 계신 걸 뻔히 알면서 대체 무슨 생각으로 그러시는지, 참."

양표 처는 가까이 다가가 안아주며 달랬다.

"어쩐지 요즘 그 양반의 거동이 수상하다 했습니다. 밤에 늦게 돌아오는 날도 잦고, 제게는 퉁명스럽고…."

곽 부인은 하염없이 눈물을 뚝뚝 흘렸다.

양표 처가 돌아가자 곽 부인은 병이 난 사람처럼 방에 틀어박혔다. 하필이면 그날도 남편은 밤이 깊어서야 취한 채로 돌아왔다.

"부인, 어떻게 된 일이오? 얼굴이 창백하지 않소?"

"모릅니다! 저리 비키시어요!"

"또 그 병인가? 하하하."

"…."

곽사 처는 등을 돌리고 훌쩍훌쩍 울기만 할 뿐이다.

네댓새 지난 어느 날, 이각 집에서 곽사를 초대했다. 곽 부인은 남편의 앞길을 가로막고 성난 얼굴로 쏘아붙였다.

"그런 곳에 가시지 마시어요."

"어째서 그런가? 친한 벗이 벌인 술잔치에 가는 게 뭐 잘못됐소?"

"이 사마는 분명 속으로 당신을 원망할 거여요."

"대체 왜?"

"아무튼지 간에요, 네?"

"무슨 뚱딴지같은 소리요?"

"머지않아 알게 되겠지요. 옛사람들도 말하지 않습니까? 두 영웅은 나란히 살 수 없다고요. 게다가 사적으로도 탐탁지 않은 일이 마음속에 있습니다. 만약 당신이 술자리에서 독살이라도 당한다면 저희는 어떻게 됩니까?"

"하하하. 당신이 무언가 착각을 하나 보군."

"아무래도 좋으니 오늘 밤은 가지 마세요. 예? 당신, 부탁이에요."

그러더니 가슴에 매달려 눈물까지 흘리자 곽사도 뿌리치고 갈 수가 없어 결국 그날 밤 연회에는 빠지고 말았다.

그러자 다음 날, 이각 집에서 음식과 답례품을 하인에게 딸려 보내왔다. 그 음식을 부엌에서 받은 곽사 처는 일부러 그중 하나에 독을 넣고 남편 앞으로 가지고 갔다.

"맛있어 보이는군."

아무것도 모르는 곽사가 젓가락을 가져다 대자 부인은 그 손을 막으며 의심했다.

"귀중한 존체신데 남의 집에서 온 음식을 기미도 보지 않고 드시다니, 안 될 일입니다."

젓가락으로 음식 한 점을 집어 마당에 던지자 거기에 있던 개가 달려들어 집어삼켰다.

"아니?"

곽사는 경악했다. 그 개는 팽이처럼 뱅글뱅글 돌면서 한 번 울부짖더니 피를 토한 채 죽고 말았다.

<h1 style="text-align:center">4</h1>

"어머나! 이런 무서운 일이!"

곽 부인은 남편에게 달라붙어서 호들갑스럽게 몸을 달달 떨며 말했다.

"이것 보세요. 제가 말씀드리지 않았습니까? 보시는 대로 이 사마가 보내온 음식에 독이 들어 있잖아요. 그 사람의 마음도 이와 같을 겁니다."

"으음…."

곽사는 신음만 내뱉으며 눈앞에 벌어진 광경에 그저 넋을 잃었다.

이 일이 있은 후로 곽사의 마음속에는 점차 이각에 대한 의심이 싹텄다.

'과연 저 사내는….'

이전과는 달리 사사건건 비뚤어진 시선으로 보기 시작했다.

그로부터 달포가 지나자, 조정에서 퇴청하여 돌아가려는 길에 이각이 하도 끈질기게 청하자 곽사는 어쩔 수 없이 그 집에 들렸다.

"오늘은 진심으로 축복할 만한 날이니 맘껏 마시게."

여느 때처럼 이각은 호화로운 자리를 마련하고 미인에게 시중들게 하여 곽사를 대접했다.

곽사는 저도 모르게 경계심을 풀고 거나하게 취한 채로 집에 돌아갔다.

그런데 돌아가는 길에 조금씩 술이 깼다. 술에 취해도 제정신은 남아 있는지라,

'설마 오늘 밤 주안상에 독이 들어 있던 건 아닐까?'

라는 생각이 문득 들면서 얼마 전 독을 먹고 죽은 개의 마지막 울부짖음이 떠올랐다.

'괜찮을까?'

그런 생각이 들자 왠지 속이 메슥거려왔다. 갑자기 명치 부근에서 무언가 올라오는 느낌이다.

'아, 위험하다.'

곽사는 이마에 송골송골 맺힌 땀을 훔쳤다. 그러고 나서 하인에게 명령했다.

"서둘러라, 서둘러."

집에 돌아오자마자 황급히 처를 부르고 평상에 나자빠지며 외쳤다.

"해독제를 가져오게, 어서."

곽 부인은 사정을 듣고는 이때를 놓칠세라 약 대신 똥물을 마시게 한 뒤 남편의 등을 쓰다듬었다. 가뜩이나 신경이 날카로웠던 곽사는 허겁지겁 이상한 물을 삼켰으므로 즉시 평상 밑

으로 뱃속에 든 걸 모조리 게워냈다.

"다행히도 바로 약효가 들었군요. 이제 시원하시지요?"

"아아, 고통스러웠소."

"이제 생명에는 지장이 없으실 겁니다."

"험한 꼴을 봤구려."

"당신도 너무하세요. 제가 아무리 신신당부해도 이 사마를 끝까지 믿어버리니 이런 일이 생기는 겁니다."

"이제 잘 알았소. 나도 참 지나치게 우직했소. 좋아, 이 사마가 이렇게 나오면 내게도 생각이 있지."

창백해진 이마를 주먹으로 두세 번 두드리다가 별안간 방에서 뛰쳐나가는가 싶더니, 그날 밤으로 당장 병사들을 그러모아 이각 집을 습격할 준비에 들어갔다.

한편, 그 소식을 이각에게 발 빠르게 알린 자가 있어 이미 그쪽에서도 만반의 채비를 갖추었다.

"결국 날 제거하고 저 혼자 권력을 쥐려는 속셈이로구나. 자, 그럴 생각이라면 오너라."

양군은 시가지를 가운데 끼고 다음 날도, 그다음 날도 아수라장 속에서 피비린내 나는 전투를 가열차게 이어갔다.

날이 갈수록 양군 병사들은 늘어났고 장안의 성 밑은 또다시 대혼란에 빠졌다. 그 혼란 속에서 이각의 조카 이섬(李暹)이라는 사내는 꾀를 내었다.

"그래⋯. 천자를 이쪽으로⋯."

이섬은 재빨리 용좌로 쳐들어가서 천자와 황후를 강제로 어가에 태운 후 모사인 가후와 무장 좌령(左靈)에게 감시하도록 지시하였고, 울며불며 쫓아오는 내시와 궁내관은 쳐다보지도 않은 채 후재문(後宰門)에서 화살이 날아다니는 거리로 덜컹덜컹 어가를 끌고 나왔다.

5

"이각의 조카가 천자를 어가에 태우고 어딘가로 납치해갑니다."

부하가 전한 급보를 들은 곽사는 적잖이 당황했다.

"아아, 방심했다. 천자를 빼앗기면 큰일이다! 막아라!"

서둘러 후재문 밖으로 병사들을 보냈으나 이미 한발 늦었다.

성난 말과 광분한 병사들에게 끌려가는 어가는 누런 먼지를 일으키며 미오 방면으로 향하는 길이다.

"저기 간다!"

곽사가 이끄는 병사들은 전전긍긍하여 소란스레 화살을 쏘아댔다. 그러나 적의 후군이 반격하여 화살을 퍼붓는 바람에 도리어 어마어마한 부상자를 냈다.

"빠져나갔는가…. 이런 젠장, 분하도다."

곽사는 불찰에 대한 분풀이로 병사들을 이끌고 궁궐로 난입하여 평소에 탐탁지 않게 여기던 조신들을 죽이고 후궁에 있던 미인과 궁녀들을 포로로 잡아갔다.

그뿐 아니라 이미 황제도 없고 정무도 없는 궁궐에 무의미한 불을 질렀다.

"이렇게 된 이상 끝까지 싸우겠다."

그 화염을 보며 공연히 쾌재를 불렀다.

한편,

이섬은 천자와 황후를 태운 어가를 이각 군영으로 무작정 끌고 갔는데 아무래도 그곳에 두는 것은 불안했으므로, 숙부 이각과 의논한 끝에 과거 동탁의 별장이자 견성(堅城)이기도 한 미오성으로 옮겼다.

이후로 천자와 황후는 미오성의 유거에 갇힌 채 열흘 가까이 지냈다. 천자의 의지는 물론이고 일말의 자유도 허락되지 않았다.

수라 음식도 끔찍하여 상이 들어오면 반드시 썩은 내가 풍겼다.

천자는 수저를 들지 않았다. 가신들은 어떻게 해서라도 입에 넣어보았으나 전부 게워낸 후 그저 눈물만 글썽였다.

"가신들이 아귀처럼 야위어가는 모습을 차마 볼 수가 없네. 바라건대, 짐에게 덕을 베풀어 가신들을 불쌍히 여겨주게."

헌제는 이각에게 사자를 보내 쌀 한 낭과 고기 한 쪽을 청했다.

"지금은 어전에서 대란이 일어난 비상사태가 아니오? 아침 저녁으로 병졸들이 천자께 끼니를 올리거늘 이 이상 무슨 사치스러운 요구를 한단 말이오?"

이각이 헌제를 찾아와 신하로서는 입에 담을 수 없는 악담을 퍼부었다.

곁에서 무어라 말하는 가신까지 때리고 사라졌는데, 이후로 저도 조금은 가책을 느꼈는지 그날 저녁상에 약간의 쌀과 썩은 소고기 몇 점이 내어져 왔다.

"아아, 이것이 이각의 양심인가…."

가신들은 그 썩은 고기에서 나는 악취에 고개를 돌릴 수밖에 없었다.

"못된 놈…. 짐을 이토록 괄시할 수 있단 말인가…."

헌제는 분개하여 곤룡포 소매를 눈에 가져다 대고 몸서리치며 탄식했다.

가신 중에는 양표도 따르고 있었다.

양표는 창자가 끊어지는 듯한 고통을 느꼈다.

처에게 이간책을 쓰게 하여 오늘의 난을 초래한 자는 다름 아닌 양표다.

계획대로 곽사와 이각이 서로 시기하여 피비린내 나는 각축을 벌이게 된 건 예상한 바였으나, 천자와 황후에게 이런 고초가 떨어질 줄은 꿈에도 생각지 못했으리라.

"폐하, 용서해주십시오. 이각의 잔인함을 조금만 감내해주십시오. 머지않아 반드시…."

양표가 말하는 도중에 유거 밖에서 우르르 달려가는 병사들의 발소리가 들려왔다. 그러고는 무슨 일이 벌어졌는지 성안이 일제히 함성으로 뒤흔들렸다.

6

때마침 벌어진 일이다.

"무슨 일인가?"

황제는 안색이 변해 좌우를 둘러보았다.

"보고 오겠습니다."

가신 중 하나가 서둘러 나갔다. 이내 돌아와서 아뢰었다.

"큰일입니다! 곽사가 이끄는 군대가 성문으로 쳐들어와 황제의 옥체를 넘기라며 함성을 지르고 북을 울리며 소란을 피우는 중입니다."

황제는 상심하여 통곡했다.

"앞에는 호랑이, 뒤에는 이리로구나. 두 도적은 짐을 가운데 두고 이를 갈고 있다. 나가면 아수라요, 머무르면 지옥이니 짐은 대체 어디에 몸을 두면 좋단 말인가?"

시중랑(侍中郎) 양기(楊琦)가 함께 눈물을 닦으며 황제를 위로했다.

"이각은 본디 벽촌 오랑캐 출신이라 조금 전처럼 예를 분간하지 못하고 말도 험악하게 내뱉는 사내입니다만, 그 이후 마음에 뉘우치는 기색이 전혀 없지는 않은 듯합니다. 조만간 불충의 죄를 부끄럽게 여기고 옥좌의 안위를 도모할 것입니다. 그러니 지금은 일이 진행되는 상황을 조용히 지켜보십시오."

잠시 후 성문 밖에서는 한 차례 싸움이 끝났는지 화살 소리와 함성이 그치면서 공격군 중 한 대장이 말을 타고 나와 큰 소리로 외쳤다.

"역적 이각에게 고한다. 황제는 천하의 천자이시거늘, 어째서 제멋대로 황제를 겁박하고 사사로이 옥좌를 옮겼느냐? 이곽사가 만민을 대신하여 네 죄를 묻노라. 어서 대답하라!"

그러자 성안 어둠 속에서 이각이 말을 성큼성큼 몰고 나왔다.

"웃기지도 않는 잠꼬대를 하는구나. 너희 난적의 화를 피해 황제께서 직접 어가를 이곳으로 향하셨기에 내가 호위를 한 것이다. 네놈들이야말로 어가를 둘러싸고 천자께 활을 쏘다니!"

"닥쳐라! 호위가 아니라 천자를 감금했다는 대역죄를 숨길 수 있을 것 같으냐? 빨리 황제를 넘기지 않으면 그 모가지를 허공으로 날려버리겠다!"

"뭐라? 건방진 놈."

"황제를 넘기겠느냐, 목숨을 버리겠느냐?"

"대답할 가치도 없다!"

이각은 창을 휘두르며 무서운 기세로 돌진했다.

곽사는 큰 칼을 들고 입술을 악물며 눈꼬리를 찢었다. 양쪽의 말은 거품을 문 채 울부짖었고 창칼은 엎치락뒤치락하며 날을 번쩍였다. 그 밑에서 말발굽 8개가 누런 먼지를 일으키고 안장 위에 앉은 사람이 우레 같은 고함을 지르니, 좀처럼 승패가 갈릴 기미가 보이지 않았다.

"멈추시오! 두 장군, 잠시 멈추시오!"

그때.

성안에서 달려와 양쪽을 떼어놓은 사람은 방금까지 황제 곁에 있던 태위 양표다.

양표는 두 사람을 향해 몸을 던진 후 유창한 말솜씨를 발휘해 중지했다.

"일단 여기서 싸움을 멈추고 양쪽 다 진을 물리시오. 어명이오. 어명을 거스르는 자야말로 역적이 아니겠소?"

그 한마디에 이각과 곽사는 병사들을 추스르고 물러났다.

이튿날 양표는 조정의 대신 이하 여러 군신 60여 명을 불러 곽사의 진중을 찾아갔다. 하루라도 빨리 이각과 화해해달라 청했다.

아무도 눈치채지 못했으나 애당초 이 대란의 화근은 바로 양표다. 양표 역시 약효가 다소 지나쳤음을 알고 당황한 것일까? 아니면 일부러 중재역을 맡아 가면 위에 가면을 덧쓰고 찾아온 것일까? 아무튼 양표도 속을 알 수 없는 인물 중 하나다.